Darapti

O despertar de Oto

Darapti

O despertar de Ota

Marcelo Malheiros

Darapti

O despertar de Oto

Coleção
NOVOS TALENTOS DA LITERATURA BRASILEIRA

novo século

Copyright © 2004 by Novo Século Editora Ltda.
Mediante contrato firmado com o autor.

Direção geral: Luiz Vasconcelos
Supervisão editorial: Silvia Segóvia
Assistente editorial: Lívia Wolpert
Projeto gráfico e Produção editorial: S4 Editorial
Capa: Renata Pacces
Revisão: Bel Ribeiro
Regina Soares
Simone Luiza C. Silberschmidt

Dados Internacionais de Catalogação na Publicação (CIP)
(Câmara Brasileira do Livro, SP, Brasil)

Malheiros, Marcelo
Darapti : o despertar de Oto / Marcelo Malheiros. – Osasco, SP :
Novo Século Editora, 2004 (Novos talentos da literatura brasileira)

1. Ficção brasileira I. Título. II. Série.

04-4600 CDD-869.93

Índice para catálogo sistemático:
1. Ficção : Literatura brasileira   869.93

2004
Proibida a reprodução total ou parcial.
Os infratores serão processados na forma da lei.

Direitos exclusivos para a língua portuguesa cedidos à
Novo Século Editora Ltda.
Av. Aurora Soares Barbosa, 405 – 2º andar – Osasco/SP – CEP 06023-010
Fone: 0xx11–3699.7107

Visite nosso site
www.novoseculo.com.br

Impresso no Brasil/Printed in Brazil

Para Alice, com amor.

Gostaria de agradecer minha filha Ingrid pelas valiosas sugestões relativas aos capítulos "O cristal de Argon" e "Surpresa em Stonehenge", sobretudo pela idéia da cena em que Oto foge disfarçado de seus perseguidores. Sou grato também à minha irmã Virgínia, pela revisão de parte do livro, e ao amigo Fernando Wernek, por sua colaboração.

Quero agradecer especialmente a Alice, minha querida companheira, por seu incentivo constante e pelo inestimável valor de suas leituras críticas.

Sumário

O Nascimento 9
Darapti, o duende 11
Os primeiros anos 12
Um estranho sonho acordado 14
O reino encantado de Débora 17
Depois do encanto, o desencanto 19
Mudança 21
Na universidade 24
Devaneio 27
De volta ao mundo normal 32
Faço um amigo 36
As semanas seguintes 45
Anete 49
Férias no Sul 52
Ano-Novo na fazenda 57
Na praia 71
De volta para casa 82
Momentos de reflexão 88
Um passeio em Alto Paraíso 98
Os anos passam 102
Uma brilhante carreira política 112
Um julgamento e uma despedida 119
Uma nova etapa tem início 128
Surpresa em Saint Sulpice 144
Treinamento 160
No coração da montanha 169
O cristal do conhecimento 182
O confronto 201
Surpresa em Stonehenge 211
Epílogo 220

O Nascimento

Nasci, e esse acontecimento, banal para o resto da humanidade, foi imensamente significativo para mim. Não porque o tenha apreciado. Ao contrário, vim ao mundo um tanto contrariado e sob protestos bastante indignados e estrepitosos. Sobretudo porque cheguei enforcado pelo cordão umbilical, sem contar a claridade atordoante do mundo exterior e o espancamento a que fui submetido logo em seguida à minha chegada a este lugar.

Foi tal incidente que me deu uma peculiar e sugestiva cor azul, embora fosse filho de gente branca, e me fez ser colocado numa incubadora à espera da morte.

De fato, não pensavam que eu fosse resistir, e se o fizesse, que escapasse incólume de algum defeito mental muito sério, por falta do bendito e necessário oxigênio. Da morte escapei, embora não possa afirmar com certeza que tenha saído ileso do episódio. Minha vida foi e tem sido, como adiante se verá, tudo, menos normal.

Na incubadora, recebi muitas visitas. Foi lá que me batizaram, um tanto às pressas, para que eu não chegasse ao outro mundo sem uma carta de recomendação. Foi um arranjo de minha avó paterna, Amélia, para que eu entrasse no céu, segundo suas palavras, "como um anjinho", ao que Lídia Marques, a melhor amiga de minha mãe, desbocada e engraçada, ao ouvir isso respondeu que "preferia um bandido na terra que um anjo no céu".

O fato é que não me tornei bandido na terra, nem anjo no céu, para felicidade de minha mãe e minha própria.

Meus padrinhos, Aldo e Leila Kruger, cumpriram com solicitude a convocação para aquela emergência, e depois seguiram para um enterro. Uns nascendo, outros morrendo; atores entrando, atores saindo de cena.

Apesar desse tropeço inicial, fui aos poucos me acostumando a esse lugar e, até, apreciando bastante o alívio de algumas necessidades, próprias de seres que estão imersos na complexidade orgânica de um corpo de carne e osso. O saciamento da fome, por exemplo, fazia-me sentir uma espécie de desopressão prazerosa, à qual muito me habituei. E assim outras tantas ocasiões de prazer – *todas decorrentes de um alívio de necessidades* – foram me vinculando a esta realidade e ao meu corpo, muito mais do que poderia supor, se no nascimento tivesse tido o descortino de uma consciência menos entorpecida.

Muito embora tenha me adaptado à realidade como qualquer outro ser vivo, o certo é que nunca me habituei a ela. Na verdade, a admiração em face do mundo e o sentimento de mistério da vida foram, com o passar dos anos, ocupando um espaço cada vez mais importante em minha vida consciente. Era o que me fazia, freqüentemente, questionar sobre o porquê de minha existência; se eu possuía, como indivíduo, alguma importância inerente para o Universo ou se era mais uma das pequenas ondas fugazes no mar eterno do Absoluto.

Todavia, essas foram reflexões que acalentei no curso da adolescência e durante a maturidade. O fato é que, a despeito de minha natureza crítica, nunca fui um pessimista. Algum poder estranho à razão sempre me fez encarar os fatos da vida com certo ar irônico e, quando possível, bem-humorado.

Estou avançando mais do que deveria. Retomemos o fio da meada.

Darapti, o duende

Antes de continuar essa história, não posso deixar de mencionar meu amigo Darapti. Não saberia dizer quando surgiu em minha vida, ou se sempre esteve presente. As lembranças estão muito misturadas na memória.

A mais remota lembrança que tenho dele é a de um serzinho de rosto rosado, barbudo, de olhos castanhos e cabeça grande, que costumava usar um gorro verde caído para o lado. Fazia parte de minha vida, como meu pai e minha mãe. A impressão que tenho é que sempre esteve por perto. Sua idade era indefinível e muitas vezes falava coisas estranhas, perturbando minhas convicções e idéias sobre muitas coisas. Mas sentia-me seguro e feliz a seu lado. E a peculiaridade de uma criança brincar com um ser invisível, de sua imaginação – *era isso o que diziam meus pais e os outros adultos* –, foi aos poucos sendo assimilada e aceita pelos membros da família como uma manifestação de minhas idiossincrasias, resultante, segundo eles, de uma espécie de seqüela do trauma do nascimento.

Lembro-me bem de uma ocasião em especial. Eu acabara de fazer oito anos e estávamos passando as férias no litoral de Santa Catarina. Um pouco afastado das pessoas, entretido em construir castelos de areia, senti a presença de Darapti, depois de uma longa ausência. Quando olhei para a frente, o vi diante de mim sorrindo.

– Onde você esteve? – perguntei. – Já chamei muitas vezes e você não apareceu.

– Posso demorar, mas sempre apareço.

Darapti até que poderia ser uma entidade de minha própria mente, mas parecia ter vida autônoma. Nesse dia na praia, em particular, deixou no ar uma frase que muito me deu o que pensar, quando perguntei quem era ele.

– Não sou diferente de você, apesar de assim parecer.

– Mas eu não uso gorro verde, não tenho barba nem sou bem baixinho – tornei eu, com um sorriso nos lábios e uma certa sensação de vitória, por ter encontrado tão prontamente aquela tirada.

– É ainda muito cedo para você saber. Somente quando seus cabelos começarem a embranquecer é que poderá entender.

A partir de então, desejei que o tempo passasse depressa, e que os cabelos brancos chegassem logo, para poder finalmente decifrar a charada. Era como se a idade fosse uma garantia de que o enigma iria se esclarecer. Entretanto, não poderia saber quanta coisa teria de viver antes que suas palavras pudessem fazer algum sentido para mim.

Os primeiros anos

Nos primeiros anos de vida, a sensação predominante em minha incipiente psicologia era a admiração e, por vezes, o espanto em face da multidão incessante de acontecimentos e de coisas que a vida ia me apresentando, sensação essa que só cresceu com o tempo e que foi me fazendo um pirralho muito inquiridor, que vivia a perguntar o porquê disso, o porquê daquilo, freqüentemente não obtendo respostas que me satisfizessem. Darapti, visível somente para mim, era mais um desses estranhos fenômenos sobre os quais não encontrava explicação, seja dele próprio, seja dos adultos com quem buscava uma explicação.

Quando fui para a escola, com seis anos, embora sendo um menino bastante estranho – *que falava, ria e brincava sozinho* –, causei agradável surpresa a meus pais ao me adaptar bastante bem ao novo ambiente. Pois, mesmo considerado um pouco excêntrico pelos professores e pelos colegas, tal fato não influiu negativamente no meu relacionamento com eles. Ganhei a simpatia dos colegas com a ajuda nas lições e pela alegre participação nas brincadeiras – *no futebol, na queimada e no pique-esconde* – e dos professores, apesar de minha indisciplina, pelo bom desempenho escolar.

Não que eu fosse um aluno exemplar ou um estudante modelo. Muitas vezes não fazia os deveres de casa, e com certa freqüência me envolvia em confusões com os companheiros de escola.

Lembro-me de uma vez, depois do sinal da última aula, quando os estudantes se espremiam na escada que dava para o pátio central onde ficava a saída, numa algazarra alegre da liberdade iminente. No momento em que descia, fui tocado no calcanhar, e quase caí. Com reação imediata, depois de equilibrar-me, dei um soco diretamente na boca do rapaz que vinha atrás de mim, que caiu com o lábio inferior sangrando. Quando soube que não fora ele o autor da maldade, fiquei muito chateado. O menino, que tinha boa índole, aceitou as sentidas desculpas que lhe dei e acabamos nos tornando bons amigos.

Um outro amigo foi o "Toco", que era chamado assim porque não tinha o braço esquerdo, embora sua destreza com o direito, e o que lhe restara da parte amputada, fosse notável. Carregava bancos, brincava de "queimada" e jogava futebol. Era humilde e prestativo e tinha uma bondade natural que dificilmente encontrei depois em outra pessoa. Eu não sabia, porém, da vida que levava em casa, nem quem eram seus pais, que não costumavam aparecer na escola. Ele era meu camarada, mas por um respeito talvez inconsciente, nunca lhe perguntei como havia perdido o braço.

Nesses primeiros anos, já me habituara a uma certa discrição em relação a Darapti, ainda que nem sempre pudesse evitar conversar em voz alta ou falar-lhe gesticulando. Minhas eventuais "fugas da realidade" foram até diagnosticadas, uma vez, como autismo, de grau leve. Foi também nessa época que descobriram minha disritmia e, por conta disso, passei a tomar um remédio causador de incômoda sonolência, fazendo-me às vezes, durante as aulas, recostar a cabeça no tampo da carteira e adormecer por alguns minutos.

Aos poucos fui descobrindo como dividir minha atenção entre Darapti e as atividades do mundo exterior. Descobri também que não precisava falar para ser "ouvido" e obter respostas. Bastava pensar com clareza. Mas não era sempre que isso acontecia, e muitas vezes conversava com ele em voz alta, para o espanto das pessoas que eventualmente estivessem próximas a mim. Outras vezes, por motivos diferentes, causava alguns sustos em meus pais, sempre atentos e preocupados com minha saúde.

No fim de meu primeiro ano escolar, ocorreu um fato dramático, cuja lembrança guardo ainda com viva nitidez, sobretudo em virtude do curioso pacto de eterna amizade firmado entre mim e meu amigo, no dia anterior, quando brincávamos de soldadinhos no pátio de minha casa.

Em meio à batalha travada entre nossos exércitos Luciano fez uma observação que teve o condão de interromper momentaneamente as hostilidades:

– Sabia que entre os árabes, os homens, quando são verdadeiros amigos, fazem um pacto de amizade misturando o próprio sangue?

– Então eles se tornam irmãos! – observei, já adivinhando sua intenção.

– É isso mesmo. E é para toda a vida, porque eles misturam o sangue – repetiu.

Então um acordo silencioso se fez entre nós. Procurei alguma coisa pontiaguda, não recordo exatamente o quê, e selamos aquela amizade lancetando os dedos indicadores e esfregando-os um no outro. Para mim, aquele foi um ato solene e marcante, sobretudo porque, alguns dias mais tarde, Luciano veio a falecer vítima de um acidente de automóvel.

Ao saber de sua morte, recordo-me de ter sentido um aperto no coração e perguntado a Deus – *aquele Ser barbudo que costumara ver no teto da igreja Matriz, numa reprodução da famosa pintura da Capela Sistina* –, a quem eu temia muito mais do que amava, qual tinha sido a razão para levar o meu amigo tão cedo para o céu. Recordo-me que fui tomado por uma espécie de revolta contra Ele, todo-poderoso e onisciente, mas que, inexplicavelmente, permitia que criaturas inocentes, que nunca haviam feito mal a ninguém, fossem mortas de forma tão estúpida. Foi esse o meu primeiro encontro com a sensação de absurdo no curso de um longo processo de despertar.

Um estranho sonho acordado

Nos fins de semana, desde meus primeiros anos até o tempo em que fui morar em Brasília, anos depois, eu costumava passar os sábados, e algumas vezes também os domingos, na fazenda de meu tio Arnaldo. Suas terras ficavam a poucos quilômetros da cidade e eram o local de reunião dos amigos e parentes, que iam para lá fazer churrasco, beber, jogar conversa fora e andar a cavalo.

A despeito da presença constante de outros jovens, primos e amigos, era comum me isolar por algum tempo para passear sozinho pelos campos e matas da fazenda. Eu apreciava estar comigo mesmo e sentir a realidade do mundo à minha volta sem distrações indesejadas. E como tal característica já era bastante conhecida, as pessoas não estranhavam mais meus freqüentes e súbitos desaparecimentos.

Recordo-me bem – *eu tinha 16 anos* – de uma certa manhã, quando passeava despreocupadamente por uma mata, em que me recostei num tronco e fiquei ouvindo a melodia da água de um riacho a correr por entre as árvores. Aos poucos uma sonolência agradável foi invadindo minha consciência e adormeci.

Sonhei, então, que estava numa ilha isolada do mundo, quase toda coberta por uma espessa vegetação. Não sabia como chegara lá, mas me sentia como uma espécie de renegado. Tinha a nítida impressão de ter transgredido uma lei qualquer, e que seria punido por isso.

O curioso é que parecia não ter fugido de nada tenebroso ou maléfico. Ao contrário, abandonara um lugar onde eu era igual a todos os demais, sem um nome ou uma identidade própria e pessoal. Mas eu desejava ser alguém. Por isso fugira em busca de minha própria identidade, para um lugar sem lei e sem dono. Queria ditar minhas regras e fazer tudo o que viesse à minha mente.

Uma força bravia me dominava, misturada com um sentimento de revolta contra o sistema, a previsibilidade e a transparência do mundo que eu renegara. Ansiava por um pouco de mistério, de sombra e de opacidade; por um pouco de embriaguez e de esquecimento.

Sim, o esquecimento era necessário, a fim de poder me recriar e construir meu próprio mundo, pois estava cansado da monotonia de uma vida pacífica e sem surpresas, que nunca tinha fim. Eu anelava o abismo, o obscuro, a dificuldade, o desafio. Desejava explorar novas possibilidades, novas sensações e emoções. Almejava fundar um reino onde somente eu dominasse e fosse o senhor absoluto. Mas para isso era preciso fechar-me em mim mesmo, criar e viver unicamente meus próprios sonhos.

Fugia de uma espécie de paraíso, escolhendo o exílio, com todos os seus riscos e suas surpresas. Quem sabe o que me esperava! E apesar das dificuldades e do perigo que isso representava, não queria voltar para o lugar de onde viera. Estava cansado de não ser ninguém naquele outro mundo.

Sabia que haveria mensageiros e enviados para tentar me convencer a retornar, mas estava determinado a não me deixar influenciar e persuadir a esse retorno. Isso equivaleria a uma morte pessoal, pois a volta implicaria a total rendição a uma vontade que não era a minha.

Imerso nesses sentimentos e impressões, fui sendo aos poucos despertado pelas pancadas ritmadas e próximas feitas por um pica-pau.

Quando abri os olhos e perguntei a mim mesmo o que significava tudo aquilo, vi Darapti sentado num toco, um pouco adiante de mim.

— Essa é exatamente a sua situação — disse ele.

— Que situação?

— De fugitivo.

— Não sou nenhum fugitivo — retruquei.

— Mas você, às vezes, se sente como se fosse um; como alguém que esqueceu sua origem e que está perdido num mundo estranho e hostil, não é verdade?

— Sim, isso é verdade — admiti.

Depois de pensar um pouco sobre o que meu pequeno amigo dissera, e bastante intrigado com aquelas palavras, indaguei:

— Você quer dizer que este mundo não foi criado por Deus?

— De onde vem sua certeza de que o tenha sido? — tornou ele, com outra pergunta.

E depois de um momento completou:

— Não responda agora. Reflita, leia sobre o assunto e mais tarde conversaremos.

Voltei para casa intrigado. Não sabia o que pensar sobre o sonho e sobre o significado daquela conversa. Cheguei a desconfiar de que o próprio Darapti fosse também parte do sonho.

Era estranho, mas nas últimas vezes que o encontrara — *ele já não aparecia com a mesma freqüência de antes* —, depois que ia embora eu ficava com uma certa dúvida de que sua presença não fora apenas uma alucinação de minha mente. Suas aparições e sua aparência se chocavam tanto contra o senso de realidade que eu adquirira, que já não tinha mais certeza de que ele fosse real. Por essas e outras razões tomava cuidado para não me referir a ele, como fazia quando era mais novo, e divulgar as conversas que tinha com meu pequeno amigo. A última vez em que isso aconteceu, meu pai me levou ao neurologista para um novo encefalograma, dos muitos que já havia feito. Para sua surpresa, no entanto, a existência de Darapti era a única coisa que, aparentemente, havia saído errado comigo. A não ser tal esquisitice, eu parecia uma pessoa comum, a despeito de minha natureza introspectiva e pouco comunicativa. E como, depois disso, não mais falasse sobre meu amigo invisível, tinha me tornado inteiramente normal para ele e minha família.

O reino encantado de Débora

Nos dias que passaram, em virtude do sonho ou alucinação que tivera e da conversa com Darapti, adquiri uma nova fonte de interesse e de inquietação: a metafísica, com todos os seus questionamentos sobre o ser e o não-ser e o significado da existência, além de uma outra bem diferente, que já vinha avultando há algum tempo: minha prima Débora, uma bonita e simpática moça de 17 anos que desde o começo do ano viera morar conosco para cursar Medicina na conhecida Universidade da cidade.

De cabelos lisos e negros, pele branca e um rosto de traços finos e elegantes, esculpido com invulgar esmero, e seios que se sobressaiam sob o vestido, às vezes aberto em generoso decote, Débora surgiu no cenário de minha vida numa idade de transição e de intensas transformações. Aos poucos, fui descobrindo nela uma pessoa sensível e inteligente, que se interessava pelas minhas leituras e por meus questionamentos existenciais. E assim uma bela amizade surgiu entre nós, uma amizade que, aos poucos, foi se transformando em amor, que a timidez impedia-me de revelar.

Toda manhã me esforçava para acordar cedo, a fim de tomar café da manhã em sua companhia.

Mas a convivência com Débora e as leituras que fazia provocavam-me uma experiência paradoxal: eu me encontrava dividido entre os fortes impulsos do desejo e absorvido por um idealismo sentimental que tendia a desprezar o próprio corpo e valorizava apenas o espírito. Todavia, quanto mais eu tentava desprezar o corpo, mais ele afirmava suas exigências e reclamava os direitos próprios daquele perturbador desabrochar da adolescência. Em vão tentava negar o desejo que sentia por Débora, e agradeci aos céus quando descobri que era recíproco.

Foi exatamente em meio a esse torvelinho de impulsos e emoções contraditórias que, num agradável dia de maio, balançando-me na rede da varanda e desfrutando o belo entardecer, Débora, que acabara de chegar da universidade, aproximou-se, fazendo um desabafo.

– Ainda bem que amanhã não há aula. Estou exausta. A prova foi difícil e a caminhada até aqui, cansativa. O cavalheiro, por acaso, não cederia um espaço nessa convidativa e confortável rede a uma dama necessitada – disse ela, no seu jeito bem descontraído e alegre.

– Claro! Aqui há sempre lugar para damas desamparadas, aflitas e necessitadas – brinquei.

Apesar do dito espirituoso, o coração já começara a bater mais forte e mais rápido, antegozando o prazer de sua proximidade.

Ela então se aproximou e sentou-se ao meu lado. O perfume que exalava pareceu-me o mais inebriante que já sentira. Não tive coragem de pensar no que desejava que acontecesse, mas sabia que as circunstâncias e o cenário eram propícios. A tarde caía e o céu, límpido e transparente, começava a cintilar com as estrelas, numa abóbada que se abria ao infinito. A empregada fora à missa e meus pais tinham viajado, com o resto da família, para passar o fim de semana na chácara de meu tio. Estávamos por nossa conta, donos de nossas vidas, sem interferência de ninguém.

Depois de me contar como fora o seu dia na Universidade, Débora recostou a cabeça em meu ombro. E por uma breve eternidade ficamos assim, em silêncio, até que, vencendo o medo de ser repelido, comecei a acariciar-lhe a cabeça, deslizando os dedos pelos seus sedosos e negros cabelos. Ela então suspirou, dizendo que era disso que precisava. Não sei quanto tempo ficamos assim, até que ela passou a corresponder a meus afagos. Não ousei falar, para não quebrar a magia do momento, até que procurei seus lábios, que me acolheram com doce receptividade e até com uma certa dose de ansiedade. Ela disse então que queria trocar de roupa e que logo voltaria.

Aproveitei o momento para abrir uma garrafa de vinho e arranjar alguns petiscos para comermos, e também para escolher um disco apropriado àquela auspiciosa ocasião. Quando ela voltou, usando um vestido solto e colorido e o cabelo preso na forma de rabo-de-cavalo, fazendo sobressair seu rosto bonito e inteligente, bebemos, conversamos, comemos e dançamos, até que fomos para o meu quarto. Como agradeci então ser um anjo caído, numa vestimenta de carne! Ter um corpo, com suas limitações, certamente podia ter seus perigos e profundas desvantagens em relação à diáfana e imponderável luz do espírito, mas sem ele eu não poderia vivenciar aquela intensa experiência dos sentidos. De fato, a despeito de suas limitações, desejos e necessidades, naquele momento, a matéria corporal pareceu-me uma grande invenção e glorifiquei a queda dos anjos. O que estava experimentando naquele momento, aquela excitação dos nervos, da alma e do corpo, era uma experiência gloriosa, em nada semelhante às outras que até então conhecia.

Depois do encanto, o desencanto

Alguém já mencionou que filosofar sobre o sentido da existência é o resultado de se estar maldisposto, sugerindo que, se estivéssemos satisfeitos e alegres com a vida, e conosco mesmos, não haveria filosofia nem metafísica. Toda minha vida, porém, foi e tem sido uma viva refutação de tal assertiva, que considero mais retórica que verdadeira. Nos momentos mais belos e gloriosos é que as perguntas encontravam para mim seu pleno sentido e o mistério da existência ganhava uma importância intensamente significativa. E foi justamente nos dias que se seguiram ao encontro com Débora – *um desses felizes e expansivos momentos de alegria e de liberdade* – que a indagação sobre a existência, com sua mescla infindável de experiências contrastantes e multifacetadas, tomou uma forma bem aguda para mim.

Instigado pelo estranho sonho que tivera na fazenda de meu tio, pelas palavras enigmáticas e provocativas de Darapti, pelas leituras que fizera, e, por outro lado, acicatado pelo desejo de repetir aqueles magníficos e inebriantes momentos passados com Débora, eu vivia uma espécie de febre do corpo e do espírito, dois combatentes que se digladiavam para ganhar a supremacia da minha alma, que se abria para o mundo e para a vida. E tais preocupações eram, muitas vezes, o assunto das conversas que tinha com Débora, que sempre me ouvia com interesse e tinha freqüentemente uma observação aguda e inteligente a fazer.

Não partilhava com mais ninguém as inquietações filosóficas que me perturbavam o sono, tanto quanto ela mesma o perturbava, por motivos menos filosóficos.

Estranhamente, porém, depois daquele episódio da rede, agíamos como se nada tivesse acontecido entre nós. Tínhamos a sensação de que havíamos avançado demais, de que fizéramos algo que seria objeto de reprovação pelas nossas famílias. De minha parte, até chegava a duvidar se a segunda parte daquela noite, após o vinho, havia sido de fato real ou apenas um agradável sonho que tivera. Por isso, não tinha coragem de tocar no assunto com Débora, nem de me aproximar dela com maior intimidade. Continuamos, porém, a conversar durante o café da manhã e nos poucos momentos em que nos encontrávamos, depois que ela voltava da Universidade. Além disso, embora não fossem destituídos de significação, Débora não viu aqueles momentos de intimidade com os mesmos olhos que eu, e não lhes deu a mesma importância. Talvez pela nossa diferença de idade, que, aliás, não era assim tão grande, ou porque éramos primos que viviam sob o mesmo teto, o fato é que eu não constituía, naquela época, uma opção ou uma possibilidade de relacionamento para ela. Débora estava por demais absorvida em seus estudos e com os colegas da Universidade, e acabou se envolvendo com um estudante de medicina que cursava o último ano. Porém, com receio de magoar-me, pois acabara percebendo os meus sentimentos, manteve o quanto pôde o namoro fora de meu conhecimento, até que o inevitável aconteceu. Como o relacionamento, que já se tornara conhecido, foi encarado com agrado por minha mãe – *que cuidava de Débora como uma filha* –, Eduardo Tolentino *(esse era o nome do felizardo)* não demorou muito a ser convidado a freqüentar a casa, com direito a um solene jantar de apresentação. Foi quando conheci o ciúme e aquele profundo desconforto de sentir-me preterido, uma espécie de massacre do ego que provocou uma tormenta em meus sentimentos e afetou o modo de me relacionar com as pessoas.

Nos dias que se passaram Débora notou certa rispidez em meus modos e, um dia, tentou se explicar, na mesma varanda em que tudo acontecera, o que resultou num dolorido momento de carinho: um abraço afetuoso e um inesperado e sentido beijo de consolação. Aceitei suas desculpas e fingi aceitar suas explicações. Mas o resultado é que me determinei a não mais me apaixonar por alguém. Daí em diante seria frio e superior em relação ao sexo oposto.

Com o tempo, fui abandonando minha timidez e tornei-me uma espécie de *bad boy*. Namorava bastante e não tinha muita consideração pelo sentimento das pessoas. Não que eu fosse um exemplo de beleza ou de charme, mas adotei um jeito descontraído e um tanto debochado que acabou por me fazer passar por um tipo superior, que desafiava e atraía algumas garotas. Meu pai se orgulhava de mim; minha mãe deplorava meus modos com palavras, mas na intimidade sentia-se satisfeita. Queria me ter por perto o mais que pudesse, até que outra mulher me roubasse dela. Mas quanto mais tarde melhor.

Mudança

Dois anos se passaram e fui estudar Direito em Brasília, na UnB, aproveitando uma oportunidade que surgiu com a ida de meu tio para lá a fim de assumir uma cadeira de deputado federal.

Durante meu primeiro ano na nova cidade encontrei Débora apenas uma vez, na festa de aniversário de minha mãe. Nessa ocasião notei que estava um pouco apreensiva e sem a sua vivacidade habitual, mas não pude saber mais nada a respeito, pois ela viajou na manhã seguinte para passar o fim de semana com os pais.

Alguns dias mais tarde, deitado na rede da varanda, vendo a tarde cair, com o coração em paz e a mente tranqüila – *situação não muito comum para mim naquela época* –, subitamente fui tomado por uma inusitada e aguda consciência de mim mesmo. Mais que uma mera constatação, era uma marcante e presente sensação de existir; uma sensação extraordinária, como se tivesse acordado de um sono letárgico que me fazia sentir com incrível nitidez a presença das coisas à minha volta: do banco verde encostado à parede, das plantas floridas de minha mãe no murinho da varanda e das árvores do jardim, que iam, pouco a pouco, sendo tomadas pela penumbra da noite que caía. O céu estava azul-escuro e começava a cintilar com a luz das estrelas mais brilhantes.

E em meio a esse estado alterado de consciência, em que sentia a unidade íntima de todas as coisas que eu via, foi irrompendo em minha mente uma interrogação, na verdade, mais um sentimento que um pensamento, mas que significava, em palavras, mais ou menos o seguinte: "De onde vem toda essa existência? Qual a fonte que mantém tudo isso, e por quê? Qual a razão dessa incompreensível mistura de beleza, prazer, alegria, ignorância e tormento que marca a vida neste lugar?".

Naquele momento dei-me conta de que vivia a maior parte do tempo mergulhado numa espécie de entorpecimento, praticamente inconsciente do surpreendente enigma de minha própria vida e da existência do mundo onde ela acontecia. Lembrei-me de Wordsworth, que dizia que "nosso nascimento não é outra coisa senão um dormir e esquecer".

Que grande diferença havia entre "sentir" a existência e viver como um autômato! Que enorme diferença entre ver uma árvore e "sentir" sua presença! Que diferença ainda maior era perceber-me e "sentir" que existia!

Indaguei então a mim mesmo se a vida possuía algum propósito ou se era simplesmente uma mera contingência, sem significado maior que aquele que o homem lhe dava; se tinha algum sentido a infindável profusão de fenômenos que surgem e desaparecem incessantemente no nada, ou se existiriam para a mera distração ou o gozo estético do espírito, semelhante àquele que eu estava experimentando no momento? E se houvesse uma finalidade por trás de tudo, por que eu, como indivíduo interessado, não a conhecia? Platão estaria certo ao afirmar que habitamos um mundo ilusório, uma mera cópia imperfeita de uma realidade muito melhor e mais verdadeira?

Tais perguntas eu me fazia quando ouvi o familiar zumbido que quase sempre anunciava a aproximação de Darapti. E de fato, logo em seguida, ouvi sua voz:

— A maioria das pessoas neste mundo está dormindo. Não sabe o que é a vida real, pois perdeu a lembrança dela. Essa é a história da humanidade, caída no esquecimento de si mesma. O processo de despertar, que é o acordar desse sonho, é simples, mas não é fácil. Freqüentemente acontece depois de muitos choques, quando o indivíduo passa a questionar sua realidade e suas crenças.

Após refletir um pouco sobre o que acabara de ouvir, respondi, ainda um tanto surpreso, mas satisfeito com a presença de meu extraordinário amigo:

— Mas poderia ser diferente; deveria ser diferente! — exclamei.

— Nessa aventura, que é um sonho auto-induzido, a alma conhece o exílio e no processo de despertar aprende algumas habilidades que lhe serão úteis quando, por opção, retornar ao belo e traiçoeiro mundo da matéria e da forma, agora para auxiliar aqueles que estão perdidos e esquecidos de sua verdadeira realidade, como o sábio descrito por Platão no Mito da Caverna.

E prosseguiu:

— É como se adquirisse a capacidade de mergulhar no mundo concreto e, ao mesmo tempo, manter a consciência do espírito.

Quando formulei outra pergunta, Darapti respondeu que já era suficiente para aquele dia, e se encaminhou para o fundo do jardim até desaparecer de minha vista.

Com o tempo descobri que poderia, de certa maneira, provocar ou facilitar o aparecimento de Darapti criando um vazio em minha mente. Algumas vezes conseguia isso quando assistia a um filme muito interessante, que prendia minha atenção a ponto de me fazer esquecer de mim mesmo. Nessas ocasiões, não era raro sair do cinema com a mente em silêncio e num estado de aguda atenção ao momento presente. Era quando Darapti podia aparecer.

Mas não era somente nessas ocasiões, quando a mente silenciava, que ele surgia. Mas sempre que dava o ar de sua graça, era enriquecedor para mim, embora algumas vezes ele aparecesse em momentos inconvenientes. Foi o que aconteceu uma noite em que saí para jantar com uma moça chamada Regina, em quem estava interessado apenas pelos seus dotes físicos. Logo depois de bebermos a primeira taça de vinho, líquido com o qual pretendia relaxar suas defesas e criar nela uma disposição descontraída mais propícia ao meu intento, senti o zumbido característico que geralmente precedia a vinda de Darapti. E, de fato, logo em seguida vi meu amigo entrar pela porta, encaminhar-se em nossa direção e sentar-se na cadeira vaga.

– Quem é essa sua amiga? – perguntou ele, com ar maroto.

– Você sabe quem é, não sabe? – disse-lhe, deixando escapar a frase em voz alta.

– O quê? – exclamou a moça, confusa, pois aparentemente eu estava prestando atenção à sua entusiasmada interpretação do filme, embora olhasse intermitentemente, de forma casual, para Darapti, como a lhe dizer que a ocasião não era propícia para aquela conversa.

– Ah, desculpe, estava só pensando alto – falei.

– Sobre o filme?

– É, ... é sobre o filme – balbuciei.

– É feio mentir – interferiu Darapti, para meu desgosto.

Olhando para ele de soslaio, dei um sorriso amarelo, sem poder dizer nada.

Em casa, depois que a noite acabou muito mais cedo do que desejava, fui tomado por uma onda de revolta contra o baixinho. Senti-me invadido em minha privacidade, embora já não fosse tão fácil para mim agir com falsidade, dando a entender uma intenção quando na verdade tinha outra em mente. Todavia, acreditava-me policiado indevidamente por ele.

Na universidade

Quando entrei na universidade tinha me convencido que viver poderia ser fácil e muito bom se conseguisse fechar os olhos para certos fatos desagradáveis e enxergasse apenas as coisa belas e alegres da vida. Foi o que fiz até conhecer Max Delbos, quando passei novamente a encarar a vida com um olhar menos limitado e ingênuo.

Encontrei Delbos logo no início do segundo ano do curso de Direito. Ele acabara de chegar de São Paulo, de onde seu pai viera para ocupar importante cargo no governo. Alto, magro e esbelto, possuía traços agradáveis e cabelos castanhos ondulados, quase sempre repartidos ao meio. Tinha um ar de nobreza que lhe caía muito bem e combinava admiravelmente com seu modo educado e talvez um tanto formal.

Além de possuir uma cultura geral acima da média, era uma pessoa idealista, com duas características fundamentais: a generosidade, de um lado, e a franqueza, de outro. Com efeito, estava sempre pronto a ajudar quem dele precisasse e não era raro dar o casaco que usava a um mendigo que encontrasse na rua. Mas apesar da gentileza que lhe era natural, sua franqueza às vezes chegava a chocar ao se deparar com atitudes que considerava desonestas ou hipócritas, quando então desmascarava a pessoa de uma forma bastante constrangedora. Foi assim que ganhou o respeito de uns e, também, a inimizade e a antipatia de outros.

O campo de interesse de Delbos era bastante extenso. Ele lia vorazmente os assuntos mais diversos, além das matérias de seu curso. Certa vez, quando lhe perguntei porque cursava Direito, uma disciplina essencialmente pragmática e extremamente fluida – *com leis sendo aprovadas, modificadas e revogadas diariamente* –, aparentemente o oposto daquilo que parecia interessar-lhe, respondeu-me:

– Porque quero me servir dela como um instrumento de atuação social. Há muita injustiça na sociedade e o Direito pode ser uma boa ferramenta para reparar essa situação.

⁓

Lembro-me da primeira vez que conversamos mais longamente. Éramos colegas do mesmo ano e fazíamos algumas matérias juntos. Nesse dia, na aula de Filosofia do Direito, em que o professor invocou Deus como fundamento último da justiça, sua participação foi marcante. Provocou ao mesmo tempo admiração dos colegas e a inimizade do titular da cadeira, que ficou embaraçado com as inteligentes observações de meu interessante colega.

Terminada a aula, dirigi-me à lanchonete da Faculdade para comer alguma coisa. Pouco depois, já sentado a uma mesa vazia, vi Delbos se aproximar com um copo de suco de laranja e um queijo quente.

– Posso sentar? – disse ele, com seu jeito educado.
– Claro! – respondi. – Gostei de ver como embaraçou o professor.

Eu ficara impressionado com sua erudição e a forma desembaraçada com a qual mostrou a incongruência daquilo que o douto mestre, Fradique Sampaio Serpa, tinha na conta de uma verdade inquestionável.

– Não tive a intenção..., mas ele falou uma besteira – explicou Delbos.
– Você deve ter lido muito...

Quando olhei para o lado, vi Darapti, que não havia anunciado sua presença como normalmente o fazia, sentado numa cadeira ao lado ouvindo nosso diálogo.

– Não é uma questão de leitura, mas de bom senso – tornou Delbos. – As pessoas não costumam pensar corretamente e quase sempre assumem como verdade premissas que não foram questionadas nem devidamente analisadas.

A despeito do modo um tanto arrogante daquelas palavras, que me fez deixar escapar um sorriso, concordei com ele. E, para estimulá-lo a prosseguir, disse:

– Isso ficou bem claro para todos que estavam assistindo à aula. Concordo em parte quando diz que não é possível sustentar que Deus é sumamente bom, onisciente e onipotente e, ao mesmo tempo, criador de um mundo onde a presença do mal é evidente e irrefutável.

– Se você concorda "em parte" com o que eu falei, com que parte não concorda? – reconveio ele, olhando para mim com um leve sorriso.

– O Fradique teria uma saída. Dizer que Deus deu o livre-arbítrio à Criatura, e que esta é a responsável pela presença do mal no mundo. É como afirma Santo Agostinho: o mal presente no mundo seria resultado do livre-arbítrio do homem que, escolhendo os bens menores *(os apetites relacionados ao corpo)*, introduz a imperfeição no mundo, que poderia ser perfeito, se a sua vontade se inclinasse para os bens maiores ou espirituais.

Delbos assentiu com a cabeça, reconhecendo a procedência do argumento, mas ponderou:

– Se a cadeia alimentar foi idéia de alguém, esse alguém está mais para demônio do que para Deus.

Tal observação era a verbalização exata do que às vezes eu mesmo pensava.

– Mas se Deus não criou o Mundo, então seria tudo obra do acaso? – perguntei-lhe, com o intento de instigá-lo a falar mais sobre o assunto que tanto me interessava.

Delbos, que nesse momento olhava absorto para o jardim lateral, virou-se e disse:

— Não acho que o Universo e a própria vida sejam resultado do mero acaso. Penso que há uma inteligência que procura expressar-se por meio da vida em evolução. Nesse sentido, o mal que existe no mundo pode ser visto como um momento passageiro desse caminho que vai da ameba até o homem e que aponta, talvez, para além do humano.

— É um longo caminho — observei.

— É um caminho infinito — redargüiu.

Depois de ficar pensativo por alguns momentos, Delbos fez a seguinte ponderação:

— O triste é que a brutalidade da Natureza não se compara ao mal enorme que o homem causa a seus semelhantes e às outras formas de vida.

Essas suas palavras serviram para me cativar ainda mais. Era gratificante constatar que tínhamos opiniões semelhantes sobre muitos pontos, ainda que ele acreditasse num processo evolutivo sem um criador pessoal, ao contrário de mim, que de alguma forma pensava num Ser criador individual.

Nesse instante, o sol forte e brilhante foi encoberto por nuvens cinzentas e uma rajada de vento anunciadora de chuva pesada levantou as folhas dos cadernos que estavam em cima da mesa. Era uma típica tempestade de verão que chegava.

Saímos dali e fomos para o auditório da faculdade, onde teríamos em breve o duvidoso privilégio de assistir a uma palestra sobre licitação, assunto que seria cobrado na prova da próxima semana.

Darapti, talvez por ter algum interesse em licitação *(a gente nunca sabe o que se passa pela cabeça dos duendes!)*, acompanhou-me e sentou-se na poltrona a meu lado, bem no fundo do auditório.

Devaneio

Olhando para o ilustre palestrante, que já iniciara sua exposição em meio à confusão dos sons de conversas, do barulho de passos no corredor e da chuva, uma progressiva sonolência foi tomando conta de mim – *a ponto de eu não conseguir manter os olhos abertos* – e entrei numa espécie de devaneio, esquecido tanto das licitações quanto de Darapti.

⁂

Diante de mim se abria um cenário de grande beleza natural. Um bosque florido com cores variadas, em que predominava o amarelo e o vermelho, um córrego que serpenteava por um tapete verde de uma fina grama e, ao longe, montanhas com picos nevados.

"Onde estou, afinal?", pensei, embevecido com a beleza do lugar.

Caminhei na direção da mata, que começava a poucos passos à minha direita, e, quando parei, um esquilo curioso se aproximou e ficou a um passo de mim. Estendi a mão e o bichinho subiu pelo meu braço e se acomodou no ombro, como se fôssemos velhos amigos. Andei mais um pouco até chegar a uma pequena elevação, já fora do bosque, de onde avistei, não muito longe, uma grande construção de pedra e de vidro, semelhante a uma catedral gótica, próximo a um lago azulado, no sopé de uma montanha coberta de coníferas.

Depois de colocar meu pequeno amigo no chão, prossegui até os seus altos portais. A estrutura de magnífica beleza, muito parecida com *Sainte Chapelle (que eu conhecia apenas por fotografia)*, tinha enormes vitrais coloridos sustentados por delgadas colunatas de pedra que se erguiam a uma altura incrível. A entrada principal, ladeada por duas menores, devia ter quase dez metros de altura e estava fechada por uma espécie de substância dourada semitranslúcida, como se fosse ouro líquido, que era perpassado ritmadamente por ondulações de cima para baixo que produziam um som que, embora grave e ritmado, não era desagradável ao ouvido.

– "Que estranho?" – sussurrei para mim mesmo.

No mesmo instante dois pontos de luz atravessaram a estranha substância e postaram-se diante de mim, distendendo-se em seguida num facho de luz vertical com, aproximadamente, a minha estatura. Um era vermelho, e o outro, amarelo.

– "O que é isso?" – exclamei, em voz alta, um pouco assustado.

A resposta veio clara em minha mente.

– Somos alguns dos habitantes deste lugar"

Perguntei a mim mesmo se não estaria sonhando!?

— A vida aqui é tão ou mais real que a aquela que você leva no seu mundo de energia congelada e de adormecimento — disse o ser amarelo *(eu sabia intuitivamente que era ele)*, como se respondesse à minha indagação.
— Há muito nos libertamos do corpo físico e das suas necessidades, e vivemos, hoje, no limiar entre dois mundos: o Universo material e os mundos de luz.

E em seguida o ser "Vermelho" completou:

— Mas se hoje não precisamos de um corpo físico para nos expressar, já houve um tempo em que ele nos foi necessário.

— E esse lugar, com tantas árvores e animais, de onde vem tudo isso? — indaguei.

— Em parte, já estava aqui, e, em parte, nós o criamos — disse "Amarelo". — Podemos construir qualquer coisa a partir da luz ou da energia. Muito do que vê a sua volta é resultado disso, e todos os seres de nossa espécie participam integralmente do que é criado, individual ou coletivamente. Vivemos numa realidade de transparência e de interconexão total.

— Quer dizer que vocês não têm mais individualidades separadas? — perguntei.

— Não apreciamos mais o sentido de separatividade, que é resultante da experiência de se viver num corpo físico. E embora sejamos individualidades do ponto de vista da consciência e da forma, como matrizes auto-referenciais de luz, nossa consciência é fortemente coletiva. Temos todos um campo de consciência comum. Somos coletivamente a consciência da luz. Isso significa que as experiências vividas por cada um de nós é partilhada por todos. E essa circunstância nos confere um estado de grande alegria e sentido de união.

Sem interrupção, "Vermelho" continuou.

— Mas tanto quanto vocês, também somos aprendizes da vida, que é infinita e inesgotável. A grande diferença é que estamos num grau mais desenvolvido de comunhão com ela. Assim, no atual estágio de nossa história, usamos normalmente, como indivíduos de uma coletividade, corpos de luz que, para a percepção física, não possuem uma forma definida, mas que em si mesmos têm uma estrutura altamente maleável e sofisticada.

Eram tantas as indagações que podia formular, e as respostas que gostaria de obter, que perguntei quase ao acaso:

— E a experiência física de sua espécie foi tão conturbada e difícil quanto tem sido a nossa? — indaguei, referindo-me à história conhecida do homem.

— Nós somos uma das possibilidades de seu futuro e vocês são, em certo sentido, uma versão de nosso passado, pois a vida é uma só. As diversas formas como ela se expressa é que são múltiplas, infinitas até, ainda que com uma mesma essência imutável, que torna possível todas as realidades e os variados modos de sua revelação. Todavia, nos mundos físicos os contrastes são muito acentuados, o que dá nascimento tanto a uma imensa e deslumbrante variedade de belezas quanto a uma abundante diversidade de conflitos, o que não mais acontece no nível onde atuamos predominantemente.

Depois de uma pequena pausa, continuou:

– Num certo sentido, o seu mundo, com o nível de consciência que lhe é peculiar, é o nosso inconsciente, que precisa ser reintegrado e refundido, para que possamos avançar ainda mais.

– Como assim? – indaguei.

– Há uma continuidade entre vocês e nós, porque a consciência também é contínua, assim como a vida, da qual ela é expressão, embora uma e outra pareçam descontínuas ao olhar superficial. Por essa razão qualquer ser humano em seu mundo pode, em tese, expandir a mente e se tornar, em consciência, semelhante a nós, pois não há limites para a mente. É por isso que você está aqui. E se no seu mundo predomina o sono, e muitas vezes o pesadelo, ele é também um lugar de oportunidades extraordinárias para o desenvolvimento das potencialidades da mente. Isso porque a contração, a resistência e as dificuldades que os humanos enfrentam servem para mobilizar e concentrar os inesgotáveis recursos do espírito, no sentido da autossuperação e do desenvolvimento de suas muitas habilidades.

Logo que o fluxo daquele pensamento estancou, passei para a próxima interrogação que me inquietava.

– Mas, se vocês são luz, por que então precisam deste mundo físico e das coisas que existem aqui?

– Não precisamos! Este lugar é apenas nosso jardim físico. E, embora seja tão real quanto o seu mundo, situa-se numa realidade paralela menos densa. Quando o espírito se liberta da restrição dos mundos materiais, a vida passa a ser sentida e entendida como uma brincadeira infinita, e ele adquire maestria sobre a realidade física, que se torna apenas um dos campos para o exercício de sua criatividade. Por isso podemos criar no plano físico quase tudo o que desejarmos.

– Nesse jardim – continuou "Vermelho" – temos a possibilidade de fundir nossa consciência com a dos animais e ter a mesma experiência sensorial que eles têm. Embora sejam nossas criações, esses animaizinhos possuem um núcleo potencial de liberdade e de individualidade. E ainda que este mundo seja apenas um aspecto de nossa vida consciente, ele cumpre um importante papel, sem deixar de ser uma fonte de diversão e de alegria. Por vezes, uma parte de nossa consciência coletiva se deixa restringir à forma da consciência física das espécies animais, e algumas outras vezes, mais raras, assume a forma humana, por algum tempo, para propósitos específicos.

Curioso, e admirando mais uma vez a incrível beleza do lugar, perguntei como eles criavam essa realidade física.

A resposta veio sem demora:

— Quando mudamos de fase dimensional e abandonamos nossos corpos físicos pelos corpos de luz, já havíamos construído grandes máquinas amplificadoras de energia, que utilizam, de forma combinada, a energia cósmica, o campo magnético e a energia térmica do planeta para materializar fisicamente aquilo que desejamos. São máquinas que transformam nossos pensamentos em pura energia e, depois, em matéria física. Ainda usamos tais aparelhos para criar muitas formas orgânicas.

Depois de mais uma pausa, continuou.

— Mas essa é uma parte muito restrita do que fazemos e do que exploramos. No Universo de luz onde estamos estabelecidos, pensar é criar. O intervalo entre pensar e ser, entre o conceber e o existir, é mínimo, quase instantâneo.

Como essa última informação estava muito além de minhas possibilidades de compreensão, quis saber sobre aquilo que me pareceu um pouco mais fácil de entender.

— E onde estão os geradores utilizados por vocês? — perguntei, ao mesmo tempo em que olhava ao longe tentando distinguir alguma outra construção.

— "Há condensadores energéticos por todo o planeta, os dois maiores estão exatamente nos pólos magnéticos. Um desses terminais fica logo abaixo deste templo diante de você."

Quando pensei naquela grande estrutura de pedra e vidro colorido, ouvi em minha mente o pensamento de "Amarelo":

— Este templo foi construído quando ainda possuíamos corpos físicos, embora um pouco menos densos que aqueles que vocês usam em sua realidade. Você gostaria de entrar nele?

A seu tácito convite, que tocou minha curiosidade, aguçada pelo fato de não poder ver o que havia lá dentro, assenti prontamente em pensamento. Imediatamente a gigantesca porta semilíquida, convulsionada por ondas pulsantes de energia, começou a recolher-se.

Então, vendo o espaço livre que se abriu em minha frente, calculei, mentalmente, que o templo devia ter bem mais de 50 metros de comprimento, talvez o dobro. No piso, viam-se alguns desenhos geométricos compostos com pedras coloridas, em que se sobressaíam o laranja, o azul e o amarelo; e, bem no centro da estrutura, havia um repuxo de água saindo de uma base de pedra, de formato octogonal, avermelhada.

Logo que cruzei a majestosa entrada, uma melodia suave, mas poderosa – *que parecia fazer vibrar todas as fibras de meu corpo* – começou a soar, vinda provavelmente da fonte que ficava no centro do templo. Era um som que lembrava vagamente a música de um órgão, porém de conteúdo mais rico e variado.

À medida que caminhava, olhava admirado para a espetacular abóbada, sustentada por delgadas colunatas de pedra, e que era inundada por uma agradável claridade, filtrada por belíssimos vitrais, que dominavam quase inteiramente toda a construção, espargindo no ambiente uma luz colorida e serena.

Ao chegar bem próximo do repuxo, cuja água caía numa concavidade circular recortada na rocha, percebi também um ponto de luz azul bem no centro da água que subia. Concomitante à percepção da luz, que parecia brilhar cada vez mais com maior intensidade, fui sendo tomado por uma grande tranqüilidade, até que minha mente esvaziou-se completamente, não restando nenhum traço de pensamento ou de inquietação. Era como se estivesse sob o efeito de uma poderosa droga, que me infundia uma intensa sensação de realidade e de ligação com a vida e com os seres que ali estavam.

Quando, por um momento, me virei para trás, não encontrei mais "Vermelho" e "Amarelo", mas dois jovens, de feições belas e serenas, vestidos com túnica branca, na qual se via, bem ao centro, uma estrela de doze pontas inscrita num círculo, com um triângulo no meio, vermelho em um e amarelo no outro. Soube imediatamente que eram "Vermelho" e "Amarelo" que haviam assumido a forma humana.

Não sei quanto tempo fiquei – *agora ladeado por eles* – diante daquela luz azul, tomado por uma espécie de atordoamento de lucidez. Só sei que, quando, num súbito impulso, estendi a mão para tocá-la, fui sugado por ela e desapareci num túnel escuro.

De volta ao mundo normal

Quando abri os olhos, o barulho dos aplausos ainda ecoava no auditório. Era o fim da palestra, e demorei alguns segundos para me reajustar àquela prosaica realidade, da qual partira há um século. Darapti continuava sentado ao meu lado, e quando me virei, vi que me observava com um olhar sorridente, como se dissesse "por essa você não esperava, hein!"

Pensei: "O que foi aquilo? Uma alucinação? Parecia tão real..."

— Você decide se foi alucinação ou realidade, outra realidade... — ouvi mentalmente a resposta de meu amigo barbudo, que, logo em seguida, levantou-se e foi saindo do auditório. Levantei-me também e o segui, na esperança de obter uma explicação para o que tinha acontecido comigo. Sabia que a probabilidade não estava a meu favor, visto que Darapti geralmente respondia às minhas indagações, ou com outras perguntas, ou com enigmas que me deixavam ainda mais confuso.

— Diga-me o que foi aquilo — perguntei em voz alta novamente quando o alcancei próximo à porta.

— Você quer tudo mastigado, não é? Procure dentro de si mesmo. Deixe a experiência amadurecer, frutificar. O universo e a vida são muito mais ricos do que normalmente se pensa. Na verdade, são infinitos em todos os sentidos. Há realidades que você nem imagina que existam. Você experimentou, durante um tempo, viver numa delas.

Em seguida andou mais alguns passos e foi desaparecendo lentamente de minha vista, confirmando meus receios.

Percebi que algumas pessoas que ainda saíam do auditório ficaram sem entender meu comportamento. Mas aquilo não me perturbou nem um pouco. Esbocei um sorriso para elas e tomei o caminho do estacionamento. Estava ainda sob o forte impacto daquela extraordinária e perturbadora vivência, que atuava em meu sistema vital como uma droga. Naquele momento eu via e ouvia como se tudo estivesse em câmara lenta, desde o movimento do meu corpo e das pessoas caminhando, até as vozes das conversas e o barulho dos carros na rua.

Entrei no Chevette branco e fui saindo sem saber para onde ir. Não queria voltar para casa. Normalmente andava sempre apressado no trânsito, mas daquela vez lembro que dirigi bem devagar. Liguei o rádio e me dissolvi na música que tocava. Tudo estava bem. Resolvi então dar um passeio em volta do Lago Paranoá. Tinha sido um dia especial e queria sentar junto à água e desfrutar daquele estado de espírito tão inusitado.

Levei muito tempo para contornar o Lago, parando de tempos em tempos a fim de contemplar a vista. Sem sentir o tempo passar, a tarde foi caindo lentamente. Já no final do passeio, quando sentei no chão de um dos *piers* que havia na Península Sul, para olhar os reflexos avermelhados do sol poente e desfrutar da agradável brisa que soprava, de uma forma estranha meu sentido de identidade foi se expandindo progressivamente abarcando todo o cenário eu que contemplava. E assim fiquei até que a noite caiu. Então me levantei e fui para casa, não muito longe dali.

Quando cheguei, ainda flutuava entre dois mundos. E, em tal condição, logo depois de abrir a porta, fui recebido por Junior, um *golden retriver* dourado, que pulou em mim com o rabo abanando e choramingando de alegria, como sempre fazia quando eu voltava da universidade.

Junior tinha uns cinco anos de idade e aparentemente era, na família, o único a ver Darapti, além de mim *(fato este que eu pensava depusesse a favor de minha sanidade)*. E, tanto quanto eu, acostumou-se à sua presença. Quando me mudei para Brasília, levei-o comigo. Era meu amigão, apesar de nunca ter me desligado completamente do preconceito de classe que nos separava – ele pertencia à classe dos quadrúpedes peludos e eu à dos bípedes implumes. Todavia, tal fato não impedia que ele, sem parecer se importar muito com meus sentimentos de superioridade, me recebesse de igual para igual – *como um irmão querido –,* colocando suas patas em meu peito e tentando lamber meu rosto, ao que freqüentemente eu reagia, sem muita convicção, mas em aparente firmeza, com um repetitivo "não Junior, já disse que não é para pular, seu cachorro maluco!"

Nesse dia em particular eu estava com o humor tão bom que nem me importei de ter sido carimbado, na camisa branca que usava, com duas patas sujas de terra, provavelmente porque ele estivera cavando seus buracos no jardim.

A verdade é que ele não distinguia qualquer diferença de valor entre nós, tanto que, quando se sentia preterido ou negligenciado a respeito de um suposto direito *(ele pensava que os tinha todos)*, reclamava, olhando e latindo para mim com a íntima certeza de que merecia aquilo – apesar de, muitas vezes, não obter com facilidade o que queria. Mas isso parecia não abalá-lo, pois possuía uma persistência admirável, quase sempre me vencendo pelo cansaço.

Foi assim quando veio morar conosco em Caxias do Sul, já com cinco meses. No início, dormia fora, na varanda, e, se entrava em casa, os protestos de minha mãe eram logo ouvidos. Entretanto, com o tempo, acabou nos conquistando por sua alegria e extraordinária inteligência. Inicialmente punha o focinho para dentro da sala, olhando para nós com o olhar de um pobre cão abandonado. Aos poucos, foram a cabeça e as patas. Em seguida, o corpo todo. Foi desse modo que Junior passou a conviver conosco como um membro da família. E também assim passou a dormir na cozinha ou às vezes em meu quarto, não por insistência minha, mas de minha mãe, que ficara tomada de amores pelo cão. Ele só não dormia no quarto dela porque meu pai não permitia.

Junior tinha muitas peculiaridades engraçadas. Uma delas era seu modo singular de matar formigas para comer, que era seu único ato de selvageria e agressão *(pois nunca conheci cão mais dócil e pacífico)*. Talvez temendo ser picado ou mordido na língua *(coisa que provavelmente já tinha acontecido)*, quando via uma delas jogava-se ao chão dando cabeçadas. Depois que a infeliz morria ou ficava atordoada, ele a lambia e engolia. Não sei se tal fato era prova de inteligência, mas ninguém poderia negar sua capacidade inventiva.

Uma outra particularidade sua era que não podia me ver calçar o tênis. Tomava-se de uma excitação incontrolável, pois, por associação, firmou-se em seu cérebro a convicção de que uma vez calçado o mágico tênis, a caminhada com ele se seguiria necessariamente, o que nem sempre acontecia. Era o caso, por exemplo, quando ia jogar vôlei, ocasião em que o coitado ficava para trás desconsolado e choroso.

⁂

Atraído pelo barulho causado pelo Junior, meu tio veio me receber à porta. Ele estava com alguns amigos deputados e comemorava algum acontecimento positivo para a agremiação política a que pertenciam. Por seu convite, juntei-me a eles para um *drink*. Foi nesse dia que conheci sua namorada.

Ana era uma moça alegre e bonita, com uma imaginação exuberante. Passei um bom tempo conversando com ela, que estava convencida da presença de extraterrestres entre nós e acreditava que a nossa civilização em breve iria sofrer uma grande transformação, por causa de uma terceira guerra mundial ou de um cataclismo de proporções gigantescas. E, ainda que eu não cresse em nenhuma dessas possibilidades, fiquei entretido com tais assuntos, muito diferentes daqueles que ocupavam o espírito dos demais ali presentes.

Era interessante ver a marcada diferença que havia entre ela e meu tio, que tinha, ao contrário de Ana, um temperamento materialista, racional e pragmático, muito pouco dado a acreditar em coisas fantásticas. Concluí que eram os opostos que se atraíam.

Quando ela foi embora, também me retirei, subindo para meu quarto.

No dia seguinte, logo após acordar, dei de cara com Darapti sentado em minha cama. Não perdi tempo e descarreguei nele um turbilhão de perguntas, ao mesmo tempo em que o tocava com meu pé direito e constatava que era tão sólido quanto a própria cama – o que sempre me intrigava, visto que ele podia atravessar paredes, sumir de repente e estar sempre invisível aos olhos de outras pessoas. Era o enigma que Darapti representava para mim e em relação ao qual ainda não havia chegado a uma conclusão satisfatória. Entretanto, como já disse, o fato de Junior também poder vê-lo me aliviava, em parte, da preocupação de que eu poderia estar sendo vítima de alucinações. A não ser que o mesmo acontecesse com meu cão, o que seria muita coincidência. Seríamos então dois alucinados.

Às indagações que lhe fiz, umas emendadas a outras e entremeadas de considerações pessoais sobre aquele episódio fantástico que havia vivenciado, Darapti não respondeu, mas fez a seguinte observação *(repetindo o que já havia dito outras vezes)*:

– O que você chama de sonho, alucinação ou vida real são a verdade de sua mente; ou seja, o resultado de suas crenças, opiniões, percepções e opções conscientes e inconscientes. A resposta sobre o significado de seu sonho somente você pode dar, porque somente você a possui.

Dito isso, foi saindo do quarto, passou pela porta e sumiu. Atitude muito característica dele.

Faço um amigo

A recente experiência "metafísica" que vivi enquanto dormia no auditório da faculdade de Direito produziu em mim um efeito marcante. Nas semanas que se seguiram, freqüentemente, ao longo do dia, vinham-me à mente imagens desse acontecimento, a que logo se seguiam momentos de introspecção, durante os quais tentava decifrar o seu significado, refletindo sobre o que havia visto e ouvido. Sabia, no entanto, que não fora um simples sonho, em virtude da forte impressão de realidade que experimentara. Sentia que tinha um significado de grande importância, mas não sabia qual.

A questão que inicialmente mais me ocupava era descobrir o real significado de tal experiência e, especialmente, em que medida os conteúdos de nossa consciência são reais. "Vermelho" e "Amarelo" eram reais? E o que dizer daquela estranha e, ao mesmo tempo, familiar luz azul? Seriam simples criações de minha própria mente ou faziam parte de um mundo real e objetivo? Eram essas perguntas que freqüentemente me fazia.

Foi também durante esse período, cerca de dois meses após o incidente, que conheci um homem, a quem me liguei por uma forte amizade, que viria a ter um papel marcante em minha vida, embora ficássemos longos períodos sem nos ver.

Eis como o encontrei a primeira vez.

Estávamos próximos do final de junho e um grupo de amigos combinou de fazer uma festa, que serviria também para comemorar o encerramento do semestre letivo, na fazenda do pai de Roberto Vieira, um colega de faculdade. A festa seria no sábado e as pessoas deveriam levar suas barracas de acampamento para ficarem até o domingo, ou mais ainda. Alguns iriam já na sexta-feira, entre eles Delbos e eu.

Saímos tarde de Brasília, por volta das 21h, e quando estávamos chegando na entrada da fazenda, que ficava na beira do asfalto, um dos pneus dianteiros do carro furou ao bater numa pedra pontiaguda. Ao começarmos a retirá-lo, com certa dificuldade, pois tínhamos apenas uma pequena lanterna, ouvimos um barulho de passos vindos de um barranco atrás de nós. Apreensivos, interrompemos o que estávamos fazendo e nos viramos para tentar ver alguma coisa.

– Quem vem aí – indaguei.

– Não tenham medo – disse uma voz pausada e sonora, emitida por um vulto que foi surgindo da escuridão. – Estou aqui para ajudar.

Vimos então se aproximar um homem alto e esguio, de boné escuro, cujos olhos azuis apareceram brevemente na luz de nossa lanterna.

Ficamos por alguns instantes sem saber o que fazer, mas não recusamos a ajuda que nos ofertou. Sua lanterna, bem melhor que a nossa, deu-nos a iluminação necessária para concluirmos rapidamente a troca.

Colocado o pneu furado no porta-malas, perguntei ao estranho como se chamava e se ele morava por perto.

– Meu nome é Carlos, Carlos Frontis – respondeu. – Estou passando um tempo na fazenda que fica logo em frente, provavelmente para onde vocês também se dirigem. São colegas do Roberto, não são?

– Sim, somos. Mas o que faz aqui a essas horas, e a pé? – indagou Delbos, mais curioso do que preocupado.

– Saí para caminhar e estou retornando. Houve um contratempo e demorei mais do que pretendia.

Depois de um intervalo, arrematou com um sorriso:

– Creio que vou aceitar a carona de vocês.

Achei engraçada a forma como falou, pois obviamente era minha intenção oferecer carona, mas ainda não o fizera. Já dentro do carro, dei-me conta de que Carlos tinha uma presença pessoal muito forte, como se irradiasse uma poderosa energia em torno de si. Notei também, quando tirou o boné por um instante e passou a mão pela cabeça, que seus cabelos eram inteiramente brancos, embora a pele de seu rosto fosse lisa como a de um jovem. Por essa razão era difícil atribuir-lhe uma idade.

Ao chegarmos ao local do acampamento, Carlos dirigiu-se conosco até a roda de jovens que se reunia em volta da fogueira, cumprimentou-os e, quando Delbos se afastou por um instante para buscar algo no automóvel, virou-se para mim e disse:

– Sinto que há alguma coisa que o perturba. Se quiser conversar a respeito estarei à sua disposição. Você me encontrará a uns dois quilômetros daqui, na casa que fica próxima à lagoa. Não tenha receio em aparecer. – E depois de breve intervalo, acrescentou: – Amanhã de manhã seria um bom momento para isso.

Fiquei sem saber o que pensar. Era muito estranho o que havia dito e podia significar que ele, de alguma forma, estava ciente do que se passava comigo, o que me deixou bastante curioso, ainda que um tanto desconfiado. Mas tal foi o efeito do que dissera, que, até decidir-me a encontrá-lo na manhã seguinte, suas palavras não saíram da minha cabeça.

No percurso até o local indicado, cheguei a pensar que eu poderia estar caindo em alguma espécie de fraude. Todavia, como não encontrasse uma razão plausível que apoiasse tal hipótese, não lhe dei muita atenção.

Ao chegar ao meu destino montado num cavalo velho e cansado, deparei-me com uma pequena, mas agradável, casa de tijolo aparente inteiramente avarandada. E qual não foi minha surpresa quando vi Darapti sentado no último degrau da escada que dava para a varanda – *o que explicava o zumbido nos ouvidos que ouvi ao me aproximar da casa –*, enquanto Carlos lia um livro acomodado numa espreguiçadeira. Quando este se levantou e desceu os degraus para me receber, pude vê-lo ainda melhor e reparei que possuía um rosto bem proporcionado, cujas feições lhe dariam talvez uma impressão de severa gravidade, não fosse o seu sorriso fácil e simpático.

Depois de sentarmos e trocar algumas palavras, e logo após ele sair para buscar água, dirigi-me a Darapti e perguntei-lhe o que fazia ali.

– Estava esperando você – respondeu ele, com aquele sorriso maroto, como se fosse a coisa mais óbvia do mundo.

– Mas por que resolveu me rever logo aqui?

– E por que não?

– É, por que não!? – concordei, lembrando-me que Darapti costumava aparecer nos lugares e nas circunstâncias mais inesperadas.

– Suponho que somente eu possa vê-lo – indaguei. – Ou o nosso amigo também pode?

– Pergunte a ele, que é quem deve responder.

– Mas, caso não o veja, se eu falar em você, ele certamente pensará que sou maluco. Um mau começo para travar conhecimento com alguém, não acha?

– Por acaso você saberia me dizer o que é sanidade e o que é loucura?

– Pensando bem, não sei.

Nesse momento, Carlos retornou com uma jarra de água e dois copos. Foi quando reparei numa grande obra em andamento a cerca de 200 metros dali. Fiquei sabendo que ele tinha elaborado o projeto de uma casa para seu irmão, o dono da fazenda, e ali se encontrava para supervisionar a obra.

Pelo que pude deduzir de nossa conversa, Carlos levava uma vida de cigano, não se demorando muito em nenhum lugar. Passava a maior parte do tempo na Europa e no Japão.

Apesar de seu sorriso fácil e acolhedor, Carlos era uma figura imponente, envolta numa certa aura de mistério, o que em nada perturbava ou dificultava o contato com as pessoas. Uma das coisas que logo percebi nesse dia foi a forte impressão de tranqüilidade e de segurança que emanava dele.

Perguntei a razão do convite para visitá-lo e ele respondeu que havia sentido em mim uma grande inquietação mental, provocada, ele supunha, por uma busca interior sobre a vida, e que fora mais uma forte impressão geral que tivera a meu respeito do que algo de caráter específico. Em suma, explicou-me que tivera uma intuição que o fizera dizer o que disse, e que estava muito satisfeito por tê-lo feito.

Ao finalizar essas palavras, convidou-me a acompanhá-lo até o pomar, pois desejava mostrar-me a variedade de árvores lá existentes e uma caudalosa nascente de água mineral. Antes, porém, passamos pela construção, que ficava no caminho, onde nos demoramos alguns minutos, durante os quais, ao mesmo tempo em que vistoriava a obra, explicou-me a disposição dos ambientes e espaços da futura casa.

Já no caminho para o pomar, notei que Darapti nos acompanhava logo atrás, cercado de um grupo de cães: um boxer, que estava na varanda da casa quando cheguei, um pastor alemão manso e velho, que vivia solto na fazenda, e dois vira-latas. Ao se virar e ver aquela aglomeração canina, Carlos sorriu, fazendo-me pensar que também pudesse ver Darapti. Todavia, nada lhe perguntei, com receio de que fosse apenas uma impressão minha. Dali a pouco, Darapti passou por nós em disparada, montado no pastor alemão, precipitando-se em direção a um matagal acompanhado pela tropa. Não pude conter o riso ao perceber que meu pequenino amigo, cavalgando o cachorro peludo, estava ainda menor do que o habitual. Era certamente mais um de seus truques. Não tinha idéia do que poderia estar fazendo, a não ser se divertindo e divertindo aquela turma de desocupados. Senti um certo alívio em não ter dito nada a Carlos, porque agora nem eu mesmo acreditava no que via.

No pomar, Carlos me fez experimentar algumas frutas que colhia, dando o nome e a classificação das árvores que lá se encontravam. A impressão que tive é que poderia discorrer sobre qualquer coisa com conhecimento de causa e, ao mesmo tempo, com bastante simplicidade.

Passado algum tempo, quando me falava de uma grande árvore que havia chamado minha atenção, vi correr em nossa direção uma bonita moça de cabelos dourados, que se lançou em seus braços com grande alegria. Era sua filha Inês. Atrás vinha sua mãe, acompanhada do marido.

Fui apresentado a todos e pude notar a camaradagem que havia entre Carlos e o marido de sua ex-esposa, chamado Brisco. Soube mais tarde que os dois eram amigos de infância e ainda se davam muito bem. Depois de alguns anos de união, ele e Sônia haviam se separado, pois era evidente que ele não fora talhado para o casamento, porque tinha o temperamento e a vida de um aventureiro. Casara-se porque Sônia engravidara e, no caso, aquela tinha sido a melhor coisa a fazer. Mas a convivência entre eles nunca funcionou, pois queriam coisas completamente diferentes da vida.

Ficamos mais algum tempo no pomar e, em seguida, nos dirigimos ao estábulo, onde havia bonitos cavalos de raça, muitos dos quais tinham ganhado vários prêmios. Depois, retornamos à varanda da casa e lá ficamos a conversar.

O tempo foi passando e quando, por volta da uma hora da tarde, levantei-me para ir embora, Carlos e Inês insistiram para que almoçasse com eles. Não tendo nada mais interessante a fazer, assenti alegremente.

Um pouco mais tarde, a mesa comprida da sala foi arrumada e Dona Rosa, a mulher do caseiro, serviu a refeição, que consistia em frango assado, polenta frita, salada, milho verde, além do tradicional arroz com feijão. Para beber foram trazidas duas garrafas de vinho tinto, que contribuí para esvaziar em quantidade maior do que recomendava o bom senso.

Em dado momento Carlos perguntou sobre as últimas notícias da civilização, já que estava praticamente isolado do mundo há mais de um mês, pois não lia jornais nem escutava rádio ou via televisão, numa espécie de exílio voluntário.

— O assunto do momento são as sucessivas quedas nas bolsas de valores, em virtude do perigo de guerra no Oriente Médio — disse Brisco.

— E, naturalmente — continuou Sônia —, o agravamento dos antigos problemas: o aquecimento global, a poluição das cidades, a violência urbana...

— Há quem diga — observou Carlos — que o *homo sapiens*, como o homem comum é definido pela antropologia — esse homem que destrói o ambiente em que vive; que se reproduz de modo irracional; que polui a terra, o mar e o ar indiscriminadamente, condenando as gerações futuras —, seria mais bem definido, segundo palavras de um pensador, como *homo demens*. De fato, o que é tudo isso senão o triunfo da insanidade?

Enquanto refletia sobre o que ele havia dito, fui inquirido por Sônia sobre a minha opinião acerca do assunto.

Como tinha uma visão bastante geral sobre o tema, observei apenas que dependia do homem fazer da Terra um paraíso ou um inferno, embora, ao que tudo indicava, há muito tempo parecia que tinha se dedicado à última tarefa ao invés da primeira e que o capitalismo tinha contribuído em grande medida para isso.

— Meu marido — tornou Sônia — acha que o capitalismo é o melhor sistema possível e que o mercado por si só pode resolver todos os problemas humanos.

Paulo Brisco fora um militante comunista nos tempos de estudante universitário e agora era um empresário bem-sucedido do ramo da propaganda. Ele e Sônia viviam, no campo das idéias, em eternas discussões ideológicas, mas se davam muito bem na vida prática. Ela sabia, mais do que ele, aplicar com admirável tino comercial o dinheiro que o marido ganhava e, por isso, gozavam de uma vida material muito confortável e abundante.

— Sem o sistema de produção capitalista, com a economia de mercado, a concorrência e a acumulação de capital — respondeu ele —, não haveria esse vertiginoso progresso tecnológico e científico, que tanto tem beneficiado o homem, expandindo o conhecimento e contribuindo para melhorar a qualidade de vida de grandes contingentes humanos. Não há como negar que os benefícios foram e são imensos. A cura de doenças, o aumento da produtividade na agricultura, a universalização das comunicações e muitas outras coisas. – E concluiu – Esse sistema baseado na concorrência constitui um fator de estímulo permanente à criatividade humana. Sem o capitalismo, nada disso seria possível.

– Mas, apesar de todo esse progresso, e embora a produção de alimentos seja hoje suficiente para alimentar a todos, a fome e a miséria atingem uma grande parte da população do planeta – ponderou Sônia.

– Concentração de um lado e escassez do outro; acho que essa é a natureza do capitalismo – disse eu.

– O capitalismo – interveio Carlos – é apenas o reflexo do próprio homem: a projeção exterior de sua condição psicológica e moral.

Ao ouvir aquelas palavras, pensei comigo mesmo que o capitalismo era o símbolo do egoísmo e da ignorância espiritual do homem, materializada num sistema que elevava o dinheiro e os objetos de consumo à categoria de valores supremos, colaborando para alienar o homem de si mesmo. Todavia, tal alienação já vinha de muito longe. Na época de Sócrates, e antes dele, na antiga China e na Índia dos Brâmanes, o conhecimento de si mesmo era o ideal do sábio, em contraste com a excessiva dispersão e alienação das massas, mais preocupadas com a sobrevivência e com os prazeres dos sentidos.

Enquanto assim considerava, coincidentemente Carlos expressou o que seria uma conclusão natural dessas minhas cogitações.

– Tudo o que acontece na sociedade é reflexo do modo como o homem pensa e age. Ela sempre estará de acordo com os valores, os sentimentos e as emoções que o motivam e o impulsionam. Se a propriedade e os objetos são mais importantes que o autoconhecimento, é porque o homem se perdeu no mundo das coisas e das mercadorias e se esqueceu de si mesmo.

Mais tarde, na sala de estar, instalado confortavelmente numa poltrona e um pouco embriagado, olhei para fora e avistei o pobre pangaré que havia me trazido até lá. Senti um laivo de pena do pobre animal, que, além de não participar da sociedade de consumo, nem do mercado globalizado, estava quase sempre exposto às intempéries da vida e do clima, atado até a morte ao seu triste destino de puxar carga e de transportar seres humanos de um lado para outro.

Depois que os outros comensais se retiraram, Carlos e eu voltamos à varanda. Foi quando soube um pouco mais de sua vida. Descontraído como me encontrava, não tive receio em perguntar-lhe a respeito de alguns assuntos sobre os quais sentia curiosidade.

Quando lhe inquiri sobre o que fazia para viver e onde morava, respondeu-me que era uma espécie de vagabundo, um *outsider*, que vagava de um lugar para outro, sem rumo definitivo. Tinha, no entanto, um refúgio permanente – *uma rústica e simpática casa de pedras numa cidadezinha nos Alpes franceses* – para onde voltava de tempos em tempos. Disse-me ainda que teve oportunidade de adquirir uma boa educação, e que muito se esforçou para ampliá-la, o que lhe deu a ocasião de viver no exterior, onde obteve razoável sucesso como arquiteto. Por algum tempo trabalhou ativamente num escritório em Paris, do qual ainda era sócio, mas que havia escolhido outro modo de vida. Hoje fazia um ou dois projetos por ano, além de pintar ocasionalmente.

– Então além de arquiteto você é pintor também? – perguntei.

– Embora desde cedo gostasse de desenhar, interessei-me por pintura quando estava vivendo no Japão, há muitos anos – respondeu-me ele. – Comecei a pintar para dar vazão a uma necessidade de criar. E os quadros que resultaram daí, sem eu saber ao certo o motivo, acabaram sendo muito apreciados e procurados. Sobretudo depois de uma exposição em Paris patrocinada por um amigo, dono de uma grande galeria. Ao todo, não pintei mais que 30 telas. Algumas delas dei de presente, e somente vendi umas poucas, por boas quantias, mas nada que se compare aos valores pelos quais atualmente são negociadas.

– Que tipo de pintura você faz? – indaguei, curioso.

– Diria que é uma espécie de pintura abstrata, onde as cores, os matizes e as formas indefinidas predominam. Alguns dizem que criei uma nova forma de expressão visual.

E, com um jeito sorridente e descontraído, completou:

– O que faço não é nada de mais. Apenas um modo de me divertir, de me comunicar de uma maneira não verbal. Não sei explicar muito bem o sucesso desses quadros. Talvez por terem caído nas boas graças de um crítico de arte conhecido e respeitado, que fez uma boa divulgação de meu nome.

Depois, a seu pedido, falei da minha vida e dos planos para o futuro. E assim o tempo passou. Quando a tarde já vinha caindo, disse a Carlos que era hora de partir e voltei ao acampamento. Darapti, que havia ficado ausente por algum tempo, acompanhou-me até lá montado no pastor alemão, ocasião em que tivemos uma curiosa conversa.

Ao perguntar-lhe se tinha alguma ligação com meu novo amigo, ele respondeu:

– Estou ligado a todos os seres vivos – declarou, como se fosse a coisa mais óbvia do mundo. – Mas se você me pergunta se tenho com ele a mesma relação que possuo com você, a resposta é não.

Como eu manifestasse incompreensão a respeito do que acabara de falar, tentou explicar:

— Tudo é um e, ao mesmo tempo, tudo é diferente. Em todas as coisas, há um fundamento que é universal e uma particularidade absolutamente singular. No que é geral, estou ligado a ele; no que é particular, a você.

Fiquei na mesma.

— Por que razão tenho uma sensação de que tal encontro não foi um mero acaso? — perguntei-lhe, referindo-me a Carlos.

— E o que é o acaso? — respondeu ele, com outra pergunta.

— Ora, é aquilo que não tem uma causa que o explique totalmente — arrisquei, consciente da insuficiência da resposta.

— E você acha que alguma coisa que acontece neste mundo pode deixar de ter causa ou causas?

— Pensando bem, acho que não. Mas é pelo fato de terem muitas causas concorrentes que certos acontecimentos são chamados de casuais.

— Pois não existe acontecimento ou encontro casual; um encontro é sempre uma oportunidade para o autoconhecimento, ainda que não se tenha consciência disso. Mas é algo sempre determinado por uma dimensão do Ser desconhecida pela maioria das pessoas. E é este Ser que maneja o *script* do jogo que é a vida.

— Um jogo?! — protestei. — Se a vida é um jogo, não me lembro de ter escolhido participar!

— É porque você, e os outros, se banharam nas águas do esquecimento, como dizia Platão acerca das almas que iam encarnar no mundo sensível. Antes de vir para cá você perdeu a memória de tudo que sabia, inclusive das regras do jogo, e desse modo esqueceu quem é, e como este mundo foi criado, e é constantemente mantido pela consciência coletiva. Por certo é uma experiência que você mesmo escolheu viver.

— E para quê?! — exclamei. — O que se ganha com isso?

— Maestria mental no mundo da matéria. Enquanto isso for interessante...

— Mas com que finalidade? — insisti.

—Talvez para desenvolver habilidades que permitam ao espírito gozar melhor a vida, nas várias esferas de realidade onde ele a estiver experimentando. Na verdade, não se deve pensar "no que se ganha com isso", sob pena de se perder o sentido da coisa. Se tudo é um jogo, a finalidade principal é simplesmente a diversão, como em todo jogo.

Embora concordasse em parte com o que dizia, entendia apenas metade do que ele falava.

— Estranho jogo esse; estranha Criação; estranho Deus que concebeu tudo isso! — observei.

– E será que existe um Deus pessoal, Criador de todas as coisas? – perguntou ele, indo direto ao foco da minha questão.

– Não sei. Se, por um lado, não me parece razoável postular a existência de um Deus pessoal, por outro, sinto a necessidade de culpar alguém pelos males que povoam o mundo – ou pelo próprio mundo.

Nessa altura, quando alguns colegas vieram ao meu encontro, tínhamos chegado ao acampamento e a conversa terminou.

As semanas seguintes

Nas semanas seguintes, encontrei Carlos algumas vezes na fazenda e outras na cidade. Lembro-me, particularmente, de um passeio na Península Sul. Enquanto caminhávamos calmamente pela trilha de asfalto que margeia a orla do lago, o sol finalizava seu trajeto diário num céu de profundo azul, tingindo de dourado as águas levemente onduladas.

Por esse tempo eu estava absorvido na leitura de alguns textos de Albert Camus e também do filósofo Schelling, cujas especulações sobre Deus, a Criação e a presença do mal no mundo tinham aguçado intensamente meu fervor filosófico.

Inicialmente, falamos sobre essas questões, mas depois a conversa se desviou para algo mais específico, e que se referia à possibilidade de o homem transcender sua ignorância existencial e viver com sabedoria e em paz consigo mesmo.

Nesse dia, fiquei sabendo que, nos dois anos em que Carlos esteve no Japão fazendo estudos sobre a arte e a arquitetura oriental, ele passou a freqüentar um mosteiro zen-budista, onde praticou meditação sob a supervisão de um velho monge. Foi um tempo de dedicação e de rígida disciplina, até que teve a experiência que iria marcá-lo profundamente, proporcionado-lhe uma nova percepção de si mesmo e do mundo.

Embora não costumasse falar de si mesmo, talvez pela amizade e a confiança que já sentíamos um pelo outro, ele me revelou um pouco mais de sua experiência vivida no Japão.

– Meu mestre, o *roshi* Shunryu, costumava falar da mente como um caldeirão, em que os pensamentos *(os desejos de preenchimento e as expectativas de posse e medos de perdas daí decorrentes)* eram as bolhas de vapor que surgem da água em ebulição. "Uma vez que o fogo dos desejos cessa – dizia ele – também cessa a ebulição da mente e se torna mais fácil manter-se no estado de quietude requerido para a meditação". Ele era rigoroso e usava seu bastão sempre que dormíamos ou cochilávamos durante o Zazen, a meditação diária, sobretudo nas maratonas de oito horas que fazíamos todo o mês. Durante um retiro no mosteiro, num momento de intensa absorção no Zazen, tive uma inesperada e súbita vivência da "vacuidade". Aconteceu no final da tarde, quando estava sentado em frente ao jardim de pedra, em meditação já há algumas horas. Num certo momento, com a mente livre de preocupações, fui entrando num profundo silêncio e, subitamente, penetrei numa esfera de puro vazio; um vazio cheio de vida e pleno de possibilidades. Senti, então, que aquele era o ponto de onde tudo promanava e para onde tudo voltava. O tempo simplesmente deixou de existir... Eu transbordava de vida. Sentia-me em comunhão com tudo e com todos, tomado de uma paz nunca antes experimentada e um amor profundo e desinteressado por todos os seres.

— E depois disso, o que aconteceu?

— No outro dia, o mestre aproximou-se com um sorriso na face e me disse, fazendo uma longa reverência: "Sua missão aqui terminou meu filho; agora a vida e o mundo estão abertos para você". Ainda bastante tocado pela força daquela vivência, olhei para ele com um profundo sentimento de gratidão, sabendo que, apesar de sermos dois indivíduos, havia apenas uma vida que nos animava e da qual participávamos. Lembro que, mais tarde, cogitei para mim mesmo que o paraíso não era um lugar, mas um estado de ser, no qual o homem, transcendendo os limites de sua personalidade, vê o infinito brilhando na glória do seu próprio ser.

— E quando deixou o mosteiro, o que aconteceu? — indaguei, sensibilizado com o que ouvira e interessado no desdobramento da história.

— Como conseqüência da prática da meditação, fui me aprofundando no conhecimento da mente e aprendendo como usá-la de modo mais saudável e produtivo. Aprendi também a ver as coisas menos com os olhos e mais com a sensibilidade e a intuição,

Porque pensar é não compreender...
O mundo não se fez para pensarmos nele
(Pensar é estar doente dos olhos)
Mas para olharmos para ele e estarmos de acordo...

E após citar este verso de Alberto Caieiro, um heterônimo de Fernando Pessoa, ponderou:

— O ver é uma oportunidade para o sentir. E sentir o quê? Sentir a mim mesmo e as coisas! Porque ao olhar verdadeiramente para o mundo, sinto-me nele existindo e integrado na totalidade da vida.

Quando chegamos ao final do caminho para fazer o percurso no sentido contrário, o sol já havia se posto e as primeiras estrelas começavam a brilhar no azul profundo. Desejando saber um pouco mais sobre a sua experiência no mosteiro japonês, pedi a Carlos que explicasse o efeito que ela tivera em sua percepção do tempo.

Após olhar para o horizonte com uma expressão pensativa, como se buscasse na memória reviver a sensação do que ocorrera, disse:

— Quando penetrei o vazio, só havia o presente. Os pensamentos haviam desaparecido, e, junto com eles, o passado e o futuro. Minha mente mergulhou no "aqui e agora", atenta e deliciada com tudo o que acontecia. Nenhuma preocupação, nenhuma expectativa. Apenas o entusiasmo de existir. Dei-me conta, então, de que a experiência do "não tempo" – *que é viver no eterno presente* – é uma condição que se alcança somente quando o espírito consegue se desligar do fluxo dos pensamentos e das emoções que a eles se vinculam e deixa-se fluir com o ritmo e o sentimento da vida. Sentimentos são diferentes de emoções – explicou ele. Os sentimentos nos põem em contato com nosso ser, enquanto as emoções nos distraem e nos afastam de nós mesmos. São as emoções, na verdade, que criam o tempo *(a sensação de tempo – frisou ele)* para a consciência.

– Não entendi a relação de uma coisa com outra.

– Se você reparar, notará que toda sensação de tempo está sempre ligada a uma emoção, a um desejo ou a uma expectativa qualquer. É por causa disso que o sentimos alongar-se, seja por causa de algo que esperamos com certa ansiedade, seja em virtude do desconforto de uma situação específica. É quando os segundos, os minutos, e as horas, enfim, o tempo torna-se real e substancial para nós. Daí dizer-se que o tempo é uma experiência, não um fato externo, objetivo e independente de nossa consciência. O que pode haver de aparentemente independente de nós são os fenômenos e processos físicos e energéticos, mas, como uma sensação, o tempo está sempre na consciência, ou, como diria Santo Agostinho, na alma. Mas na pura sensação do eu, quando a mente se esvazia e estanca seu fluxo incessante, o tempo psicológico desaparece. Essa foi e é a minha experiência.

Como eu fizesse uma expressão reflexiva, meu amigo acrescentou:

– O que quero dizer é que os processos e acontecimentos exteriores existem para aqueles que os percebem, mas o tempo, como uma sensação de escoamento da vida, de "demora", não está nos processos, e sim no modo como reagimos a eles. Por isso o tempo é simplesmente uma reação psicológica, resultado do pensamento, da memória, do hábito e das expectativas que as pessoas têm sobre a vida. Para quem que se encontra numa situação de não-pensamento, o vôo de uma ave, por exemplo, é visto e percebido, mas não está no tempo, não é sentido como algo temporal. É uma seqüência de momentos absolutos, atemporais. Isso é o que os sábios chamam de eternidade no instante presente, pois da mesma forma que o pensamento pode ser paralisado, assim também acontece com o tempo, o tempo subjetivo. Tudo depende de uma especial disciplina da mente.

– Mas se pararmos de pensar perderemos não apenas a percepção do tempo mas também a sensação de nossa identidade. É o pensamento que nos distingue dos animais e que nos dá o sentido de identidade pessoal.

– Na verdade, não pensar, ou silenciar a mente, não implica a perda da identidade pessoal, mas a sua expansão – tornou ele. Uma expansão que acaba, progressivamente, por engolir e transformar a antiga identidade limitada – o ego. Daí porque é natural que seja um processo difícil, que encontra resistência, consciente e inconsciente, desse núcleo psicológico que se sente ameaçado.

E, retornando ao assunto anterior, falou:

– O que notei depois daquela experiência é que podia ficar num estado de desidentificação, como um observador do cenário do mundo, e de mim mesmo, o que não significava, porém, nenhuma espécie de passividade ou estagnação. Muito ao contrário. Nessa condição, com a mente mais concentrada e lúcida, aquilo que fazia tinha mais poder e energia de realização, mais eficiência e precisão, já que não me dispersava nem me distraía facilmente.

Carlos contou-me também que a original insatisfação existencial – *tão forte nele, assim como era em mim naquela fase de minha vida* – aos poucos cedera lugar a uma tranqüilidade de alma, advinda da quietude da mente. Com isso, a busca de um significado para a vida deixara de ser importante para ele, diferentemente do que acontecia comigo, que buscava desesperadamente encontrar um.

Embora possa parecer, do modo como narrei, que Carlos tenha falado comigo num tom professoral, o fato é que conversávamos como iguais. Na verdade, falei mais do que ouvi, expondo-lhe meus questionamentos e idéias sobre a vida e o mundo que bailavam inquietos em meu cérebro intranqüilo, como macaquinhos endiabrados em busca de expressão.

Após esse passeio, estive com Carlos outras vezes, até que ele voltou para a Europa. Somente alguns anos mais tarde é que o encontraria novamente em Paris.

Anete

Durante o segundo semestre do mesmo ano, aproximei-me de Anete Soler, uma colega do curso de Direito, com quem passei a conversar com certa freqüência nos intervalos das aulas, ou depois que terminavam. Algumas vezes, quando o assunto nos prendia, íamos almoçar no restaurante universitário, o chamado "Bandejão".

Anete possuía uma mente vivaz e curiosa e um humor peculiar. Apreciava e conhecia bastante música, arte e literatura. E, embora gostasse de sua companhia e a admirasse por seus dotes intelectuais e sua conversa espirituosa, a princípio representava somente uma companhia interessante. Não era exatamente o tipo de mulher que chamasse a atenção por sua beleza. Com seus óculos antiquados de professora e as roupas um tanto desleixadas, Anete constituía uma espécie de exceção no meio social almofadinha e janota do Departamento de Direito. Mas, a despeito disso, notava-se, a um olhar mais atento, que possuía um rosto bonito e um corpo bem-feito. Tinha feições finas e harmônicas, cabelos loiros e ondulados, olhos castanhos e uma pele muito branca, com o rosto cheio de sardinhas.

Freqüentemente encontrava-a sozinha, sentada num dos bancos de cimento do departamento ou em uma das mesas da lanchonete, lendo algum romance clássico ou um livro de filosofia.

Foi inicialmente isso que me chamou a atenção e fez com que eu me aproximasse dela. Aos poucos, tornamo-nos amigos. Não era raro deixarmos de assistir alguma aula, entusiasmados com algum assunto interessante sobre o qual conversávamos, pois nenhum de nós era particularmente apaixonado por Direito e a falta a uma aula não nos preocupava muito. Sabíamos que não estávamos perdendo grande coisa.

Nunca perdia, no entanto, as aulas do professor de Direito Processual Civil, o ministro Artur Horta, mais pelas histórias engraçadas que sempre nos contava acerca de sua experiência como juiz do interior do Rio Grande do Sul, do que propriamente pela matéria que ensinava.

Com o tempo, e sem que sentisse, Anete e os temas que conversava com ela foram ocupando um lugar cada vez maior em meus pensamentos, sobretudo depois que recusou, por três vezes, os convites que lhe fiz para ir ao cinema. Coincidência ou não, em todas essas vezes ela agradeceu, mas recusou o convite dizendo já ter um outro compromisso marcado. Essas negativas, aparentemente sem justificação aceitável, espicaçaram meu amor próprio, causando uma grande confusão em minha cabeça.

Por um lado, sentia-me escolhido preferencialmente a outros colegas, pois era visível que ela gostava de minha companhia; por outro, sentia-me rejeitado com suas negativas e desculpas repetitivas. Tal fato teve o efeito de me fazer, sem o notar, apaixonado por ela. É assim que são os sentimentos ou as emoções humanas. As dificuldades as atiçam e, muitas vezes, transformam um nada em um tudo.

Depois disso, já não mais conseguia falar com Anete com a mesma naturalidade de antes e passei a evitá-la, porque não sabia o que fazer. Até que, num certo dia, no final de uma aula, ela me convidou para tomar um café na lanchonete que ficava no térreo.

— Não gosta mais de conversar comigo? — perguntou, para minha surpresa *(ela era direta e imprevisível),* ao descermos a escada.

Apenas olhei para ela, embaraçado, e respondi:

— Gosto sim.

— Mas parece que me evita...

— Não é bem isso...

— O que é então?

— Tenho andado ocupado... — Foi a única coisa que me ocorreu, mas tanto eu quanto ela sabíamos que não era verdade.

Já na fila do caixa sugeri que ela pegasse uma mesa que estava vaga, enquanto eu compraria café e alguns dos tradicionais pães-de-queijo "borrachudos".

— Gostou da aula de Direito Comercial? No horário da tarde tem mais — disse ela, logo que me sentei.

— Sempre acho divertido quando o professor Valmor tenta explicar por que o Direito Comercial é um dos ramos mais importantes da ciência jurídica — disse eu, com ironia.

— Ele repetiu mais uma vez esse assunto?! — perguntou ela.

— Você estava lá, não se lembra? — tornei eu.

— Só em corpo. Na primeira metade da aula vagabundeei em espírito por aí. Na outra metade, aproveitei para terminar o trabalho de Direito Penal. Você sabia que hoje é o último dia do prazo para a entrega?

Sorri e apontei o dedo indicador na direção de meu trabalho, que estava acomodado em cima de minhas coisas numa cadeira próxima à nossa mesa.

— Terminei o meu ontem à noite — disse eu.

— Não estou com a menor vontade de assistir à aula da tarde. Hoje entrou em cartaz um filme do Woody Allen. O que você acha de irmos na sessão das duas e meia?

— Depende do filme — respondi, com grande alegria por dentro, mas fazendo-me de difícil por fora.

– É da fase antiga. *A última noite de Boris Gruchenko.*
– Vou consultar minha agenda – respondi, brincando.
– Consulte, eu espero.

Nesse momento, enquanto Anete cumprimentou uma colega que se aproximava para sentar-se na mesa ao lado, lancei um olhar para ela, cogitando se realmente valia a pena levar adiante o que o coração queria. Sabia que aquele convite poderia ser o começo de algo mais sério, o que me fazia ao mesmo tempo alegre e apreensivo. Alegre, porque, afinal, não tinha sido rejeitado por ela, uma pessoa a quem admirava e com quem eu me sentia bem; apreensivo, porque temia o compromisso.

– Bem, parece que estou livre – disse, por fim.
– Ótimo.

Após passarmos na secretaria para deixar nossos trabalhos no escaninho do professor e almoçar no "Bandejão", dirigimo-nos à biblioteca, pois Anete precisava retirar um livro, e ficamos algum tempo por lá. Depois, caminhamos até o meu carro no estacionamento da Ala Sul do minhocão – *assim era chamada o prédio principal da Universidade* – e fomos ao cinema. Durante o filme, em determinado momento, peguei em sua mão e assim ficamos por um bom tempo.

Mais tarde, depois de tomarmos um sorvete, levei-a em casa e nos despedimos com um suave beijo nos lábios. Embora eu tivesse ainda certas resistências quanto a iniciar um namoro, meu coração já fora vencido há algum tempo.

Férias no Sul

Em meados de dezembro, Anete viajou com a família para Florianópolis, onde vivam seus avós. Meu tio Pedro já havia ido de avião para o Rio Grande do Sul com Ana e o Junior, e eu seguiria de carro com Delbos, cujos pais estavam em viagem pela Europa. Achei que seria uma boa idéia convidá-lo a passar um tempo em minha terra natal. Retornaríamos a Brasília passando por Florianópolis, onde me encontraria com Anete. Delbos gostou da idéia, e lá fomos nós, depois de vencer as resistências de meus pais, que não viam com bons olhos aquela longa viagem de carro.

Quando chegamos a Caxias do Sul, logo nos primeiros dias, procurei minha antiga turma de amigos, com a qual ainda me sentia ligado. Foi nessa oportunidade que Delbos conheceu Roberta, filha de uma amiga de minha mãe, a garota mais brincalhona, alegre e extrovertida que eu já vira, o que contrastava com o modo formal e um tanto sério de meu amigo. Houve entre eles uma atração quase instantânea, que a todos ficou aparente, menos talvez para o próprio Delbos, que, quando deu pela coisa, já estava totalmente apaixonado. Foi sua primeira e única paixão.

Se Delbos – *nas festas a que éramos convidados* – não sabia dançar, aprendeu com Roberta, que o puxava e insistia até ele começar a gingar e a rebolar, o que me provocava boas gargalhadas. Da minha parte, compenetrado em Anete e aparentemente curado de meu comportamento leviano com as mulheres, portei-me bem durante nossa estada na cidade, com apenas um pequeno deslize *(do qual falarei mais adiante)*, a meu ver justificado em face das circunstâncias.

Minha mãe prontamente assumiu espontaneamente papel de cupido, fazendo a Delbos o elogio de Roberta, pois sabia que ela ficara encantada com ele e com o seu jeito educado e intelectual. Minha mãe queria dar um empurrãozinho para que Delbos tomasse a iniciativa e a pedisse em namoro. Era visível que ele também ficara cativo dos encantos de Roberta, só não sabia exatamente o que fazer, pois a despeito de sua segurança e desembaraço intelectuais, era tímido e chegava a ser inseguro com as mulheres.

No sábado seguinte à nossa chegada, meus pais deram um jantar aos amigos, e, na comprida mesa da varanda, Roberta e Delbos foram postos lado a lado. Meu pai, como de hábito, monopolizou a palavra, falando, entre outras coisas, de seu novo empreendimento. Uma revolucionária fábrica de pequenos geradores eólicos que, segundo ele, além da economia e de outros benefícios sociais, teria o não menor mérito de tornar a família rica. Desta vez, porém, o negócio não chegou a sair do plano das idéias, graças à minha mãe, que agora controlava com mais firmeza as finanças, impedindo que meu pai, com suas concepções avançadas mas pouco práticas, malbaratasse o patrimônio da família. Ela era a parte conservadora da parceria e não deixava o marido se desfazer dos imóveis comerciais alugados que garantiam uma boa renda mensal.

Depois do jantar, dois convivas pegaram seus violões e começaram a tocar, atendendo aos pedidos de música, num amplo espectro, que ia de canções regionalistas até as baladas dos Beatles.

A certa altura, acomodado numa poltrona de vime e bebendo vinho com Junior a meu lado *(muito contente com os apetitosos petiscos que de quando em quando recebia)*, vi, com satisfação, Delbos e Roberta sentados no jardim, num banco de madeira, com uma luminosa expressão de contentamento. E, percorrendo meu olhar pelos demais convidados, detive-me por um momento no Dr. Araripe Marchetti, um velho amigo de meu pai que cantava animadamente. Não pude conter o riso ao ver sua imensa calva, que ele tentava ocultar com alguns fios de cabelos ruivos, que haviam lhe sobrado no final da nuca. Puxados para cima, seus poucos cabelos formavam uma ridícula franjinha retorcida no início da testa. Para quem contemplasse o quadro, ficava claro que o resultado daquela tentativa de esconder o couro pelado da cabeça fora muito pouco satisfatório.

Já tendo bebido quase todo o conteúdo da garrafa, eu me sentia relaxado, leve e alegre. Enquanto olhava despreocupadamente para as pessoas e acariciava a cabeça do Junior, por um breve instante a natural sensação de separação entre mim e os objetos foi se dissolvendo, dando lugar a um inebriante sentimento de unidade e de contentamento com a vida.

Sim, o vinho me proporcionava, muitas vezes, as condições apropriadas para desfrutar do prazer de um "olhar" mais intenso, tornando a vida mais interessante, como quando assistimos a um filme pela primeira vez. Ele ajudava a despertar uma espécie de percepção estética da vida, que na maior parte do tempo ficava soterrada sob camadas sufocantes de banais e repetitivas preocupações cotidianas, e pelo viciado automatismo de nossos hábitos mentais.

※

Enquanto ainda sentia o eco daquela sensação oceânica, ouvi a voz de Darapti, que se aproximava pelo meu lado direito, vindo do jardim.

– Em você, mas não em todo mundo, o álcool provoca esse efeito inicial de distender a consciência e fazê-la mais presente ao fluir do presente. Mas é um efeito passageiro e com a desvantagem do torpor que se segue, ainda mais intenso do que aquele em que você se encontrava antes de beber.

— Uma ou outra vez não pode fazer mal — ponderei, falando baixo para ninguém escutar. E prossegui: — Muitas vezes você se parece com minha mãe... um desmancha prazeres!

— Não com sua mãe, mas talvez com sua consciência — respondeu ele, com um sorriso travesso. E continuou: — Melhor é desfrutar do estado permanente de lucidez embriagante que resulta da consciência atenta, como resultado de seus próprios esforços.

— Estou me sentindo tão bem agora... O que há de mal nisso?

— Nada de mal, a não ser as conseqüências que você mesmo não aprecia: o mal-estar que depois se seguirá, sem contar a agressão e os danos ao organismo.

— Mas não é fácil sentir-se como estou agora, sem um estímulo ou algo que provoque essa gostosa descontração e esse bem-vindo relaxamento.

— Se você valoriza tanto o estado de consciência ampliada, não seria melhor aprender como se manter nesse estado pela disciplina da mente, ao invés de depender da bebida? Um pouco, para relaxar, e, de vez em quando, talvez. Mas usá-la como um instrumento para obter lucidez é um contra-senso.

— É difícil discutir com você! — protestei. — E já que estamos falando em despertar da consciência, diga-me — *você que parece saber tudo* —, por que o ser humano, ou o espírito que há nele, escolheu o sono deste mundo material, quando podia ter preferido coisa melhor?

— A graça está em você mesmo descobrir. Não é tão difícil. Apenas considere o seguinte: para sentir o esplendor da vida que resulta da sensação de acordar, é preciso estar antes dormindo. Sem contraste não existe nada, nenhuma experiência, pois é no contraste que a vida acontece. E tal sensação de despertar é, acredite, uma compensação muito vantajosa para o mergulho inicial na inconsciência da matéria, na ilusão da percepção e para as experiências dolorosas que daí podem se seguir. Ver o infinito nas coisas finitas, e o intemporal e eterno em cada instante do tempo. E concluiu citando William Blake:

"To see a world in a grain of sand
And a heaven in a wild flower
Hold infinity in the palm of your hand
And eternity in an hour."

Darapti sempre me surpreendia. Agora foi o falar inglês com sotaque britânico. "Daqui a pouco terei de apreender alemão se ele resolver citar Goethe no original", pensei.

Nesse momento notei que Delbos tinha se levantado do banco e caminhava em nossa direção.

— Tudo bem com você? — perguntou ele, colocando a mão em meu ombro.

— Sim, por quê?

— Acho que vi você falar sozinho! Algum problema?

— Não. É que, às vezes, converso com Darapti — disse, com um ímpeto de provocação.

— Darapti? Quem é Darapti!?

— Um velho amigo. Um amigo velho, não sei bem.

— E onde ele está?

— Aqui, ao meu lado — falei, com um misto de alegria e de desafio. Porém, quando olhei para o lado notei que meu pequeno amigo já não estava mais lá.

— Oto, acho que você bebeu demais e precisa dormir — tornou Delbos, apertando levemente meu ombro com sua mão, como se quisesse dizer que estava penalizado com aquela repentina e surpreendente manifestação de insanidade de minha parte, mas que eu podia contar com ele.

— Para mergulhar numa inconsciência ainda mais pesada? — exclamei, o que só fez aumentar, aos seus olhos, a desconfiança de que eu não estava regulando bem da cabeça. Em seguida, arrematei, olhando para Roberta, que se aproximava: — É, talvez faça isso. Já não estou assim tão entusiasmado, como você, em ficar acordado.

— Amanhã conversaremos. Quer ajuda no percurso até seu quarto? — perguntou ele, agora já um pouco mais descontraído.

— Não, estou bem — falei, logo depois de me levantar e ver o mundo girar.

Em seguida, compenetrado em não tropeçar, encaminhei-me para a mesa onde estavam os doces, servi-me de uma generosa porção de musse de chocolate e fui para o meu quarto.

⁂

No dia seguinte, por volta das 11 horas, logo após acordar, desci as escadas sentindo ainda aquela moleza característica de quando se dorme mais que o necessário, e um desagradável gosto de cabo de guarda-chuva na boca. Na cozinha, Erundina, nossa empregada — *que já se tornara parte da família* —, trouxe-me suco de laranja e torradas para comer.

— O seu amigo é muito quieto, não é? — disse ela, curiosa por saber mais a respeito de Max Delbos.

— Ele é assim mesmo, um pouco calado, mas boa gente.

— Acho que está caidinho pela Roberta.

— E ela por ele — completei. — A propósito, onde ele foi?

— Saiu para comprar alguma coisa no mercado da esquina.

Enquanto tomava meu suco, misturado com cereais e um pouco de mel, Delbos chegou com um pequeno saco de compras.

– O que traz aí – indaguei.

– Pertences pessoais – disse, no seu modo afirmativo.

– Não acredito que você já esteja planejando aventuras amorosas com a Roberta – fuzilei.

– Se pasta de dente, shampoo para o cabelo e lâmina de barbear forem objetos suspeitos, então estou carregando a prova do crime – respondeu, com um certo rubor na face, talvez envergonhado com a presença de Erundina.

Juntamente com a alegria de ver meus dois amigos felizes, eu estava sentindo, com aquele iminente namoro, uma pontinha de ciúmes, não sei bem se por causa do temor de perder a companhia e a intimidade de Delbos, ou por causa de Roberta, por quem eu tivera um certo interesse antes de ir para Brasília. A verdade, porém, é que ela era muito alegre para meu gosto, e eu gostava de mulheres mais complicadas e mais sérias.

Depois de subir e deixar suas compras no quarto, Delbos encontrou-me na varanda, onde eu fora para terminar de acordar, e após alguns minutos de silêncio, ele me perguntou novamente quem era Darapti.

– Ah, sabia que não ia escapar dessa – exclamei. – É melhor você esquecer o que eu falei ontem à noite. Bebi demais!

– Mas você me pareceu bem seguro do que dizia.

Após um momento, considerando se devia ou não prosseguir com aquele assunto, o impulso para falar foi mais forte.

– Está bem! Darapti é um amigo pequeno, uma espécie de duende, que me acompanha desde criança. Com exceção do Junior e de alguns outros cães, acho que somente eu posso vê-lo.

Enquanto eu falava, Delbos olhava-me com um misto de interesse e de alarme. Mas, mesmo assim, prossegui. Talvez fosse o desejo de ser fiel à verdade e de partilhá-la com ele.

– Não sei explicar a razão, nem como isso pode acontecer, mas desde muito cedo converso com um ser que, para mim, é tão real como você. O problema é que ninguém mais o vê. Habituei-me, depois de um tempo, a falar mentalmente com ele, mas às vezes me descuido e as pessoas em volta ficam sem entender o que está se passando. Acham que estou falando sozinho.

Depois dessas palavras, houve um prolongado silêncio, e só voltamos a abordar o assunto algumas semanas mais tarde. Senti que Delbos ficou seriamente desconfiado de que eu não fosse mentalmente são. O que deveria ser muito estranho para ele, visto que, fora isso, eu parecia ser um cara perfeitamente normal.

Ano-Novo na fazenda

O final do ano se aproximava. Iríamos passar o 31 de dezembro com toda a família reunida, inclusive os cães, na fazenda de meu tio Arnaldo *(que já mencionei)* – um velho saudável, que era sempre o mais animado das festas.

Um dia antes de nossa ida para lá, já deitado em meu quarto, e quase adormecido, ouvi o familiar zumbido fino em minha cabeça. Era Darapti aparecendo, como de costume, nas horas e lugares mais imprevistos. Aproveitei para dizer-lhe de minha vontade de que Delbos o visse, pelo menos uma vez. Seria uma forma de compartilhar esse lado de minha vida com alguém, especialmente com um amigo dileto. Além do mais, aquilo serviria como uma confirmação de que ele era real e não um mero fruto de minha imaginação.

A isso meu pequeno amigo assinalou *(como já tinha feito outras vezes)* que o mundo que percebíamos era criado pela mente, individual e coletiva, mas que, no final das contas, "real" era aquilo que vivenciávamos. Neste caso, ele, Darapti, era real para mim, e tal fato eu não podia negar.

Quando lhe solicitei maiores esclarecimentos sobre o que declarara, ele olhou para mim com um sorriso na face e disse que não sabia se a explicação que ia dar me ajudaria ou me confundiria, mas em todo caso seria um estímulo para que eu pesquisasse e me aprofundasse um pouco mais em meu empenho para compreender o mundo.

– O mundo que vemos – disse ele –, que é percebido de forma fragmentada pelos sentidos em razão da fragmentação já operada pela mente, pode ser entendido como uma cristalização dos conteúdos da consciência. E embora pareça denso para nós, essa densidade é apenas uma impressão dos sentidos.

– Hoje – prosseguiu ele depois de uma pequena pausa – a compreensão da ciência sobre a matéria avançou o suficiente para considerá-la um complexo de interferências de campos e de ondas de energia quantizadas, que provocam em nossos sentidos uma impressão de solidez e permanência que na verdade não possui. A ciência atual está, de fato, revelando uma nova imagem do mundo que vai de encontro às concepções arraigadas do senso comum. Na verdade, a matéria é mais um conceito operacional da ciência do que propriamente algo de que se tenha uma experiência direta. As qualidades dos objetos, como dureza, cor, tamanho etc., são dadas antes pela estrutura da percepção e da consciência que pelas coisas em si mesmas.

Darapti lembrou também que alguns pesquisadores e teóricos mais ousados *(e mencionou o físico David Bohm)* – inspirados pelo comportamento parado-

xal dos fenômenos subatômicos – afirmavam sugestivamente que a realidade material podia ser pensada como um mar de possibilidades, para cuja manifestação, como existência tempo/espaço de coisas e acontecimentos, a consciência desempenhava um papel fundamental. Nesse caso, podia-se dizer que havia uma relação intrínseca entre os processos quânticos e os processos de pensamento, aí incluídas a vontade e a imaginação. E que a realidade era, de alguma forma, criada pelo próprio observador. Nesse sentido, Darapti considerava todas as coisas, materiais e não materiais, como manifestações da consciência para a consciência, mediante a atividade da imaginação *(individual e coletiva)*, que operava num nível ainda inconsciente da mente do homem comum.

– Não há uma realidade independente da consciência – observou ele. – O mundo que vemos é sua projeção. Nesse sentido, tudo é de natureza mental. O que você entende por realidade exterior, por exemplo, o corpo de outras pessoas, os processos, os fenômenos e os acontecimentos físicos certamente estão fora de seu cérebro, não de sua mente – que é um aspecto, ou um ponto de vista, da mente universal que se acredita separada e isolada.

– Isso é muito difícil de aceitar – ponderei. – Devo acreditar, então, que todas as coisas que percebemos carecem de substância, ou têm a mesma realidade que um sonho?

– O fato de o mundo ser de natureza mental não significa que seja uma completa ilusão – redargüiu ele.

– Essa cama está fora de minha mente e suponho que seja tão real para mim como é para você – objetei. – Se fosse uma simples entidade mental, como diz, nada garantiria que fosse vista por nós dois. Ela lhe parece real, sólida, não é?

– Eu também a vejo – respondeu ele, olhando-me com um brilho alegre nos olhos. – Não obstante, o seu significado difere para nós dois. O que isso significar para você será a sua realidade. Não é o mesmo que significa para mim. Ela é mais que a simples percepção humana pode revelar e, ironicamente, é aquilo que fazemos ou pensamos dela e sobre ela.

– Mas ambos podemos vê-la e tocá-la... Ela é mais que uma interpretação! – insisti.

– Nós dois a vemos porque estamos compartilhando parcialmente de um mesmo sistema de realidade, de um mesmo jogo mental. Mas a cama, assim como as demais coisas, é uma projeção de nossa mente no tempo e no espaço. E embora seja uma realidade mental compartilhada por nós dois, como já falei, tem para cada um de nós significados diversos. Desse modo, o mundo é mental em dois sentidos diferentes: num primeiro porque resulta da mente individual e coletiva que projeta na tela do espaço/tempo os seus próprios conteúdos; e num segundo sentido, mental em virtude da interpretação que damos a ele. No primeiro caso, dizemos que tem um significado objetivo, no segundo, subjetivo.

— Você quer dizer que crio a realidade e todas as experiências que vivencio!? Mas não me parece que seja eu quem escolhe as dificuldades, as frustrações, as dores físicas e os sofrimentos que experimento em minha vida.

— Conscientemente não — tornou Darapti. — Porém, toda experiência que você vivencia decorre das crenças a respeito de si mesmo, das experiências acumuladas, dos condicionamentos pessoais, do sentimento de culpa e dos medos a ele vinculados, além dos conceitos e valores de sua cultura e formação familiar. Repito, o fato de tudo que existe ser de natureza mental não significa que seja ilusão. Um sonho é real para quem o vivencia. Porém, torna-se ilusão apenas quando o sonhador acorda e se dá conta de que estava dormindo. Da mesma forma, quando alguém desperta do sonho da representação da realidade dada pelas falsas crenças que possui, compreende então que o que via era apenas uma ilusão. Percebe que há uma realidade mais profunda que existe ligando todas as coisas — a própria consciência. E ao reavaliar suas crenças a partir dessa nova visão, pode rearranjar sua realidade e determinar as experiências que quer vivenciar de um modo mais consciente.

Ao final de tais palavras, cujo significado estava além de minha capacidade de entendimento naquela época, Darapti apenas perguntou se eu queria "realmente" que Delbos o visse. Respondi-lhe que era exatamente o que desejava, e ele partiu sem dizer sim nem não ao meu pedido, deixando-me a refletir sobre aquilo que acabara de me expor durante os últimos minutos.

༺❀༻

Talvez o leitor julgue estranho o fato de Darapti mencionar determinados autores para ilustrar ou apoiar as idéias que transmitia. Suponho que sua intenção era me incentivar a lê-los para que eu expandisse meus horizontes além do conhecimento de senso comum. Era quase sempre o que acontecia, e não foi exceção dessa vez. Como resultado da conversa, procurei, mais tarde, em fontes compatíveis com os meus conhecimentos não especializados, compreender os conceitos arrojados e surpreendentes da física quântica. Foi desse modo que incorporei mais um assunto à crescente relação de meus interesses. Pude constatar, assim, que vários experimentos — *como a famosa experiência das duas fendas[1], por intermédio da qual*

---

1 A experiência clássica das duas fendas — *mediante a qual se faz passar feixes de luz, ou de outra partícula subatômica* — mostra que tanto a luz como as partículas subatômicas se comportam como onda ou como partícula, dependendo da maneira como o experimento é realizado. Isso quer dizer, segundo Niels Bohr, um dos fundadores da física quântica, que as entidades atômicas não possuem um estado determinado de ser. Elas existem num meio-termo onda/partícula, um estado indefinido, sendo a consciência do experimentador a responsável pela percepção do modo como lhe aparecem. Além disso, a matéria, assim como a energia, possuem uma natureza probabilística.

restou patente a dualidade onda/partícula da luz e de outras entidades subatômicas – indicavam que a matéria não tinha uma existência definida em um lugar determinado, nem uma configuração dada. Possuía, assim, uma tendência a existir num mar de possibilidades, cuja manifestação específica dependia, em última análise, da interferência da própria consciência do observador. Nesse sentido, seria lícito dizer que todas as possibilidades de percepção existem ao mesmo tempo, como campos ou configurações possíveis de energia *(no espaço da percepção)*, ficando as manifestações efetivamente percebidas na dependência das circunstâncias particulares de cada consciência em particular. Todavia – pensava eu –, o fato de aparentemente haver, para pessoas diferentes, percepções coincidentes formando o mundo objetivo de nossa experiência coletiva, significava apenas que existia um acordo inconsciente entre elas – *dentro do imenso oceano do inconsciente coletivo, de que nos fala Jung* – quanto ao compartilhamento de experiências. Mas o efeito na mente individual e a interpretação de tais experiências seriam sempre subjetivas e particulares.

No dia seguinte, 30 de dezembro, logo depois do almoço, Delbos e eu, juntamente com dois primos, Erik e Bernardo, fomos para a fazenda, munidos, entre outras coisas, de uma grande barraca de acampamento. Eu não via a hora de chegar, pois estava ansioso para andar novamente a cavalo, como fazia com certa freqüência antes de me mudar para Brasília. Sentia falta desses passeios, que me proporcionavam muitas vezes, no silêncio dos campos e das matas, alguns momentos reconfortantes de meditação e de tranqüilidade. A estância que, agora, estava cultivada, em sua maior parte, com trigo e soja, felizmente conservava ainda muitos de seus lugares aprazíveis, como as matas, um riacho de águas cristalinas e um grande açude. Além da casa principal – *cuja varanda muito comprida se prolongava até a churrasqueira abrigada por uma construção circular onde ficavam várias mesas* –, meu tio construíra uma bonita estrebaria de alvenaria e ampliara o antigo celeiro.

Ao chegarmos, encontramos Juvêncio, o capataz, que me recebeu de "bombacha" e "chimarão". Com seu habitual palavreado desbocado, disparou:

– Oto, há quanto tempo! Como vai aquela terra de f.d.p.? – disse, referindo-se a Brasília.

– Cheia de espertalhões, para não dizer coisa pior – respondi, no mesmo espírito da pergunta.

Juvêncio – *que devia ter na época uns 35 anos* – era filho do caseiro, seu Bernado Bocatto, mas fora criado por meu tio, que não tivera filhos. Era um típico gaúcho, mistura de italiano, português e índio. E, embora tivesse morado algum tempo na cidade quando estudava agronomia na Universidade, a fazenda era a sua vida. Quem o conhecia sabia que nascera para aquilo, para administrar e lidar com a terra. Por isso, foi com entusiasmo que nos levou na camionete de cabine dupla para ver as plantações. Ele estava orgulhoso de ter, nos últimos anos, transformado a fazenda num grande empreendimento agrícola.

※

Retornamos, depois, até o local onde iríamos acampar e montamos as barracas. Em seguida, selamos alguns cavalos e saímos para um passeio. Quando chegamos à estrada que margeava a plantação de soja, imediatamente após o açude esporeei o cavalo, que deu um solavanco para frente e saiu em disparada. "Como é bom cavalgar livre pelos campos e sentir o vento em meu rosto!", pensei. Delbos vinha logo atrás, juntamente com Erik e Bernardo, que tentavam me acompanhar. Para minha surpresa, Delbos revelou-se um bom cavaleiro, mostrando segurança e controle sobre o seu animal. Galopamos por cerca de um minuto, até que diminuímos a marcha e prosseguimos no ritmo cadenciado do trote. Depois, saímos da estrada e descemos um declive do terreno para alcançarmos a mata por onde corria um pequeno rio e seguimos adiante até ganharmos novamente a estrada. Andamos ainda por quase uma hora e depois voltamos ao local das barracas.

Ninguém mais chegou à fazenda naquele dia, com exceção de meu tio Alberto. Cansado como estava, dormi como uma pedra e acordei na manhã seguinte bastante dolorido das estripulias do dia anterior. Fazia tempo que não galopava e trotava no lombo de um animal bravio, como era o caso de Átila, o garanhão de Juvêncio. Não me lembrava também da penúltima queda que sofrera, porque a última tinha sido no final da tarde daquele dia. Logo pela manhã, os convidados começaram a aparecer e, lá por volta de meio-dia, um grupo de homens e mulheres já estava reunido, sob o amplo avarandado da casa, para tomar chimarrão e criticar o governo.

Delbos pareceu-me um tanto preocupado, o que não lhe era muito comum. Creio que fosse por causa de Roberta, embora não me tenha falado nada. Ele não costumava compartilhar suas fraquezas, sofrimentos ou ansiedades com ninguém. Meu amigo sofria quieto; era um estóico.

Depois do café, retirou-se de nossa companhia e sentou-se com um livro na mão num banco que ficava debaixo de um abacateiro. Ele trouxera, para o deleite de sua vigorosa inteligência, para saborear durante as férias, a agradável obra de Kelsen: a *Teoria Pura do Direito*. E era a ela que recorria com freqüência, a fim de acalmar suas varonis inquietações, ou mesmo para socorrer-se do tédio. Eu o invejava, pois a despeito de ainda alimentar pelo Direito alguma ilusão[2], não tinha coragem para enfrentar tão enfadonho assunto – como se me afigurava a leitura na qual meu dileto amigo estava empenhado. Preferia, o que era ainda mais enfadonho para alguns, até mesmo para Delbos, ler a *Crítica da Razão Pura*, de Kant. Isso, no entanto, era coisa que acontecia em Brasília, para ocupar as horas de ócio. Para as férias eu trouxera algo mais ameno para a degustação intelectual, como Machado de Assis e Eça de Queiroz.

Mas meu progresso na leitura da obra do filósofo alemão estava sendo gradual e seguro e, às vezes, chegava a me surpreender com minha persistência, quando percebia o quanto já havia avançado. O livro era um verdadeiro desafio para mim, não só pelo tema abordado, como pela novidade das idéias nele contidas. Ir até o fim seria uma grande vitória, que me faria crescer em meu próprio conceito.

No entanto, somente muito mais tarde poderia dizer que havia lido aquela enfadonha, difícil, mas magistral obra, até o final. Para mim, de toda a sua brilhante, porém artificial, arquitetura conceitual, salvava-se a revolucionária idéia de que o processo mental que produz o conhecimento em nós é o mesmo que cria uma realidade para nós, ou, em outras palavras, que o processo de conhecimento era, ao mesmo tempo, o processo de construção em nossa consciência do mundo percebido e pensado. Era a idéia revolucionária de que a mente projeta na tela da consciência o mundo do tempo, do espaço e dos fenômenos que conhecemos. Idéia essa que teve imensas conseqüências, motivando outros pensadores a tentar explicar, como Fichte, e de certo modo Hegel e também Schopenhauer, a razão pela qual o espírito se envolve nesse infindável jogo da Criação, limitando-se, esfacelando-se, perdendo-se para finalmente reencontrar-se novamente a si mesmo na consciência do homem.

Mas voltemos ao chão da fazenda e ao fio desta história, e deixemos os cimos metafísicos, com seus assuntos alcantilados, que, não obstante, ocupavam nessa época um lugar muito importante de minhas reflexões.

⁂

No final da tarde, quando Roberta chegou, Delbos e eu estávamos bebendo cerveja, sentados a uma das mesas da varanda, juntamente com meu pai e alguns amigos. Ao se aproximar para nos cumprimentar, Delbos

---

[2] Eu ainda não havia me dado conta de que o Direito era o símbolo da imperfeição e do atraso moral da humanidade, que precisava de regras cogentes para obrigar o homem a fazer ou deixar de fazer coisas para as quais bastaria o amor e o respeito ao próximo. E tal problema era ainda mais patente num país como o Brasil, contaminado pela enfermidade política e moral da diarréia legiferante, que é tanto mais intensa quanto menos força e presença os valores morais têm na vida da sociedade.

levantou-se e ofereceu-lhe a cadeira. Ela agradeceu, mas disse que precisava falar com Débora, sua grande amiga, sentada numa outra roda de pessoas.

Quando chegamos de Brasília, Débora, que morava ainda com meus pais, tinha ido passar o Natal com a família em Bento Gonçalves. Ao vê-la chegar com o noivo *(eles tinham noivado há pouco tempo)* experimentei um certo abalo. A operação de afastá-la de minha mente, para apenas manter Anete em seu lugar, não me pareceu fácil, em virtude da viva lembrança de fatos passados. Como já disse, saíra daquele episódio bastante machucado, pois no meu entendimento – *e para as agruras de meu ego ferido* – eu fora substituído por outro, que supostamente ela considerava melhor do que eu.

༄

O almoço avançou pela tarde. Depois reunimo-nos a um grupo que iria a cavalo até uma pequena cachoeira, na beira da mata, onde o riacho represado por pedras e troncos formava algumas piscinas naturais. No trajeto, Débora – *que cavalgava a meu lado* – perguntou sobre minha vida, meus interesses, namoros e se eu estava feliz em Brasília. Como o noivo preferira ficar jogando cartas na companhia dos mais velhos, pude me abrir um pouco com ela. Falei do meu curso, meus interesses e o namoro com Anete; e de modo um tanto surpreendente para mim, a despeito do tom de brincadeira, ela disse que, apesar dos ciúmes que isso lhe causava, ficava contente em saber que eu estava feliz.

Depois de um tempo me refrescando na água fria, ouvi o zumbido característico que geralmente anunciava a aproximação de Darapti; e, de fato, quando percorri o olhar pelas áreas próximas, avistei meu pequeno amigo entrando na mata. Saindo então da água, tentando não despertar a atenção dos demais, afastei-me e ingressei no bosque. E caminhando na direção onde a mata subia num afloramento rochoso, avistei meu amigo diante de uma parede de pedra.

Ao perguntar-lhe o que fazia ali, ele respondeu:

– Às vezes uso uma passagem dimensional existente por aqui, criada por um foco de energia muito intenso, para cumprir certas tarefas em uma realidade paralela.

– Por isso eu não esperava! – exclamei. – Mas por que nunca me falou dessas coisas antes?

– Ora, existem muitas coisas a meu respeito que você ainda não sabe – tornou ele, sorrindo para mim.

– Não sei quase nada! – protestei. E em seguida perguntei: – É desse outro lugar que você vem?

– Não, mas às vezes uso essa passagem. – E depois de uma pequena pausa, continuou: – No planeta há muitos pontos semelhantes. É possível, por intermédio deles, deslocar-se tanto para outros lugares como para outras realidades. Na verdade, em todas as dimensões de realidade, *que são praticamente infinitas,* há pontos de contato que as interligam – completou.

– Mas como você faz para usá-los?

– Assim!

E Darapti virou-se, deu dois passos adiante, e mergulhou na pedra.

Ao ver aquilo, num impulso inconsciente, avancei também em direção ao mesmo ponto onde ele tinha desaparecido. A única coisa que aconteceu, porém, foi ter meu nariz amassado de encontro à pedra úmida, o que me causou um misto de frustração e de admiração. Mas refletindo um pouco, concluí que aquilo não era tão surpreendente assim, pois já vira algumas vezes Darapti atravessar paredes e, outras, desaparecer como uma imagem que vai perdendo nitidez até desvanecer. A novidade é que agora ele tinha passado através de um portal para um outro lugar. Não sei o que me deu naquele momento que me fez pensar que eu podia fazer o mesmo.

Enquanto ainda divagava sobre o acontecimento, vi-o atravessar novamente a rocha e surgir diante de mim.

Agradavelmente surpreso, perguntei-lhe se eu poderia fazer o mesmo.

Darapti abriu então um sorriso e disse que isso dependia de circunstâncias especiais para ocorrer. Além de certas condições objetivas, geralmente associadas com determinados portais de energia, a pessoa deveria ter condição de manter-se num estado de total atenção, sem nenhuma flutuação mental, e ter a total convicção de que aquilo era possível. Uma certeza tão natural e espontânea quanto aquela que uma pessoa normal tem de que conseguirá apanhar um copo d'água em cima da mesa à sua frente. Explicou ainda que para aquele que expande sua consciência e passa a viver num estado de não-mente, ou além da mente, é possível ter o mundo como extensão de seu próprio corpo, exercendo sobre ele vários tipos de influência e de controle. Era o que acontecia com seres que podiam alterar o padrão vibratório do corpo para transpor barreiras materiais e executar ações que se poderia considerar extraordinárias.

Tais palavras me fizeram recordar as vezes em que minha mente tinha se aquietado, fazendo-me perceber a realidade de modo diferente. De fato, quando eu ficava atento ao "aqui e agora", a consciência parecia expandir-se e abarcar o cenário à minha volta, dando-me a sensação de que tudo o que via e ouvia estava dentro de mim mesmo. As árvores, o chão, o céu e os diversos sons do mundo "exterior", como uma presença mais real e intensa, passavam então a ser sentidos como parte de mim mesmo, como se fossem uma continuação de meu próprio corpo.

– O que acontece nesse caso – *disse ele, aparentando saber o que se passava em minha mente* – é que a consciência deixa de se identificar com um único foco que muda erraticamente, numa sucessão ininterrupta de pensamentos, para expandir-se de modo esférico e multifocal, abarcando o espaço da percepção, como se este fizesse parte do próprio indivíduo.

E como lhe pedisse que explicasse com mais detalhes essa técnica de manipular a matéria e atravessar paredes, meu amigo continuou com suas explicações, num palavreado pouco comum aos duendes – pelo menos os duendes das histórias infantis. Eu era todo ouvidos.

– Por intermédio da vontade concentrada – explicou ele – é possível interferir no íntimo da matéria, que é luz congelada, e alterar seu padrão vibratório, mudando-lhe determinadas características. Esse comando da vontade, que usa o cérebro e os nervos como seus canais condutores, é transmitido ao campo energético do próprio corpo para alterar o padrão vibratório de seus átomos. É assim que dois corpos podem ocupar simultaneamente o mesmo espaço. É possível também, dessa mesma forma, e com as condições adequadas, interferir diretamente nos campos de energia e na estrutura atômica dos objetos exteriores.

Quando lhe objetei que isso somente acontecia com seres fantásticos como ele, Darapti, ouvi a seguinte resposta:

– Você também pode fazer a mesma coisa. Qualquer pessoa pode, desde que queira decididamente, e tenha chegado ao ponto de saber, com absoluta certeza, que as circunstâncias materiais de sua vida estão sob o comando de sua mente, visto que a consciência cria a realidade.

– Só isso? – brinquei.

– Além disso – tornou ele –, é necessário também um continuado e específico treinamento, assim como é preciso muito treino e dedicação para apreender a tocar piano ou violino, por exemplo. A diferença é que esse é um treinamento mental para adquirir a habilidade de concentrar a energia dos centros de força que existem no corpo numa única descarga direcionada, como um relâmpago.

– Ah, se não é tão difícil assim – continuei, ironizando a afirmação de que qualquer pessoa poderia fazer o mesmo. – Eu gostaria de tentar!

– E você acha que está pronto para isso? – volveu ele, com uma expressão séria.

– Por que não?

E depois de um instante de silêncio, disse:

– Isso não ocorre de uma hora para outra. O anseio, no entanto, é fundamental... Mas desde já posso lhe dizer que adiantará muito para esse propósito se procurar silenciar a mente com um pouco de meditação diária ou tentar se manter consciente de si mesmo o mais possível durante o dia. No mínimo, tal esforço servirá para transformar sua vida e expandir seus horizontes. E embora isso não seja fácil, devido ao constante ruído de fundo que perturba a mente, com o treino ficará cada vez menos difícil, até chegar a ser algo natural, como é para mim.

— E por que é tão difícil silenciar a mente? — indaguei, sabendo, por experiência própria, da imensa dificuldade para se manter a mente calma por mais de alguns segundos. — Só consigo isso por alguns momentos e o resto do tempo fico perdido em pensamentos.

— Assim como quase toda a humanidade — observou ele.

E acrescentou:

— É difícil porque é necessário quebrar o hábito, fortemente arraigado, de se identificar com os pensamentos e com as emoções, e de se perder na corrente ininterrupta dos processos mentais. Mas, como disse, vai acontecendo de modo gradativo. Exige que a pessoa apreenda a tornar-se um observador de seu fluxo de consciência, o que provoca ao mesmo tempo uma diminuição dessa mesma atividade e um aumento de energia mental, que antes era desperdiçada com a atividade compulsiva da mente, que, então, poderá ser usada de forma mais direcionada e produtiva.

— Mas todas as conquistas culturais do homem, sobretudo as científicas e tecnológicas, ocorreram com o uso da razão e do pensamento — objetei.

— A verdade é que é quase sempre nos momentos de quietude que a criatividade e a fecundidade inesgotáveis do espírito ficam livres para eclodir, surgindo as grandes idéias que enriquecem a cultura e fazem a humanidade avançar. Por isso, para que o homem dê um salto qualitativo em seu desenvolvimento como espécie, terá que tornar a mente, e com ela o pensamento, um instrumento disciplinado do espírito, espírito este que, de modo geral, fica soterrado e impedido de expressar-se em virtude da atividade descontrolada da mente. Você sabe, Oto, porque já sentiu isso, que há uma sabedoria e uma inteligência muito mais vasta além da razão, que somente pode ser acessada no aquietamento dos processos mentais. É quando uma nova compreensão da realidade tem nascimento.

— Está bem! Mas você não vai me dizer agora que parar de pensar é a coisa mais fácil e natural do mundo — protestei. — Para falar comigo você mesmo precisa pensar!

Após me olhar com um sorriso nos lábios, como se quisesse dizer que minha pergunta não oferecia dificuldade alguma para ser respondida, tornou ele:

— Você se engana se acha que é preciso pensar antes de falar. Na verdade, para quem se encontra num estado de *não-mente*, a palavra, assim como a própria vida, flui de uma fonte de sabedoria sem pensamentos.

— Não é fácil acreditar que o que vejo você fazer dependa do simples fato de se estar consciente e de não pensar — objetei, referindo-me à sua recente façanha de desaparecer passando pela parede de pedra. — Não creio que uma pessoa de carne e osso possa fazer o mesmo!

– Essa crença negativa é o principal obstáculo. E o fato de ser invisível para outras pessoas ou de gostar de atravessar paredes não significa que eu não seja um ser material – respondeu ele. – É verdade que de uma matéria um pouco diferente... Mas mesmo assim tão sólida quanto seu corpo. Há indivíduos neste planeta que já alcançaram um nível de maestria da mente que lhes permite realizar feitos extraordinários, porque sabem, com toda a certeza, que o que acontece na mente determina o que ocorre no corpo e com o corpo, e, também, com a chamada realidade exterior.

⸎

Depois que Darapti desapareceu novamente no paredão, fiquei a divagar sobre o que me havia dito, e lembrei-me de que já ouvira falar de pessoas que, aparentemente, manipulavam a matéria unicamente com o poder da mente. Era o caso do indiano Sai Baba e do israelense Uri Geller. Este último tinha, inclusive, se submetido a testes rigorosos, realizados nos laboratórios de um renomado Instituto de Pesquisa, levados a efeito pelos físicos americanos Gerald Feinberg, Harold Puthoff e Russell Targ.

De qualquer forma, eu já não podia duvidar de mais nada, em face das incomuns e quase constantes surpresas que Darapti me apresentava.

⸎

Durante o churrasco, à noite, Delbos e Roberta, cujo namoro já se tornara público, formavam um par cheio de contentamento. Conversei um pouco com eles, mas passei a maior parte do tempo na roda de amigos de meu tio Alberto, de quem gostava muito e muito apreciava o humor apimentado. Tive oportunidade também de privar um pouco mais da companhia de Débora, que durante algum tempo ficou sentada a meu lado.

O conjunto musical, que era bastante conhecido na cidade por sua animação, em pouco tempo botou quase todo mundo dançando no meio do avarandado comprido, onde ficava também a churrasqueira. Depois que Débora se levantou para dançar com o noivo, fiz um rápido sinal para Joana, irmã de Juvêncio, que ocasionalmente me lançava um olhar risonho e convidativo.

Mais velha que eu, Joana era uma mulher bonita e madura. Casara-se cedo, e cedo se separara, pois tinha um temperamento muito independente para submeter-se a um marido autoritário. Trabalhava, assim como seu pai e o irmão, na empresa agrícola de meu tio, mas morava na cidade, onde levava uma vida relativamente confortável. Logo depois de minha decepção com Débora, passei a ir com bastante freqüência para a fazenda e Joana, que nessa época fora passar um tempo ali, se tornou então minha companhia preferida, até que viajei para Brasília. Foi com ela que apreendi a apreciar a Natureza e a ser mais descontraído com as mulheres. Muitas vezes saíamos sozinhos a cavalo para percorrer as plantações, nadar no rio e curtir a vida.

Assim, ao me levantar da cadeira e me encaminhar em sua direção, rápidos *flashes* desses momentos passados com ela cruzaram minha mente. E depois de dançarmos bastante, impulsionados por este mau conselheiro que é o vinho, quando ingerido mais que o recomendável, afastamo-nos da multidão para contar estrelas e recordarmos os bons tempos. Naquela ocasião evitei pensar em Anete, adiando meu sentimento de culpa para mais tarde. Afinal, considerei com meus botões, o meu namoro com ela não tinha ainda chegado, por sua opção, ao ponto que eu desejava e achava natural.

⁂

Depois que todos partiram, no final da tarde do dia seguinte, resolvemos ficar (meus primos e dois amigos) mais um dia acampados para pescar. O propósito principal, no entanto, era experimentar chá de cogumelo, supostamente uma beberagem alucinógena que estava na moda entre os jovens da cidade. Assim, armamos nossas barracas num local bem próximo das piscinas naturais onde eu tinha ido no dia anterior. Além de um ótimo lugar para pescar, também nos proporcionaria um bom banho para nos aliviar do calor, já intenso naquele começo de verão.

Mas para a hipótese de uma súbita e improvável queda de temperatura *(que podia ocorrer também nessa época)*, tínhamos conosco um garrafão de 5 litros de vinho tinto, que nos auxiliaria a combater o eventual frio que fizesse à noite. Todavia, como o garrafão já tinha sido aberto, e com a desculpa de não deixar estragar o seu conteúdo, começamos a bebê-lo logo à tardinha, de modo que ao iniciarmos, sob a luz do luar, a colheita de cogumelos que nasciam nos montículos de estrume de vaca, já tínhamos quase esvaziado o bojudo recipiente. Assim, se o cogumelo e a luz cheia tiveram algum efeito sobre nós, este ficou suplantado pelo mais poderoso efeito do vinho, que depois de me fazer correr como um alucinado por aqueles campos, gritando e dando cambalhotas de alegria e desvario, jogou-me, após algum tempo, no mais profundo dos sonos e, no dia seguinte, na mais horrível das ressacas.

Com efeito, no outro dia, a caminho de casa, a ressaca era tão violenta que a cada solavanco do carro eu soltava um gemido de dor, e de náusea. O desconforto era total, e ia desde a ponta dos cabelos até as unhas dos pés. Até pensar doía. Foi uma daquelas vezes em que desejei não ter nascido. E o fato era agravado não apenas pelos solavancos do veículo no esburacado trecho de terra que conduzia até a estrada, mas também porque nessa época ainda predominava na cidade o calçamento de paralelepípedos, que era bastante irregular e fazia o carro trepidar muito além do desejável naquelas circunstâncias.

Provavelmente eu fora o mais atingido pela ressaca, porque, talvez, tivesse bebido mais. Não apreendera a sabedoria do meio-termo. Eu ainda era muito impulsivo e afeito aos extremos da vida.

Todavia, se de todas as coisas podemos extrair algo de bom – *como proclamam os sábios* –, sobretudo daquelas que mais desconforto nos causam, posso dizer que em razão do acontecido tornei-me mais cuidadoso tanto em relação à quantidade como à qualidade do que passei a ingerir para o deleite do espírito e do corpo. Por isso, na festa em que comparecemos, na semana seguinte, não tomei parte no tipo de esporte em voga entre meus companheiros, que consistia em ver quem bebia mais em menos tempo. Aliás, nesse dia só bebi guaraná e água mineral, e passei uma noite tediosa, tentando conversar com um bando de bêbados, cuja alegria barulhenta eu não conseguia entender.

⁂

O tempo passou e janeiro chegava ao fim. Nossa estada na cidade já tinha se estendido muito além do planejado, pois em virtude da situação de Delbos e de Roberta, que estavam apaixonados, fomos adiando a viagem de volta. Mas já era tempo de partir; afinal, eu também queria rever Anete.

Por insistência da turma, e principalmente de Roberta, concordei em ficar para um último evento que nos reuniria novamente: um baile pré-carnavalesco, no melhor clube da cidade, que seria uma espécie de despedida. O curioso é que quase o mesmo grupo que havia estado junto na fazenda, durante a passagem do ano, iria encontrar-se novamente no baile, com algumas exceções, entre elas Joana, que tinha viajado. Assim, fui para o clube com uma animada turma de foliões, disposta a dançar até o amanhecer.

Em certo momento, sentado a uma mesa um pouco afastada do salão, já cansado de pular, vi Delbos, de índio apache *(uma antiga fantasia de meu tio Pedro)*, e Roberta, de baiana, brincando alegremente e pensei em como era notável a descontração de meu estimado amigo. Seu jeito um tanto formal e sisudo tinha dado lugar ao modo mais leve devido à benéfica e contagiante influência de Roberta. Logo em seguida avistei Erik sendo puxado por Bernardo e uma garota que eu não conhecia. Levantei-me num salto e fui até eles, e fiquei sabendo que meu primo, já bastante bêbado, precisava ser retirado dali o mais rápido possível, pois o ex-namorado de Ieda – *esse era o nome da moça que estava com Erik* –, inconformado pela perda da amada, queria partir a cabeça de Erik *(que nem sabia direito o que estava acontecendo, pois bebera demais)* com uma baqueta – aquele pedaço de pau com uma extremidade protuberante e arredondada com que os bateristas percutem o seu instrumento. Quase no mesmo instante, como soube mais tarde, por uma espécie de coincidência infeliz, no outro lado do salão, meu tio Onofre, pai de Erik, que era uma doçura de pessoa quando sóbrio, mas uma fera quando bebia, tinha também arranjado confusão com um centurião romano que, no seu entender, havia olhado para sua mulher com um olhar impuro e ofensivo. E assim, pai e filho foram para casa mais cedo.

Depois disso houve algumas brigas, e duas cabeças quebradas, mas nenhum outro incidente com o pessoal do nosso grupo.

Na saída, já dia claro, caía ainda uma chuva miúda, restos finais do temporal que desabara durante parte da madrugada, mas que não chegara a atrapalhar o baile. Aguardamos ainda alguns minutos na marquise do prédio para ver se a garoa cessava. Mas logo verificamos que aquela não era uma hipótese provável e nos encaminhamos – *Bernardo, Delbos e eu* –, pela calçada, em direção a meu carro, que estava a dois quarteirões dali. Ao chegarmos à esquina do primeiro quarteirão, fomos brindados por uma violenta descarga de água suja, jogada por uma camionete, cujo motorista saíra propositadamente do meio da pista e passara velozmente pelo canto da rua que estava alagado. O banho veio acompanhado de uma estridente gargalhada.

Ficamos ali, parados, sem ação, com uma raiva impotente vendo o engraçadinho desaparecer buzinando pela avenida.

Essa é a última lembrança que guardo daquela estada em Caxias do Sul, pois no dia seguinte viajamos para Florianópolis, ao encontro de Anete.

Na praia

Chegamos à Praia Brava, extremo norte da ilha de Santa Catarina – *onde a família de Anete estava passando férias* –, por volta das duas horas da tarde. Ao atingirmos o alto do morro, na estrada que conduzia até a praia, deparamo-nos com a bela paisagem do mar perdendo-se no horizonte azul. Delbos estava no volante e pedi que parasse o carro para que pudéssemos apreciar a vista. Ele, com seu jeito característico, apontou o dedo polegar para trás, indicando a fila de carros que nos seguia. Como o pequeno acostamento, que dava para uma construção de madeira assentada no rochedo, já estava lotado, só nos restou descer a ladeira e procurar um lugar para atendermos às urgências do estômago, sem comida até aquela hora.

Virando à direita, no final da íngreme descida, fomos até o final da pista, onde avistamos, na beira da praia, um restaurante com o nome de *"Picola Italia"*. Estacionamos o carro em uma sombra e nos encaminhamos, sob o forte sol de verão, para o acesso lateral do estabelecimento, que consistia num grande avarandado aberto para o mar, com piso e mesas de ardósia; tudo arranjado para permitir que os comensais pudessem circular livremente entre a praia e o restaurante. E depois de reservarmos uma mesa na fileira mais próxima do mar, voltamos ao carro, pegamos nossos calções de banho, trocamos a roupa no toalete que havia no lado de fora, e retornamos à mesa.

A praia, que era envolvida por morros cobertos de um verde vivo e exuberante – *que adentravam as águas, como braços protetores que formavam uma pequena enseada natural* –, parecia ainda mais bonita vista do chão do que do cimo da estrada.

Depois de comermos uma porção de isca de peixe, que saiu sem demora, fomos para o mar. Já um tanto embriagado por obra e graça de duas caipirinhas e pela beleza do lugar, eu sentia um grande bem-estar, aumentado pelo agradável contato da água. Creio que acontecia o mesmo com Delbos, pois, após meu retorno à mesa, ele ficou ainda mergulhando nas ondas e olhando a paisagem, esquecido da fome. Finda a refeição, e mais um banho, ainda nos quedamos um tempo no local, pois Anete tinha ido à cidade com a mãe, conforme fui informado ao telefone por seu irmão.

O calor era intenso, mas, para abrandar, soprava uma brisa refrescante, que somente aumentava o deleite que eu sentia, relaxado como estava pelo banho reconfortante. Em certo momento, sentado à mesa a desfrutando a bela paisagem natural e a hipnotizante canção das ondas que quebravam na praia, minha atenção foi desviada para uma bela jovem, de seus vinte anos, que corria em direção à água mancando de uma perna, mais fina que a outra. Imediatamente veio-me à lembrança a figura de Eugênia, sobre quem Brás Cubas – *personagem central de um dos livros de Machado de Assis* – se perguntava: "por que bonita, se coxa?, por que coxa, se bonita?". E esse enigma o fazia pensar que a Natureza era, no fim das contas, um imenso escárnio. Natureza que, no meu entender, assim como Eugênia, era também bonita, mas coxa, visto que marcada intrinsecamente pela violência e pela ausência de compaixão.

Enquanto eu olhava o mar e assim divagava, Delbos quebrou o silêncio e exclamou, demonstrando uma emoção que não lhe era muito própria, mas compreensível, visto que se encontrava sob o efeito de algumas influências que lhe enterneciam o lógico e racional espírito: o álcool ingerido, a beleza tocante do lugar e, acho que a mais importante, a química corporal alterada em virtude da paixão recente por Roberta.

– Quantos milhões de anos se passaram antes que essa paisagem pudesse se formar e surgissem olhos capazes ver sua beleza e emocionar-se com ela?!

– Quem sabe a percepção da beleza, e o prazer estético, sejam objetivos da Criação – disse eu, também contagiado pelo encanto do lugar.

E percorrendo a paisagem com os olhos, imaginei que, de fato, milhões de anos haviam se passado para que as rochas vulcânicas, de que eram provavelmente formados aqueles morros, emergissem do mar e se desgastassem pela erosão do vento e das águas, a fim de formar o cenário tão pitoresco que agora apreciávamos. "E, no entanto, este é apenas um momento passageiro numa longa e inacabada história que parece não ter fim", pensei.

– Acho que somente uma inteligência parcialmente inconsciente poderia originar uma beleza feita de assimetrias, de cores, de movimentos e de irregularidades como essa – tornou Delbos, aludindo à paisagem. – Não há deliberação em nada disso, apenas causalidade.

– Mas como uma inteligência pode ser inconsciente e, ainda assim, criar? – objetei.

– Quantas vezes nós mesmos fazemos coisas de modo inconsciente, revelando um "saber" automático – tornou ele. – Todo o funcionamento de nossos órgãos é, ao mesmo tempo, inconsciente e inteligente. A inteligência, como um princípio ordenador e evolutivo, certamente aparece depois do surgimento do universo.

– E como surge essa inteligência? – insisti.

– Quem pode dizer? Acho que é uma possibilidade do próprio potencial infinito da energia eterna que originou o *Big-bang*[3] e, depois, o univer-

---

3 Segundo a teoria do *big-bang*, ou da grande explosão inicial – *a hipótese mais aceita pela cosmologia moderna* –, resultante de uma flutuação do vazio quântico, pela qual o universo, ou vários universos vieram à existência.

so. Se não fosse assim, não estaríamos aqui discutindo isso. Talvez até tenha existido universos anteriores ao nosso, nascidos de outros *big-bangs*.

– Penso que, no fim das contas, a questão se resume em saber se o mundo, e tudo que há nele, originou-se do acaso ou foi criado por Deus, um Ser que sabia o que estava fazendo – comentei.

E, em seguida, ponderei que se o universo tivesse surgido de uma energia inicial eterna – *como postulava a teoria do big-bang* –, então tudo já teria acontecido antes e seria mera repetição, como afirmava Nietzche, no mito do eterno retorno.

– Num tempo infinito, um infinito de possibilidades já teriam ocorrido – disse eu.

Delbos abaixou a cabeça, pensativo e, depois de um tempo, com os olhos brilhando, ponderou:

– Acho que não há repetição, Oto. Veja, se a gente pensar na eternidade como uma espécie de infinito linear *(uma seqüência sem fim de segundos, minutos, horas, dias etc.)*, então as possibilidades inerentes à própria indeterminação da energia inicial – *ou como querem os cientistas, do vazio inicial* –, fonte de todos os universos, representa um infinito de grau superior. Um infinito elevado ao infinito, porque cada universo que surge multiplica as indeterminações iniciais e, portanto, também as possibilidades ao rol das já existentes, resultando num infinito maior que o tempo. Um infinito não linear. Um infinito de dimensão superior, esférico, seja lá o que isso signifique.

Nesse momento Delbos balançou a cabeça e comentou, sorrindo, que achava que estava "viajando na maionese". Mas continuou:

– Não ocorreria repetição, porque haveria sempre novas possibilidades não realizadas que tenderiam a se realizar. A novidade, uma possibilidade ainda não realizada, assim como um vácuo que busca preenchimento, tem mais força de realização do que uma possibilidade que já aconteceu!

– De onde você tirou tudo isso?! – exclamei, impressionado com a criatividade de meu amigo.

– Sei lá! É que às vezes penso sobre essas coisas. Não tanto quanto você, obviamente!

– Mas por que você chama essa energia inicial de indeterminada? – indaguei.

– Ela é indeterminada porque não é nada em particular. Não sei se seria uma energia ou meramente um vazio absoluto. Os cientistas dizem que tudo nasceu de uma espécie de vazio, a partir de uma flutuação quântica inicial. Seja o que for, uma energia ou um vazio, seria uma pura indeterminação. E o que é indeterminado busca naturalmente se determinar, como um vácuo busca se preencher.

– É uma hipótese muito interessante – observei.

— Pura especulação metafísica — riu ele. — E, do ponto de vista lógico, nem um pouco mais convincente que a idéia do "eterno retorno" de Nietzche, que é uma idéia difícil de aceitar talvez porque se choca com nossa esperança de que um dia chegaremos a um paraíso qualquer.

Enquanto Delbos falava, eu pensava em como ele me surpreendia com suas reflexões bem pouco vulgares. Hoje, em retrospectiva, percebo que estava formulando um pensamento muito semelhante ao contido na filosofia de Hegel. Não sei se tinha lido Hegel, ou se expressava uma idéia própria. Mas se este fosse o caso, havia muita semelhança entre uma e outra concepção: a noção de uma "inteligência" ou de uma Idéia original, no início inconsciente e pura potencialidade, que no curso do tempo ia expressando suas infinitas possibilidades no teatro da Natureza, em formas cada vez mais sofisticadas e complexas, até dar nascimento a organismos que proporcionassem a essa inteligência cósmica a consciência de si mesma. É quando teria nascimento o que ele, Hegel, denominava de "espírito absoluto". Então o homem se daria conta de que o mundo dos fenômenos é o produto da atividade da própria consciência; dessa inteligência ou desse espírito que seria a essência mais íntima de tudo o que existe. Era a evolução vista como uma epopéia do espírito, que se atirava na aventura de seu próprio autoconhecimento e desenvolvimento sem fim.

Enquanto ainda refletia sobre o que Delbos havia falado, Anete irrompeu no restaurante acompanhada do irmão e de uma prima.

Um pouco depois, saímos para deixar nossas coisas num camping, que não era muito distante, e retornamos à praia.

Já no final da tarde, depois de passearmos bastante na orla do mar, ela me perguntou o que tínhamos feito em Caxias do Sul, e se eu havia me comportado bem por lá. Fiz um relato bastante circunstanciado e não lhe omiti o meu deslize com Joana no dia do ano-novo. O que me levou a essa confissão foi não apenas o fato de não querer mentir, mas também para motivá-la a fazer comigo aquilo que eu tinha feito com a outra, já que estávamos namorando há alguns meses e eu não via nenhuma razão plausível para não termos uma relação integral. Ela concordou com a segunda parte do que falei, mas não com a primeira, com a qual pareceu estar bastante contrariada.

Tentei minimizar a importância do acontecido, aprofundando minhas razões:

— Aconteceu com Joana porque não acontecia com você. Afinal, eu sou homem... Foi apenas uma coisa sem importância. Você não sabe o quanto é difícil querer se completar com a pessoa que a gente gosta e não poder...

— Eu também acho que é natural — tornou ela —, mas antes é preciso que haja um grau elevado de confiança mútua, que só vem com o tempo.

Para mim, não é algo simples e fácil, como talvez seja para você e para os homens em geral!

— Eu sei, eu sei. Mas você tem de entender o meu lado. Além do mais, você já devia me conhecer...e saber que minhas intenções em relação a você são sérias.

— Pensei que já o conhecia, e agora você me surpreende com essa novidade! Não supus que fosse capaz de agir dessa maneira.

— E o que esperava? — exclamei.

— Esperava que me respeitasse!

Ao dizer isso, virou-se e foi embora. E quando tentei impedi-la, ela disse que não adiantava insistir, que não queria mais nada comigo. Foram dois dias de gelo e de aflição. A princípio fiquei assustado, mas percebi depois que sua zanga era um pouco fingida. De fato, depois de uma certa insistência e, sobretudo, das flores e de um bilhete apaixonado que lhe mandei, ela acabou me perdoando e a conseqüência foi exatamente aquela que eu estava esperando. Anete era inteligente e obviamente entendeu que o episódio com Joana não significava muita coisa. Não que ela concordasse com o que acontecera, mas aceitou minhas desculpas.

— Não pense que sou boba. Nem que esqueci o que fez — disse ela, com sua vivacidade natural, depois de um beijo de reconciliação. — Mas sei que nossa cultura, principalmente a da sua terra, aceitava com complacência este tipo de comportamento. Mas os tempos são outros agora.

— Sei disso — foi o máximo que me ocorreu dizer.

— Então, comporte-se!

Anete era uma pessoa admirável. Seu perdão não se devia a uma fraqueza, mas a um tipo de superioridade. No fundo, as coisas não a abalavam muito, devido a uma auto-estima natural e espontânea e, sobretudo, por ter um espírito aberto, maduro e compreensivo.

— A dama tem toda razão — concordei. — Mas um pecador merece perdão. Ainda mais se o pecado foi cometido com o pensamento na pessoa amada. Uma pessoa que me negava o doce e natural prazer dos amantes.

Um pouco depois, ela confessou que tinha gostado intimamente de minha honestidade por contar-lhe o que havia acontecido entre mim e Joana. E isso, mais que meus argumentos, fora um ponto a meu favor, que ela iria considerar com todo o carinho.

Naquele momento, como nunca antes, percebi o quanto Anete era bonita. Talvez fossem meus olhos, mais perceptivos de seus encantos naturais devido ao susto que passara. Mas fosse o que fosse, ela me pareceu então uma mulher e tanto, com seus cabelos loiros agitados pelo vento, os olhos expressivos, o corpo bem-feito e os seios bem proporcionados. E eu a desejei intensamente.

Alguns dias depois, quando sua família saiu para visitar algumas praias da ilha, ficamos com o apartamento à nossa disposição. Ela fez o almoço e eu preparei a caipirinha e a salada. Na cozinha, o rádio tocava algumas canções românticas, ajudando a criar um clima para nós.

Foi uma tarde quente, bela e bem-aventurada. Após o almoço, já bastante "altos", depois de nos sentarmos no sofá da sala, puxei Anete para o meu lado e ela se recostou em meu peito. Comecei então a acariciar sua cabeça e seu rosto e, em seguida, fui descendo lentamente a mão direita, por baixo da blusa em decote, até encontrar seus seios. Não houve resistência. Ao contrário, ela correspondia com leves suspiros de prazer aos suaves beijos que lhe dava no pescoço e nas orelhas. Finalmente, tiramos as roupas e exploramos sem pressa nossos corpos até o clímax já bastante desejado.

Depois desse episódio me dei conta de que o sentimento que tinha por Anete era muito mais forte do que eu supunha. A verdade, mesmo que não quisesse admitir, era que eu estava apaixonado por ela já havia algum tempo. Era a segunda vez em minha vida, o que me causava um certo temor, e explicava também, em parte, a minha aventura com Joana. Mas aquele temor terminara magicamente com o que acabara de acontecer, pois agora estava mais seguro sobre seus sentimentos a meu respeito.

Nesse dia, fomos ao cinema na cidade e, em seguida, levei-a a um bom restaurante.

∽

Após deixar Anete em casa por volta das 11 horas da noite, contente comigo mesmo e com a vida, resolvi dar um passeio pela praia. Deixei o carro no estacionamento do restaurante *Picola Italia* e fui andando vagarosamente pela areia em direção ao mar. Não havia movimento por lá, só o agradável marulho das ondas quebrando na praia, a brisa suave soprando e o brilho das estrelas no céu. Tirei então os sapatos e avancei para o lado em que a praia recebia mais iluminação da rua.

À medida que caminhava, pouco a pouco foi ressurgindo das profundezas aquela velha e insistente inquietação de não saber por que eu existia e qual era o significado do oceano diante de mim e das estrelas no céu infinito.

Quando me aproximava do extremo esquerdo da praia, que terminava num dos braços do morro que a envolvia, avistei Darapti vindo em minha direção. Fiquei surpreso e ao mesmo tempo contente por vê-lo novamente.

Depois de caminharmos um pouco, agora fazendo o caminho inverso, ele rompeu o silêncio:

— O que o incomoda tanto? — perguntou. — O que você gostaria de me perguntar?

– Como assim?
– Há algo que o perturba!
– É aquele velho e recorrente problema. Às vezes me sinto um completo estranho neste mundo, apesar dos bons momentos – disse eu.

Sentindo a água do mar acariciando meus pés, olhei para Darapti, com suas botinhas verdes metidas na água, e perguntei por que a Natureza era tão intensamente marcada pelo princípio da violência. Que espécie de lugar era esse, tão belo, tão colorido, tão vivo – e, ao mesmo tempo, tão traiçoeiro, frustrante e perigoso? De onde vinha tudo isso? O universo era uma criação de Deus, ou de um ser consciente, ou fruto do acaso, como pensava Delbos?

Quando lhe expus esse amontoado de questões, às quais meu pequeno amigo já parecia ter ciência, ele virou-se para mim, encarou-me por alguns instantes, e falou:

– Nos mundos da matéria, como este onde nos encontramos agora, as energias da vida se polarizam ao extremo, tornando-se freqüentemente antagônicas e conflituosas. E isso determina a característica da vida e de seu processo de desenvolvimento – a realidade física que hoje você compartilha com bilhões de outros seres vivos.

E após uma pequena pausa na explanação que dava, Darapti prosseguiu:

– Nos universos de luz e energia, a dualidade é também necessária. Sem ela, faltaria o imprescindível contraste para que algo pudesse existir. Mas nos mundos materiais, às vezes o princípio da dualidade toma características dramáticas e radicais. Todavia, sob a ótica individual, é algo passageiro; apenas um momento no drama da evolução. Quando os opostos começam a se reintegrar na consciência que evolui, a vida passa a ser menos tumultuosa e violenta.

– Mas não poderia ser diferente de como tem sido neste planeta? – indaguei.

– Sim, pois tudo é possível. No entanto, no processo evolutivo sempre há conflito. É que se embatem, permanentemente, dois impulsos contrários. Um de conservar e manter as estruturas orgânicas já existentes e outro de transformar, experimentar e avançar, criando formas cada vez mais sofisticadas e complexas. Esse impulso em direção ao novo e ao mais complexo é, em si mesmo, também um princípio de destruição, de negação do antigo, e contamina todo o processo da vida, eventualmente se manifestando como violência no comportamento animal. Mas é indispensável para a renovação da vida, mediante a criação de vários organismos, que se originam em grande parte influenciados por tais condições. Somente com o advento da autoconsciência, com o surgimento do homem no bojo da matéria orgânica, é que uma nova etapa poderá ter início. A partir daí a energia criadora terá condições de viver conscientemente em sua criação e determinar os rumos da evolução. O homem, então, superará a falsa consciência dos limites – *que lhe impõem a consciência corporal e a sua percepção física* – e verá a si mesmo como um ser infinito e ilimitado. Será, assim, uma expressão consciente dessa energia criadora no mundo estruturado da matéria, ficando livre da violência que caracterizou grande parte de seu comportamento ao longo da história. Será, então, um novo tempo, com uma nova Natureza e um outro processo de desenvolvimento.

Ao escutar com total atenção o que meu pequeno amigo dizia, subitamente comecei a ouvir com aguda nitidez o barulho das ondas e a intermitente, bem-vinda e refrescante sensação da água fria do mar, que contrastava com o calor do dia, ainda presente no ar da noite.

Considerando o que ele acabara de falar, pensei que era verdade que algumas pessoas tinham alcançado níveis de consciência e de sensibilidade bastante elevadas, mas tratava-se de uma minoria. Era necessário ainda que a humanidade, como um todo, desenvolvesse uma sensibilidade geral em relação a toda a vida; uma compaixão pelo sofrimento humano e animal, algo ainda incipiente em nossos dias. Os homens ainda infligiam um enorme e massivo sacrifício a milhões de criaturas tão sensíveis à dor quanto nós, brutalmente chacinadas diariamente para satisfazer a um bárbaro desejo de comer carne, um alimento desnecessário à sua subsistência e, até, prejudicial à saúde.

Depois dessa pausa reflexiva, perguntei a Darapti:

– Mas há um Deus ou um Demiurgo que cria o universo, ou tudo é resultado do acaso, como afirma Max Delbos?

– Isso ainda o preocupa muito, não é? Com o tempo verificará que esse é um falso problema, porque não há solução intelectual para ele.

– Não entendi.

– Não há uma "resposta" certa para sua pergunta – explicou ele. – Qualquer resposta levará a paradoxos e a novas perguntas, *ad infinitum*. Mas há uma forma de compreensão, profunda e sem paradoxos, no nível do sentimento. E somente poderá chegar a ela se você for além de todas as perguntas, de todos os conceitos, de todos os pensamentos, de todas as dúvidas e de todas as certezas; e se conseguir se render a algo maior e melhor que você mesmo. Mas nesse caso a própria pergunta, curiosamente, não terá mais importância.

– Então não podemos falar sobre isso?

– Sim, podemos. Mas saiba que pensar e conversar a respeito da origem de tudo é como uma brincadeira, um jogo de conceitos. Um sugestivo jogo que você pode encontrar, por exemplo, no "Hino à Criação", no Rig Veda. Lá se diz que os poetas *(ou os sábios)* descobriram o fundamento da existência na não-existência.

Darapti então recitou, com seu modo característico de entonação, uma pequena parte do poema em português, numa tradução livre, porque em sânscrito obviamente eu não iria entender nada.

— *"De onde essa criação surgiu? Talvez ela tenha produzido a si mesma, ou talvez não. Somente Aquele que olha para ela do mais alto céu sabe a resposta — ou talvez nem mesmo Ele saiba..."*

Meu silêncio pedia mais, e Darapti percebeu.

— Não é que "alguém" tenha "projetado", como numa prancheta de arquiteto, a multidão de organismos que surgem e desaparecem no longo caminho da evolução, ou os diversos planetas e sóis em seus mínimos detalhes. É a própria vida, com sua inteligência inerente, que vai experimentando, tateando e construindo sempre novas formas para expressar suas possibilidades.

Eram tantas as possibilidades de questionamentos, que, se fosse explorá-las, veria o dia amanhecer. Por isso restringi-me ao tema original que havia motivado aquele encontro.

— Mas há um propósito, um objetivo específico na Criação?

Darapti olhou para mim, cofiou a barbicha, e disse:

— Não se esqueça de que estamos lidando com questões que ultrapassam as limitadas categorias conceituais da razão humana e que freqüentemente conduzem a dilemas e contradições. Mas, fixada essa premissa, pode-se dizer que, num certo sentido, a Criação tem, em última instância, um propósito genérico: o deleite da consciência. O deleite de "ser", de existir e de sentir, ainda que para isso a vida precise percorrer um longo e tortuoso caminho de evolução *(na matéria)*, no curso do qual ela experimenta, durante um certo tempo, o contrário daquilo que almeja. É que não se pode ter uma coisa sem a outra, visto que a dualidade, como já disse, constitui o princípio fundamental da Criação, estando presente do começo ao fim do processo. Todavia, o impulso que faz a consciência original determinar-se e buscar se expressar e "ser" é um impulso inerente à sua própria essência. Não é acaso; é necessidade. E daí resulta a sua fragmentação e o processo de individuação, pelo qual o que era antes potência ilimitada se limita e finitiza, tornando possível a essa consciência viver e experimentar sua natureza infinita na forma de um processo. É quando surge o tempo, o espaço e a Natureza *(como desenvolvimento daquele programa)*. Tal ação foi representada em vários mitos, como o da queda dos anjos, na Bíblia, e em outros textos da cultura religiosa da humanidade.

— Mas de onde surge o impulso para criar, a que você se referiu? — insisti no meu ponto.

— Do Absoluto — que é a autoconsciência de um vazio onipotente ou a sensação pura de um nada que "deseja" ser "tudo". Para isso, ele se limita e perde sua autoconsciência unitária para se identificar com aquilo que não "é", mas que pode ser. É uma unidade abstrata e sem determinações, mas que busca determinar-se. Essa é sua necessidade e o seu deleite. Fragmentar-se em miríades de formas, temporalizando-se e espacializando-se, para ser e existir. Esse é o infinito processo da vida, que implica uma restrição e uma determinação daquela consciência original, infinita e abstrata, sem o que nenhuma experiência concreta, vivida, tomaria lugar.

E concluiu:

— Espírito e matéria, luz e sombra, vida e morte, e todas as chamadas oposições e dualidades que compõem o mosaico da existência, são os elementos constitutivos dessa obra dinâmica e evolutiva que é o Universo, resultado de uma necessidade de expressão das inteligências criadoras. O que se costuma chamar de queda pode ser visto como um impulso premeditado na busca de novas sensações e na agudização das já conhecidas.

Essas foram as últimas palavras de Darapti naquela noite. Tínhamos chegado ao mesmo extremo da praia onde aparecera, e exatamente aí ele se afastou de mim em direção aos rochedos. Mas antes de desaparecer, desejou-me, com um sorriso malicioso, uma boa noite de insônia, pois sabia que eu iria refletir muito sobre o que havíamos falado antes de poder conciliar o sono.

Ao vê-lo afastar-se, pensei em como era estranho e aparentemente irreal aquele diálogo que tivera com um duende que somente eu podia ver. Mas considerei que, afinal de contas, Darapti constituía apenas mais um enigma em meio a tantos outros. A diferença consistia em que esses outros enigmas eram compartilhados por todas as pessoas *(e talvez por isso mesmo geralmente banalizados)*, enquanto Darapti era um mistério apenas para mim. Não certamente para Junior, que suponho não perdia o sono se preocupando se meu amigo duende era um ente real ou imaginário de sua mente canina.

෴

Na manhã seguinte acordei feliz da vida, cantando uma musiquinha de infância que não tinha pé nem cabeça: *"Esta noite tive um sonho lindo; sonhei que estava acordado, acordei pra ver, estava dormindo"*. Delbos sorriu, e não precisei contar-lhe o que tinha acontecido no dia anterior.

Um pouco mais tarde, fui à praia com Anete e enquanto nos secávamos na areia e conversávamos sobre muitas coisas, perguntei-lhe o que ela mais gostava de fazer.

— De viver — respondeu ela. E depois de uma pequena pausa, completou: — E também de pensar sobre a vida.

Imediatamente veio-me à mente aquela máxima conhecida, que ouvira muitas vezes meu pai mencionar: *"primum vivere, deinde philosophari"*.

Isso era exatamente o contrário do que acontecia comigo. Eu, primeiro, entretinha-me em pensar sobre a vida e fazer muitas considerações filosóficas a seu respeito; mas o viver era uma coisa problemática para mim, que muitas vezes questionava a sua validade, sobretudo o significado e a importância da minha própria existência.

Com Anete era diferente. Tinha um encanto especial pela vida, apesar de sua curiosidade intelectual. Talvez fosse a música. Tocava piano com uma habilidade extraordinária. Às vezes eu a via mergulhar tão profundamente na melodia, que se desligava completamente de nossa realidade prosaica e se transportava a um outro mundo glorioso e encantado. Era quando deixava de ser ela mesma e se transformava na própria música.

— Você esqueceu da música — disse, jogando água em sua direção com as duas mãos.

— Mas isso eu não precisava falar. É tão óbvio — retrucou, caindo para trás enquanto batia os pés na água para revidar o meu ataque.

Alguns minutos mais tarde, quando estávamos saindo da água, ela pegou em meu braço e falou:

— Tomei uma decisão Oto.

— Qual?

— Quando voltar a Brasília vou fazer vestibular para música. Quero me aprofundar e seguir carreira.

— Então vai desistir do Direito, depois de um ano de curso?

— Só falta convencer meu pai. É o sonho de sua vida que eu vá trabalhar no escritório. Não sei como vou lhe comunicar minha decisão.

— Ele entenderá — disse-lhe, sem muita convicção, pois sabia que seu pai era uma pessoa muito pragmática e persuasiva, que, certamente, tentaria convencer a filha a dedicar-se à música nas horas vagas, como um simples lazer, e não desistir do Direito.

De volta para casa

Nada digno de nota se passou nos dias seguintes, apenas uma aproximação maior com Francesco, o extrovertido e comunicativo italiano dono do restaurante *Picola Italia*. Aconteceu num dia de chuva em que a temperatura havia surpreendentemente baixado para 14 graus centígrados – isso em pleno verão! –, o que deu ocasião e motivo para que ficássemos, Delbos e eu, bebendo vinho e apreciando a vista do mar ao cair da tarde, enquanto Anete fazia compras com a mãe na cidade. O restaurante estava praticamente vazio àquela hora e com aquele tempo. Francesco Tosarelli, a quem já conhecíamos, estava por lá, e sentou-se à nossa mesa para conversar, pedindo ao garçom que trouxesse outra garrafa de vinho. Nesse dia, pagamos a comida, mas a bebida foi por sua conta. Ele estava alegre, a despeito da falta momentânea de clientes, e queria conversar.

Francesco, que morava na Suíça há mais de quinze anos quando veio ao Brasil, encantou-se imediatamente com as praias da ilha de Santa Catarina. E apesar de viver uma vida muito confortável num dos países mais ricos do mundo, e também muito belo por suas paisagens montanhosas, o elemento humano da região catarinense, juntamente com o clima e a beleza natural, o conquistaram. E o fizeram de tal modo que depois de seis meses ele estava morando na Praia Brava, pertinho do mar, lugar que não trocaria por nenhum outro do mundo, segundo nos confessou.

– Mas sua família concordou com isso, com essa radical mudança de vida? – perguntei.

– Meus pais e parentes moravam na Itália. Na Suíça, entretanto, havia uma namorada e alguns poucos amigos, mas a namorada não quis largar seu emprego e arriscar-se na aventura, então vim só. Ainda bem, porque ela era uma chata!

– Acho que a maioria das pessoas que vivem no Brasil faria o inverso, se pudesse. Moraria na Suíça e, uma ou duas vezes por ano, viria para cá curtir as praias – falei.

– Na Europa, de modo geral, as pessoas são muito materialistas. Só se pensa em dinheiro e trabalho, mas não se sabe curtir a vida e viver de modo relaxado e feliz. Sei que estou exagerando um pouco, mas é essa a mentalidade predominante. Com certeza na Suíça! Por isso, apesar de ganhar muito dinheiro na atividade em que trabalhava, como administrador de uma cadeia de hotéis em Genebra e Zurique, não me sentia satisfeito com minha vida por lá, e estava ficando doente de tristeza. Faltava algo fundamental que, graças a Deus!, encontrei aqui: alegria e calor humano, além de sol e de praia.

— Mas isso você teria encontrado também em outros locais do Brasil — observou Delbos.

— Existem muitos lugares bonitos no Brasil onde eu nunca moraria. Salvador ou Rio de Janeiro, por exemplo. Há muita violência e miséria. É um enorme contraste com a Suíça, onde todo mundo tem onde morar e goza de uma vida material confortável... Pelo menos a realidade social de Florianópolis é bem diferente da do resto do país. Aqui o povo é educado, não há favelas, nem miseráveis, e, além de tudo, possui praias tão belas quanto as do Nordeste.

— Você é um europeu que quer apenas aproveitar as benesses do Brasil, mas despreza o resto — interveio Delbos. — O Brasil é um pacote, você não pode ficar apenas com a parte boa e esquecer a outra.

Francesco sorriu e respondeu:

— Na verdade, gosto muito do brasileiro, de seu modo de ser, de sua espontaneidade... Não fosse isso, não me mudaria para cá, que também é Brasil. Mas não sou estúpido de morar em um lugar que tenha muitos problemas, se posso escolher um local tranqüilo, agradável e pacífico como este.

Francesco pediu-nos para falarmos da vida em Brasília e contou-nos um pouco mais da sua vida. Lembrou-nos que logo depois que chegou ao Brasil, casou-se com uma brasileira e tiveram três filhos, um dos quais estava estudando na Itália. Falou também que viajava com certa regularidade para a Europa, geralmente para resolver pendências que ainda existiam por lá, mas que estava cansado daquilo.

— Há pouco tempo — disse ele — fui contatado por uma companhia aérea que me oferecia uma estada grátis em Paris, em função de minhas viagens e de meus antigos conhecimentos como administrador de hotéis — quando intermediava pacotes de turismo e coisas semelhantes. Agradeci, mas disse que oferecessem o brinde para outra pessoa, porque eu não estava minimamente interessado. O que queria era ficar em casa, aqui em Florianópolis, onde vivo sem *stress* e posso conversar descontraidamente com as pessoas, assim como faço com vocês.

— Vejo que aprecia bastante o vinho — exclamei, depois de ver mais uma garrafa esvaziar-se, tendo nesse fato uma grande colaboração de Francesco.

— Tomo uma garrafa por dia, à noite. Hoje, um pouquinho mais não fará mal. Nasci praticamente bebendo vinho. Na região onde cresci, até as crianças bebem vinho com água e açúcar. Não passo sem esse abençoado líquido um dia sequer.

Depois desse encontro formou-se entre nós uma grande camaradagem e até chegamos a jantar em sua casa para conhecer a família. Algumas vezes Francesco aparecia na pousada onde estávamos hospedados para nos levar a conhecer algum recanto da ilha que ele reputava belo ou interessante. Outra vezes, trazia vinho e ficávamos conversando apenas.

⁂

No dia do retorno a Brasília, quando colocávamos as últimas coisas no carro, por volta das sete horas da manhã, Francesco chegou trazendo uns sanduíches e duas garrafas de vinho, recomendando-nos que as bebêssemos somente antes de dormir. Às sete e trinta já estávamos pegando a estrada.

Depois de quase 6 horas de viagem, por volta de uma hora da tarde, paramos em um grande posto de estrada para abastecer o carro e almoçar. O restaurante era grande e novo e estava quase cheio. Escolhemos uma mesa junto à janela e nos dirigimos ao bufê, depois de solicitarmos algo para beber. Quando, já de volta à mesa com nossos pratos, levantei-me para pegar o guardanapo, uma pessoa aproximou-se de mim pelo lado e estendeu a mão com um punhado deles. Quando olhei para saber quem me fazia aquela inusual e inesperada gentileza, deparo-me com Darapti, em uma nova encadernação, mas com as mesmas feições, os mesmo cabelos crespos, castanhos e desalinhados, e um sorriso jovial e matreiro no olhar. Sua forma agora era a de um jovem, de minha estatura, com calças jeans, tênis branco e uma camisa de manga curta, amarela. E um gorro verde. Em vez da barba longa, agora tinha uma rala barbicha. Por um instante, fiquei sem saber bem o que fazer, pois compreendi intuitivamente que agora ele estava visível para todos e não só para mim. E assim voltei para a mesa com ele ao meu lado.

Ao sentarmos, Delbos olhou para nós com uma expressão interrogativa, talvez tentando descobrir de onde eu tirara aquela figura. Quando apresentei Darapti como Darapti, ele sorriu com incredulidade. Certamente pensou tratar-se de uma brincadeira.

– Já sei, você é um amigo de Oto e mora por aqui, não mora?

– Na verdade, venho de um outro nível de realidade, de uma outra dimensão de consciência, mas posso, sempre que quero, viver aqui também – respondeu, contrariado, meu fantástico amigo.

– Conta outra, porque esta não dá para acreditar – exclamou Delbos. E depois de uns segundos em silêncio olhando alternadamente para mim e Darapti, disse: – Está bem, vou entrar na brincadeira. Oto falou que você era um ser invisível, que somente ele conseguia ver, e que o tem acompanhado a vida inteira. Isso é verdade?

– Sim, é verdade que somos amigos, ou mais que isso. Mas não é somente ele que pode me ver, você não acha?

– Suponho que as pessoas também o estejam vendo – disse Max, olhando à sua volta. E prosseguiu, com um leve ar de zombaria. – Mas para um duende você me parece muito normal, a não ser esse gorro esquisito.

Um momento de silêncio se passou, ao final do qual Delbos deixou escapar a observação de que não podia acreditar que estava tendo aquela espécie de conversa conosco. E, por fim, disse:

— Se você estava no jantar aquele dia em Caxias do Sul, por que então não o vi?

— Eu me encontrava lá, mas se não me viu é porque certamente sua mente não estava sintonizada para me perceber.

— Como assim, sintonizada!? O que significa isso? Estou olhando para você agora e não faço nada de especial para vê-lo.

— Também isso é verdade. Mas não invalida minha afirmação anterior. É que agora estou aqui também para você, mas lá estava somente para Oto. Todavia, se você tivesse "afinado" sua visão, e sua atenção, por certo também teria me visto, independentemente de continuar invisível para as demais pessoas.

— Que espécie de brincadeira é essa Oto? — disse Delbos, olhando para mim. — Não acredito em nada disso!

— Não é brincadeira — foi tudo o que consegui falar, ainda surpreso e emocionado com tudo aquilo.

Nesse momento o garçom aproximou-se e Darapti, antecipando-se a nós, pediu água com gás para Delbos — que já havia esvaziado seu copo de Coca-cola, e um sorvete de chocolate para mim. Era exatamente o que queríamos.

— De qualquer forma, acredite ou não, minha presença aqui, para você, deve-se a um pedido de Oto. Ele queria saber se não sou uma mera alucinação de sua imaginação — disse Dapapti.

— Não acredito que esteja tendo essa conversa! — voltou a repetir Delbos, dando uma risada nervosa, que denotava sua confusão interior. E prosseguiu, agora olhando para Darapti: — Se você tem a faculdade de aparecer e desaparecer para qualquer pessoa, por que não some, neste exato instante, do lugar em que está, para acabar com qualquer dúvida? Assim eu acreditaria em vocês.

— Se fizesse o que pede, mais tarde você não se lembraria.

— Por quê?

— Uma parte da sua mente — *que é muito maior, mais extensa e profunda do que aquela da qual você tem consciência no momento* — não deseja lidar com esse tipo de fato. Seria uma coisa muito chocante para ela. A identidade com a qual essa parte está identificada no presente momento, chamada Max Delbos, simplesmente esqueceria a estranha situação. Se desaparecesse de sua frente, tudo que conversamos seria lembrado, menos meu súbito desaparecimento. Mais tarde, quando se recordasse desse momento, não saberia dizer em que instante deixei de estar presente.

— Mas por que haveria de esquecer? Se acontecesse, eu não gostaria de esquecer nada! — exclamou Delbos.

— Como já disse, uma parte de você não iria tolerar essa lembrança. Ela ameaçaria suas crenças naturais e as verdades nas quais acredita. Você funciona basicamente com a mente lógica, que é demasiado rígida e limita sua consciência a padrões de realidade muito estreitos.

— Não tenho medo de aceitar a verdade nem de conviver com ela, seja qual for — replicou Max.

— Isso veremos quando eu sair daqui — foi a resposta de Darapti.

Delbos então olhou para mim e disse:

— Talvez você ache que eu seja tolo suficiente para acreditar nessa brincadeira...

— É uma espécie de brincadeira verdadeira...— tornou Darapti.

— Talvez você seja um primo ou um amigo que mora aqui por perto — ponderou Delbos.

— Isso é que seria verdadeiramente fantástico — redargüi. — Eu teria que ter um parente que morasse aqui por perto e que concordasse em lhe pregar uma peça!

— Ele terá todos os argumentos de que precisar para refutar minha existência — observou Darapti para mim. — Se uma parte tão importante de sua mente não quisesse, no momento, desconhecer e negar o que aqui está acontecendo, um possível desaparecimento meu seria visto e lembrado sem nenhuma descontinuidade com as memórias anteriores e posteriores ao fato. Não é isso, porém, provavelmente o que irá acontecer.

Enquanto se travava esse diálogo, eu olhava deliciado para um e para outro dos interlocutores — por quem eu tinha fortes sentimentos de amizade —, acompanhando o que estava acontecendo como um observador interessado.

Depois que terminamos o almoço, Darapti observou que já era hora de partir e principiou a sumir diante de nossos olhos, como já havia feito algumas vezes para mim. Virei-me para Delbos para ver sua reação. Inicialmente ele pareceu perturbado vendo Darapti se esvanecer bem à sua frente, mas passados alguns segundos, porém, sacudiu a cabeça, como se tivesse se livrando de uma idéia ou de uma imagem incômoda, olhou para o relógio e disse que já era hora de seguirmos viagem, aparentemente esquecido de Darapti e do que tinha acabado de ocorrer. Somente quando entrou no carro, após retornar do banheiro, é que então perguntou por meu amigo, mencionando que não vira quando ele fora embora.

— Mas não se lembra que ele desapareceu diante de nós! — falei.

— Você deve estar me gozando! — exclamou.

Delbos então franziu o cenho, como se buscasse algo em sua mente, mas nada disse. Ficamos em silêncio por quase uma hora enquanto eu dirigia. Todavia, eu mesmo não sabia bem o que pensar sobre o que tinha ocorrido. Estava ainda processando o que havia acontecido.

Quando estávamos chegando a Brasília, voltei ao assunto e perguntei-lhe:

— Você parece tão aberto para certas coisas e fechado para outras. Realmente não se lembra de Darapti ter desaparecido na sua frente?

— Lembro-me de que me levantei para ir ao banheiro e, ao retornar, ele não estava mais sentado à mesa. Se desapareceu da frente de alguém foi da sua frente, não da minha.

— Está bem, você venceu. Assunto encerrado.

Momentos de reflexão

O leitor que não aprecia Filosofia, ou não se interessa por especulações metafísicas, pode saltar este capítulo sem prejuízo da história aqui relatada, pois ela consiste, basicamente, de um diálogo com Darapti, concernente a leituras que eu estava então fazendo, e minhas próprias reflexões a respeito. No entanto, devo dizer que tais reflexões, e que o mencionado diálogo, têm direta ligação com as idéias centrais deste livro: a noção de que nossa vida é uma história que nós, consciente ou inconscientemente, permanentemente criamos ou escrevemos o enredo. Pois, como ficou patente desde Freud, Jung e outros pesquisadores da psicologia humana, há incontestavelmente em nossas mentes uma dimensão inconsciente que tem uma participação importante nos eventos que vivenciamos, embora não nos demos conta claramente de sua influência. Daí dizer-se que nossa vida e destino são uma criação pessoal. Essa foi a lição que Darapti me ajudou a compreender.

Logo depois que cheguei a Brasília, estimulado pelas conversas que tivera com Delbos e, principalmente, com Darapti durante a viagem de férias, mergulhei no estudo da Filosofia. Quando as aulas na universidade começaram, no início de março, já tinha avançado bastante na leitura da *Crítica da Razão Pura*, de Kant, e me aventurado também um pouco em Fichte e Hegel. Desses últimos, fizera apenas leituras ligeiras e superficiais, mas que me deram uma perspectiva estimulante sobre o seu pensamento. O Direito ficou reservado apenas para o início do período letivo – uma obrigação de ordem prática com a qual eu tentava conviver em bons termos.

Anete, por sua vez, intensificara seus estudos de piano e tocava cada vez melhor. A pedido do pai, concordara em continuar estudando Direito, mas faria também, paralelamente, o curso de música na Universidade. Durante as férias, e mesmo no período letivo, ia duas a três vezes por semana à minha casa, e lá ficávamos lendo, estudando e ouvindo música. Apesar de seu amor pela música, Anete era mais dedicada ao Direito *(e a tudo o que fazia)* do que eu, e freqüentemente me passava um resumo das aulas e dos tópicos estudados quando havia prova. Trocávamos sempre idéias sobre as instigantes leituras que eu estava fazendo para o curso de Filosofia e que também muito a interessava. Nos fins de semana, eu geralmente almoçava em sua casa e já era recebido com bastante intimidade pela família.

Desde que chegara à cidade, eu estava praticando, com certa dedicação, o que Darapti havia recomendado: tentava ficar consciente de mim mesmo o mais possível no transcurso do dia. Principalmente durante as caminhadas que fazia com Junior na beira do Lago. Afinal, o que o meu feérico amigo propunha, e o que dizia, parecia tão sensato, tão verdadeiro, que não custava nada experimentar. O resultado foi que passei a conhecer um pouco mais o funcionamento de minha mente.

Nessas caminhadas, pude constatar claramente que existia um "EU" que observava tudo o que acontecia. Um EU que era a coisa mais íntima e verdadeira em mim mesmo. Havia então uma sensação de calma, satisfação, poder e profundidade. Não precisava de nada para ser feliz, e tudo passava a ser interessante, novo, vivo e brilhante. No entanto, não conseguia manter tal estado por muito tempo. A mente sempre voltava ao seu estado normal de anuviamento.

Tal tipo de experiência me levou a aprofundar algumas leituras sobre temas filosóficos. Entre eles, o problema de Deus, um assunto recorrente. Para mim, o maior e o mais profundo de todos os mistérios. Freqüentemente me perguntava: "Será que existe um Deus pessoal, uma personalidade semelhante à nossa, que sabe de todos os acontecimentos, internos ou externos à mente humana, que aparecem e desaparecem incessantemente no imenso palco do mundo? Ou será que Ele é apenas uma idéia – o reflexo de um imorredouro e irreprimível anseio do infinito e da eternidade, presente no âmago de nós mesmos?".

Não poderia negar que uma inteligência cósmica impregnava tudo o que existia – nisso concordava com Delbos. Não conseguia, porém, compreendê-la. Era uma inteligência que sabia obrar, que fizera a Terra e toda a vida que habitava em sua superfície; uma inteligência que mantinha as infinitas coisas existentes nos padrões ao mesmo tempo estáveis e dinâmicos das leis naturais, fazendo de tudo um admirável e belo cosmos. Mas havia também tanta imperfeição!

Por isso pensava, muitas vezes, que essa inteligência que "exubera" na Natureza, com uma profusão incontável de formas vivas, parecia uma força cega, que avançava aos tropeços, experimentando-se em milhares de organismos, mais ou menos fugazes, quase sem saber aonde ir.

Um dia, quando falava com Darapti sobre essas questões, ele me disse:

– A Criação, que é resultado de múltiplos propósitos, se desdobra em muitos planos, e a percepção e a consciência são parte indissociável dela. Um desses propósitos é a percepção e o sentimento da beleza do que tem forma e do que não tem. A matéria é o berço onde o espírito deve acordar e deslumbrar-se com sua própria glória. E para que isso aconteça, como um sábio já observou, o humano *(a consciência humana limitada e finita)* deve morrer para que o divino possa nascer. Porque o divino é a culminância do humano, que é o casulo que envolve a borboleta que está para nascer.

Em muitas ocasiões, e durante anos, a lembrança dessas palavras me voltaram à mente, numa lenta maturação de seu profundo significado.

Certo dia, logo no começo de março, saí com Junior no final da tarde para uma caminhada na beira do lago. Retomava um hábito que fora interrompido pela viagem de férias ao sul do país.

Estacionei o carro no acostamento, debaixo de um cajueiro, abri a porta e Junior pulou para fora. Estava muito excitado, como sempre acontecia quando ia passear. Tive até dificuldade em contê-lo na guia.

Ele fazia muita força, puxando-me em direção à trilha de asfalto que serpenteava por entre as árvores. O sol ainda brilhava no céu azul, tomado aqui e ali por densas formações de nuvens, prenunciadoras de chuva próxima.

Eu acabara de fazer uma leitura de partes de um texto bastante denso de Fichte *(O Princípio da Doutrina da Ciência)*, mas imensamente estimulante, e ficara muito "encucado" com os ousados vôos metafísicos do precursor do idealismo alemão, sobretudo com a revolucionária idéia de que o Eu Absoluto, ou o espírito infinito, por um ato primordial e fundamental, punha no plano do ser ou da existência, ao mesmo tempo, o Eu e o não-Eu, ou o mundo, sendo este o lugar para a experiência e a ação moral daquele.

Com isso, pensava eu, ele queria dizer que a consciência era o fundamento do ser; consciência essa que no ato de voltar-se para si mesma, a fim de se autoconhecer, criava uma cisão interna, dando origem aos eus individuais finitos e, da mesma forma, ao mundo dos fenômenos, também chamado de Natureza ou de realidade objetiva. O mundo seria, assim, a expressão desse limite "aparente" do Eu, que era finitizado e dicotomizado por uma atividade intrínseca, dele próprio, de perceber-se a si mesmo.

Por certo tais idéias ajudavam a dar um fundamento filosófico às afirmações de Darapti de que o mundo que percebíamos era criação de nossas mentes. Para mim, era surpreendente e gratificante encontrar num pensador do século XVIII alguém que enxergava com clareza o papel primordial da consciência na criação da realidade percebida[4]. Coisa que somente mais adiante, no século XX, alguns físicos teóricos mais ousados teriam a coragem de afirmar.

---

4 Fichte chegou à conclusão de que o espírito ou o sujeito cria o objeto cognoscente *(a natureza ou a realidade material)*, porque percebeu que as teorias científicas podiam deduzir fatos empíricos e que o contrário não acontecia. De fato, apenas a partir dos fatos não se poderia chegar à complexidade de uma teoria. Se a mente humana concebia a forma como a natureza se comportava, era porque, segundo o filósofo, a própria natureza *(a realidade material)* já estava dentro dela. Era, na verdade, uma projeção da consciência.

A certa altura, enquanto passava por debaixo de umas mangueiras e assim divagava, ouvi um latido bem atrás de mim. Quando virei, vi Junior correndo em minha direção em perseguição a Darapti, cujas passadas pareciam muito mais amplas do que deveriam ser. Aquilo era muito estranho, mas eram coisas de Darapti que apreendi a aceitar assim como aconteciam.

Quando ele chegou do meu lado perguntei sobre o que pensava a respeito da afirmação de Fichte de que o Eu Absoluto, por um ato primordial, criava ao mesmo tempo a Natureza e os indivíduos *(ou eus empíricos)* que a percebiam.

Com sua costumeira segurança, e surpreendendo-me mais uma vez pelo domínio de seu conhecimento sobre as coisas humanas, ele respondeu:

— Fichte foi um dos filósofos que teve a perfeita compreensão de que a consciência constitui o verdadeiro fundamento da realidade, a raiz de todo ser. Para ele, não é possível a consciência do eu – *a autoconsciência* – sem a consciência de um objeto que lhe seja oposto. E isso somente poderia ocorrer mediante um ato de oposição interna dentro do Eu Absoluto; um ato de negação da unidade fundamental desse mesmo Eu.

— Isso eu já sei, professor Darapti. Gostaria de ouvir alguma coisa nova.

— Então aí vai uma. Apesar de sua profunda intuição, Fichte se enganava numa coisa: o Eu Absoluto é uma pura autoconsciência, não uma consciência em potencial que precisa de um mundo para se perceber. Esse Absoluto é a autoconsciência de um poder infinito de ser. É a consciência de uma pura unidade.

— Que é uma pura monotonia que quer agitação – arremessei.

— Num certo sentido é isso mesmo! – tornou ele, com uma expressão sorridente.

— E quando a coisa se torna uma assustadora montanha russa, de arrepiar os cabelos, então os "eus individuais", ou seja, nós, queremos voltar para aquela "monotonia", que então chamamos de paz, de Deus ou de Paraíso. Não é assim?

— A descrição é simplória, mas tem um fundo de verdade. O reparo é que a consciência original não é uma monotonia. Ao contrário, é um estado de exuberância e de natural expansividade, que busca "partilhamento". E isso implica a sua multiplicação em perspectivas infinitas de si mesma. Lembra-se de Leibniz com suas mônadas?

— Sim, lembro. Cada mônada vê a totalidade, mas de uma determinada perspectiva.

— É isso.

— Mas se em seu estado original essa consciência é plena, por que ela cria afinal de contas?

— Você não se cansa de perguntar a mesma coisa, não é? Mas já que gosta de brincar com palavras, vamos continuar mais um pouco com esse jogo. Pode-se dizer que Deus, ou o Absoluto, reparte-se porque é instável e o seu equilíbrio é "ser". Ser "todos". E estes "todos" têm como equilíbrio "ser tudo". Entendeu?

— Acho que, às vezes, suas explicações complicam mais que explicam — respondi.

— É tão simples! Veja — exclamou ele, com um largo sorriso, ao mesmo tempo em que, com as mãos levantadas, fazia sair delas uma nuvenzinha branca e amorfa, que ia se transformando em coloridas miniaturas animadas de elefantes, borboletas, girafas, macacos, homens e pássaros, tudo aquilo flutuando em seqüência diante de meus olhos admirados.

Olhei para aquela mágica e perguntei para os meus botões se eu não estava ficando louco.

— O ato de "ser" não é possível sem determinação, que implica diminuição e mutiplicação — explicou meu amigo.

— E por que teria de ser assim? — perguntei, um pouco atordoado com aquela multidão de figuras que iam aos poucos perdendo a forma.

— Porque somente com a "perspectiva", com mais de uma consciência *(e com algo que parece não ser essa consciência — um "outro", um "objeto" de percepção, que é o mundo e seus fenômenos)*, é possível ser "alguma coisa". Então tem nascimento — *e isso é bastante impreciso, pois é algo fora do tempo* — as primeiras mônadas.

— Como assim?

— Deus se reparte. E cada uma das partes tem uma perspectiva do que é possível ser. É quando se origina uma segunda criação: os mundos do espaço e do tempo.

Darapti então parou de repente, olhou para mim e me cutucou com o dedo indicador.

— Não se esqueça de que tudo isso é apenas um jogo de conceitos e de palavras.

— Eu sei, eu sei — disse eu, mais interessado naquele jogo de palavras do que no fato de que era apenas um jogo. — Mas se o Eu Absoluto se autolimita para se tornar uma multidão de consciências finitas *(os eus individuais ou empíricos)*, então são essas mônadas que criam o mundo?

— Pode-se dizer, dentro de nosso jogo de conceitos, que enquanto Deus cria espíritos, cópias infinitas de si mesmo, em diferentes perspectivas, esses espíritos, por sua vez, criam, num espaço delimitado e compartilhado de sua mente expandida, o mundo com seus fenômenos tempo-espaciais, dando assim expressão à potência infinita da fonte original. Tal mundo é obra da imaginação dos eus finitos, e por ter a mesma natureza dos sonhos, que sempre acabam, é chamado, dentro de algumas tradições religiosas, de Maya ou ilusão.

– Agora entendo a idéia da autolimitação do Absoluto. É uma autolimitação necessária para que haja "perspectiva" e, conseqüentemente, experiência – disse eu, com entusiasmo. – É assim que o Absoluto origina outros pólos de consciência – *as mônadas de Leibniz ou os eus empíricos na terminologia de Fichte* – que, por sua vez, criam o universo, para aí se conhecerem a si mesmas. E, também, para o Absoluto ser "ver" em suas infinitas possibilidades.

– Cuidado. Se continuar assim é até capaz de se tornar um filósofo – observou Darapti, sorridente. E parecendo concordar com o que eu dissera, emendou:

– Como no âmago do Eu finito reside o Eu infinito, ao penetrar no fundo de si mesmo o homem encontra o Absoluto. É quando este Absoluto, que muitos chamam de Deus, acorda no indivíduo, e a partir de sua particularidade, dentro do mundo material.

Nesse momento, estávamos percorrendo o corredor de pinheiros e quase chegando ao amplo gramado na beira do lago, de onde se podia avistar, do outro lado, os telhados coloridos das casas e as árvores de seus jardins.

Olhando as águas levemente agitadas pela brisa que soprava, eu ouvia com clareza e perfeição os sons do ambiente, o barulho de nossos passos, o ruído da relva pisada pelo Júnior, o gorjeio estridente de uma garça branca que voava rente à água, o latido distante de um cão e o rumor indistinto que a cidade fazia do outro lado do lago. A visão também estava diferente. Tudo ficara mais colorido, mais brilhante e mais vívido. Parecia que eu tinha acordado, um pouquinho, ao dar-me conta de que estava dormindo, sensação que eu já tivera outras vezes e que sempre me deixava uma impressão marcante e positiva.

Perguntei então a Darapti sobre o que ele achava da afirmação de Fichte, que tanto havia me encantado, de que *"O espírito é a aspiração infinita ao infinito"*.

– Para ele, o homem é o esforço contínuo e eterno de fazer-se Deus – respondeu em seguida meu pequeno amigo. – De tornar-se infinito, de progredir sempre mais, superando os obstáculos e desafios do mundo e os limites inerentes à sua condição de ente físico e natural. Por isso o nosso filósofo tinha razão ao afirmar que *"esse sequitur operari"*, ou seja, que a ação precede o "ser" ou a essência, o que destaca uma característica fundamental do espírito: a de que ele é antes um fazer que um ser! Um fazer-se e refazer-se contínua e eternamente. Por isso a filosofia de Fichte é uma filosofia da responsabilidade pessoal, pois de acordo com ele o homem é aquilo que faz de si mesmo. Num certo sentido, é o ser onde o

Absoluto desperta no relativo, o infinito no finito e o eterno no âmago do tempo.

Nesse momento, já no amplo gramado em frente ao lago, enquanto Darapti falava, fui surpreendido por um grande cão peludo que avançava veloz em nossa direção e que parecia decidido a avançar sobre o Junior.

— Fique tranqüilo, não há nada a temer — disse Darapti. E tinha razão, pois o animal, uma fêmea de pastor alemão, queria apenas brincar.

Junior e ela correram e rolaram pelo chão durante algum tempo, e após a cadela retornar a seus donos, Darapti continuou com sua pequena aula.

— Tanto da filosofia de Fichte como da de Hegel se segue a conclusão de que toda percepção é, num certo sentido, falsa. Ela nos dá a contemplar uma multiplicidade de fenômenos que esconde uma unidade subjacente em si, e nos esconde o fato de que é o próprio espírito a causa da aparente diversidade da Natureza. Como você sabe, esse chamado idealismo absoluto foi desenvolvido a partir da filosofia de Kant, que tentou demonstrar que a realidade percebida e conhecida pelo homem era construída a partir da estrutura do seu próprio intelecto e sensibilidade.

E, fazendo uma pausa, concluiu:

— O fato básico, tanto para Kant quanto para Fichte, e para os idealistas em geral, é que a mente é arquitetônica e formativa. É nela que se criam os modelos e as possibilidades de todas as coisas que percebemos.

ᪿ

Como já fiz referência em outra parte, a idéia kantiana, de que o mundo que percebemos é o resultado de um processo de construção de nossa própria mente, tinha me deslumbrado. Especificamente a noção de que tempo e espaço, e os conceitos que usávamos para pensar a realidade, constituíam formas *a priori*, inatas, de sentir, perceber e pensar as coisas e os fenômenos do mundo. Aliás, para Kant o próprio mundo era entendido como uma mera representação, uma espécie de pensamento estrutural de nossa mente, não se podendo dizer que existisse independentemente dela.

O fundo dos fenômenos, aquilo que supostamente dava origem a eles, o nosso filósofo chamava de *coisa-em-si*, sobre a qual, no entanto, nada se poderia dizer de objetivo, visto que para isso teríamos de usar conceitos *a priori*, condicionando-a, portanto, ao formato de nosso entendimento. Ou seja, para Kant o ato de conhecer já implicava, necessariamente, um processo de "in-formação" ou de pré-formação dos objetos de conhecimento. Por isso, o que seria esta coisa-em-si, independente de nosso intelecto e nossa sensibilidade, era uma pergunta inútil, sem sentido. Ao que Schopenhauer completava, dizendo que o mundo era simplesmente uma representação, uma imagem em nossa mente, cuja realidade última seria a vontade; a vontade pura e irracional de viver[5].

Mais tarde os Neokantianos enfatizaram que a postulação de uma realidade independente e incognoscível era totalmente supérflua e desnecessária, sendo possível construir uma filosofia da consciência e da realidade prescindindo da noção confusa e problemática de "coisa-em-si".

Foi exatamente o que, muito antes, tinha feito Fichte e também, de certo modo, Schelling e Hegel[6] – *os idealistas alemães* –, no que se colocavam em sintonia com antigas doutrinas orientais que afirmavam que a realidade era um simples sonho de Brahma, o espírito Criador e, nesse sentido, não se poderia dizer que fosse essencialmente real, mas uma brincadeira de Deus.

Mas embora cativante, não era fácil para mim aceitar a idéia de que criamos nossa própria realidade, ou nossa própria experiência. Isso ia contra o bom senso e ao que estávamos acostumados a acreditar e, até, a perceber: que os acontecimentos e os objetos denominados exteriores gozavam aparentemente de uma realidade independente e autônoma, sendo a causa de nossas percepções e de nossa experiência sensível.

Todavia, com a leitura dos idealistas, percebi que havia muita consistência racional na assertiva de que o "Eu" constituía o princípio de toda realidade, idéia essa que talvez tivesse sua origem, na filosofia ocidental, com Descartes, que afirmava que toda percepção de algo exterior à nós era, na verdade, uma representação mental, ou um conteúdo de consciência que nos provocava uma impressão de exterioridade. Nada garantia, porém, que tal impressão correspondesse, de fato, a algo externo a nós mesmos *(ou a nossa mente)*. Somente a bondade divina, segundo o filósofo francês, é que garantiria a veracidade de tais percepções,

---

5 De fato, Schopenhauer dizia que o fundamento da existência, a essência mais verdadeira da Natureza, era um impulso cósmico para ser, para existir, impulso esse que ele identificava como uma "vontade cega" – que originava toda vida e todas as coisas e acontecimentos do mundo fenomênico.

6 Hegel entendia a Natureza, ou o Universo físico, como um movimento de alienação ou projeção do próprio espírito originário, a que denominou Idéia, que saindo de si mesmo se perdia na multiplicidade dos objetos e fenômenos e na fluidez incessante da matéria, para cobrar uma consciência mais ampla e nítida de si mesma.

ou a correspondência[7] entre as idéias, ou imagens de objetos, e a sua existência fora de nós.

⸎

Estávamos agora olhando a paisagem sentados num banco de cimento, logo acima do caminho de asfalto, enquanto Junior descansava deitado ao nosso lado, sob a mão soporífera de Darapti. A noite já começava a cair e era hora de voltar para casa e jantar. Estranhei que Darapti estivesse ainda comigo. Não era comum ele ficar tanto tempo assim. De qualquer forma, fomos andando para o estacionamento e me alegrei ao vê-lo entrar no carro, depois de Junior, e sentar-se no banco de passageiro a meu lado.

Ao chegarmos, uma nova surpresa. Quando olhei para o lado, o Darapti que eu via era agora aquele que aparecera no posto de gasolina para Delbos, e não mais o duende que mal ultrapassava em altura a minha cintura. Suas feições estavam parcialmente cobertas por uma barba crescida, e, como da outra vez, usava calças jeans, uma camisa amarela e tênis azul.

— Você vai entrar comigo? — indaguei, ao mesmo tempo curioso e preocupado.

— Por que não? — tornou ele. — Não posso ficar para jantar?

— Mas como vou lhe apresentar? O que direi a eles?

— Diga a verdade, ou não diga nada.

— Está bem. Vamos ver o que acontece.

O fato é que apresentei Darapti a meu tio como um amigo que encontrara na Península *(o que não deixava de ser verdade)*. Um pouco mais tarde, Ana, sua namorada, chegou e tivemos uma agradável palestra, na qual Darapti mostrou uma conversa bem humorada e interessante, sabendo, todas as vezes, manter sua identidade a salvo.

Durante o jantar, que Darapti apreciou bastante, Ana perguntou-lhe:

— Você também estuda na UnB?

— Aprendo lá também — tornou ele.

— Então são colegas! — disse Ana.

— De certo modo, somos.

Surpreso e também um pouco assustado com o rumo que as coisas estavam tomando — *pois se Darapti continuasse com aquilo, ele certamente seria considerado um mentiroso por meu tio, e eu um imbecil por ter um amigo como aquele —*, tentei desviar a atenção.

---

[7] Correspondência essa também chamada mais tarde, por Leibniz, de harmonia preestabelecida entre nossas percepções e os objetos externos.

– Vocês não acham que estão sendo curiosos demais? Dessa forma meu amigo vai se sentir constrangido.

Logo que disse isso, dei-me conta que tinha apelado para uma mentira, pois a última coisa que poderia acontecer com Darapti era ele sentir-se constrangido com qualquer coisa.

Depois que ele partiu *(saindo normalmente pela porta)*, Ana comentou que o meu amigo pareceu-lhe uma "pessoa diferente", como se houvesse algo misterioso nele. Meu tio apenas sorriu com o que considerava excesso de imaginação.

Semanas depois, quando o encontrei novamente, Darapti me disse que Ana tinha mente aberta, e talvez acreditasse naquilo que eu lhe contasse a seu respeito. Apesar disso, nada disse a ela.

Um passeio em Alto Paraíso

Foi numa sexta-feira à tarde, em meados de junho, que chegamos – *Ana, Tio Guga, Anete e eu* – a Alto Paraíso para passar o fim de semana. Nossa agenda incluía a visita ao Parque Nacional da Chapada dos Veadeiros, cujas famosas cachoeiras pretendíamos conhecer, e o comparecimento a uma reunião de um dos grupos ufológicos que existiam por lá. Ana, que gostava de assuntos fantásticos como aquele, havia sido convidada pelo seu líder quando o encontrou na casa de uma amiga em Brasília.

– Tircon – *esse era o nome "cósmico" do líder do tal grupo* – é um comandante interplanetário que veio à Terra cumprir uma missão muito importante e ajudar a humanidade – explicou Ana.

– Assim como Jesus – disse tio Guga, com um risinho irônico nos lábios.

Ana olhou-o fixamente e continuou:

– Tircon diz que o homem é conhecido na galáxia como a criatura humanóide que possui a mais acentuada desproporção entre sua limitada inteligência e seu imensurável orgulho e vaidade.

Ainda que improvável *(depois de Darapti, o que mais poderia soar ser improvável para mim?...)*, aquilo me pareceu excitante.

– Talvez estivesse se referindo a alguns de meus professores – intervi eu, pensando nuns dois ou três "mestres" com quem eu havia tido aula.

Tio Guga deu uma gargalhada e acrescentou que o mesmo se aplicava a alguns de seus colegas de "profissão".

– Ele está na Terra como um ser humano aparentemente comum – prosseguiu Ana, não dando importância para as observações que fizemos –, com o intuito de preparar a humanidade para o contato com seres do espaço, fato que está destinado a acontecer nos próximos anos, quando o sistema solar ingressar no chamado cinturão de fótons, que catapultará o planeta, e a consciência da humanidade, para uma nova condição. Será um grandioso passo evolutivo, para aqueles que sobreviverem ao processo.

Enquanto ela assim discorria, avistamos, logo depois do ponto em que a pista sofre uma pequena elevação, a cidade parcialmente escondida por uma aléia de eucaliptos. O sol desaparecia no horizonte, tingindo o céu com um manto vermelho-alaranjado. Era o período da seca e a vegetação estava amarelecida e ressecada como palha. O verde da natureza havia hibernado até a próxima estação das chuvas, que costumava começar no final de setembro e início de outubro.

A reunião iria acontecer no dia seguinte, no início da noite, na chácara onde Tircon morava, para o lado da vila de São Jorge. Nesses encontros eram recebidas mensagens de seres espaciais, cujas naves espaciais supostamente ficavam posicionadas acima do local de reunião, mas que não eram vistas, segundo nos informaram, porque estavam numa dimensão paralela.

Quando, mais tarde, perguntei por que eles não davam uma chance para nós e apareciam por alguns segundos, Tircon respondeu que os seres espaciais não estavam preocupados em convencer ninguém de sua existência, pois isso se daria naturalmente com o tempo.

A despeito da natureza fantástica daquilo, entrei no clima da coisa e fiquei entusiasmado com a idéia de estabelecer contato com seres mais evoluídos que nós, pobres e ensandecidos terráqueos, visto que os alienígenas pelo menos não tinham se destruído por cederem à tentação de resolver seus impasses usando a bomba atômica como método de solução de conflitos – uma possibilidade sempre provável em nosso belicoso planeta.

E, de fato, naquele lugar houve uma sessão de "canalização", onde o nosso comandante, afinando-se com dimensões superiores, tornou-se fiel porta-voz de mensagens do além, que nos avisava da próxima "transição" por que passaria o nosso orbe e a infeliz humanidade.

Em síntese, o recado era em essência positivo, à medida que dizia que iria ter início em nosso planeta uma era de paz e de amor fraterno entre os homens – um tempo longamente esperado pelas humanidades de vários lugares do universo, que acompanhavam com grande interesse o nosso desenvolvimento por milhares de anos.

Em certo momento, durante a reunião, uma mulher vestida toda de branco, magra como a fome, e com uma voz grave e engraçada, começou a narrar o que lhe acontecera na noite anterior e que a tinha assustado muito. Contou que fora vítima da perseguição de uma entidade maléfica, e que teve de fugir de casa até o posto de gasolina, onde entrou esbaforida e quase histérica, gritando: "Sai pra lá, assombração. Sai pra lá. Te esconjuro filho do demo".

Talvez aquilo tivesse sido bastante assustador para ela, mas não pude conter o riso pela forma como contava sua infeliz aventura.

Ela queria saber o que havia acontecido e o que era necessário fazer para se proteger de semelhante coisa.

O ser que falava pela boca de Tircon recomendou que a mulher se equilibrasse, mental e emocionalmente, a fim de que aquele tipo de experiência não voltasse a se repetir. Para isso era necessário que deixasse de usar certas "substâncias" prejudiciais ao seu organismo e cérebro.

Suponho que a "entidade" estivesse se referindo ao uso de drogas, pois aquela figura parecia mesmo uma usuária habitual dessas coisas.

Foi dito também que determinadas substâncias tinham o efeito de fazer com que partes de nosso inconsciente pessoal, e mesmo do inconsciente coletivo da humanidade, com os seus mais tenebrosos pesadelos, viessem à tona na consciência desperta. Era isso o que ela tinha sentido e visto – aspectos do inconsciente sombrio dela mesma e da humanidade.

A resposta, embora vaga, me pareceu interessante.

Depois que partimos, já no carro, meu tio concluiu daquilo que tinha presenciado, talvez precipitadamente, que os únicos extraterrestres que existiam por lá eram os lunáticos de todos os cantos do país.

No dia seguinte saímos para explorar o Parque Nacional da Chapada dos Veadeiros e ficamos encantados com a beleza de alguns lugares onde a água abundava no meio de todo aquele sofrido e seco cerrado. Foi o caso das chamadas "Corredeiras", onde a água corria por um extenso leito de grandes blocos achatados de pedras. O difícil, porém, foi voltar para o vilarejo de São Jorge, no final da tarde, sob o ataque de famintos e agressivos mosquitos "pólvora", que pareciam estar nos devorando vivos. Pagávamos nossa dívida à Natureza e à sua beleza servindo de alimento a eles, que eram também uma parte dela.

⁂

Durante a viagem de volta a Brasília, no domingo à tarde, quando conversávamos alegremente sobre o que tínhamos visto em Alto Paraíso, avistei um ponto de luz no céu aproximando-se lentamente de nós. A princípio não dei muita importância àquilo, pois pensei tratar-se de um pequeno avião. Todavia, à medida que o objeto foi ficando maior percebi que era algo bem diferente. Parei então o carro no acostamento e alertei os outros.

– Não é possível. Olhem! É uma nave espacial – exclamei.

O UFO tinha a forma de um diamante prateado, com luzes coloridas que circulavam bem próximo ao topo. Por um momento o objeto permaneceu bem acima de nossas cabeças, mas depois foi se afastando, até que subitamente sumiu de nossas vistas.

Ficamos ali parados, impactados com a experiência, até que entramos novamente no automóvel. Ao retomarmos a viagem, meu tio disse que não acreditava que aquilo fosse uma nave de outro mundo.

– O que é então? – perguntou Ana.

– Não sei. Mas por que pensar que é de outro planeta quando é mais sensato supor que seja algum artefato feito aqui mesmo.

– Feito onde, e por quem? – indaguei.

– Não sei, talvez seja uma experiência de americanos ou de russos – tornou ele.

– E por que haveriam de testar suas invenções logo aqui, no interior de Goiás?! – exclamou Ana.

Enquanto se travava esse diálogo, notei, logo à nossa frente, três pequenos objetos idênticos vindo novamente em direção do automóvel.

– Olhem só, os russos novamente – gritei, apontando na direção dos objetos, ao mesmo tempo em que parava novamente o carro.

Curiosamente, não havia nenhum outro carro perto de nós. A estrada estava praticamente vazia. O sol se punha no horizonte e, com a diminuição da luminosidade natural, as luzes dos objetos voadores se destacavam bastante.

– Parece que estão brincando conosco – disse eu, vendo-os passar um pouco à direita de onde estávamos, a uns cem metros de distância.

Anete segurava com força meu braço direito e parecia estar com muito medo. Tio Guga, por sua vez, estava branco como mármore, enquanto Ana sorria de felicidade, como se tudo aquilo representasse a confirmação de suas próprias crenças.

Quanto a mim, alguém que falava com um duende que costumava aparecer e desaparecer num passe de mágica, a visão dos OVNIs não me abalou muito, mas teve um importante significado.

O interessante em relação ao episódio foi o que provocou em cada um de nós. Ana, com o tempo, passou a interessar-se por assuntos que antes não despertavam sua curiosidade e meu tio, a seu turno, foi desenvolvendo uma atitude mais aberta em relação aos fatos da vida, com menos respostas prontas e "racionais" para tudo.

Para mim, aquilo serviu para mostrar que "coisas estranhas" podiam acontecer, além das aparições de Darapti, e que eu não era a única testemunha delas.

Os anos passam

Meu aniversário de 30 anos foi triste, apesar do empenho da família, e de alguns amigos, em levantar meu ânimo. Fazia quase doze meses que Anete tinha morrido num acidente de carro.

Depois de namorarmos por um longo tempo, casamos e ficamos juntos por cerca de cinco anos. Não chegamos a ter filhos, pois pensávamos nisso somente para mais tarde. Durante o período em que estivemos juntos, Anete passou a ficar cada vez mais absorvida pela música e cada vez menos com a advocacia no escritório do pai. Uma carreira de concertista havia se aberto para ela, que já tinha feito algumas apresentações pelo país e chegara a tocar, juntamente com um grupo da Universidade, em Portugal, na Espanha e na França. Foi um pouco depois do seu retorno de uma dessas viagens que tudo terminou.

Há tempos me sentia desconsolado e desorientado, e nem ao menos tinha a palavra estimulante de Darapti, que já não aparecia há alguns anos. Muitas vezes o chamava em pensamento, mas em vão. Todavia, se por um lado perdera contato com ele, as sementes que lançara no solo fértil de minha mente curiosa e sequiosa de infinito produziram um efeito duradouro em meu espírito, ainda que boa parte delas tenha ficado em estado de latência, até que, mais tarde, estimulada pelos acontecimentos, começasse a desabrochar.

Quando certo dia anunciou que ficaria ausente por algum tempo, não dei muita importância, pois não podia supor que esse "algum tempo" significaria anos. E mesmo que, aos poucos, a sua lembrança tenha perdido nitidez em minha mente, sua ausência era sempre sentida como um vazio, que se agravou quando Anete se foi.

Era nessa situação que me encontrava quando viajei ao Rio Grande do Sul para passar o Natal e o Ano-Novo. Lá reencontraria Max Delbos e Roberta, que já haviam chegado de São Paulo alguns dias antes.

Débora foi com os filhos, e sua mãe, na véspera do Natal. O marido havia permanecido na capital trabalhando no hospital e se juntaria a nós somente no dia 31.

Eu tinha sempre notícias de Débora por Roberta e, também, por intermédio de meus pais. Sabia que ela enfrentava problemas em seu casamento. Com o passar do tempo, estranhamente, o marido tornara-se muito ciumento e controlador, chegando ao ponto de quase impedi-la de exercer sua profissão na clínica psiquiátrica que havia montado em sociedade com um grupo de colegas da faculdade.

Era essa a informação que tinha sobre ela, até encontrá-la novamente em minha cidade natal.

Quando a vi, depois de alguns anos, ela estava mais bonita do que nunca, e dei-me conta de que ainda sentia um forte abalo em sua presença. Havia alguma coisa nela que me tocava profundamente. Porém o impacto que senti ao revê-la desta vez surpreendeu-me, pois a perda de Anete tinha me deixado um tanto anestesiado emocionalmente.

Embora tivesse casado com Anete por amor, nunca houve paixão entre nós. Mas com Débora ocorria algo muito forte, quase além de meu controle. Não imaginava que fosse recíproco, visto que seu comportamento passado não demonstrava isso.

– Sei que a sua situação não é fácil – disse ela, com tristeza no olhar, um dia quando estávamos sozinhos tomando um café na varanda da casa de meus pais. – Mas a minha também não é. É muito difícil... Não sei por que estou lhe falando isso afinal...

– Fale, é importante desabafar.

– A sensação que tenho é de que perdi meu marido. Hoje é quase um estranho!

Ela tinha uma expressão compungida e estava com os olhos marejados e, quando, num certo momento, duas lágrimas lhe escorreram vagarosamente na face, tomei suas mãos nas minhas.

– Desculpe-me, eu normalmente não sou tão emocional – disse, esboçando um sorriso.

– Às vezes não dá para segurar – observei. – É uma válvula de escape necessária para a nossa saúde física e mental.

Talvez por sentir-se segura em minha presença, Débora confessou-me que o melhor seria afastar-se do marido, mas não era o que iria fazer, pois achava que os filhos eram muito pequenos para enfrentar o trauma de uma separação.

Depois desse dia, desse momento de intimidade, Débora e eu ficamos bem mais próximos e tive a sensação de que uma ligação especial se fez entre nós.

Na véspera do Ano-Novo fomos todos para a fazenda do meu tio, o que já virara uma espécie de tradição. Lá reencontrei Joana, a filha do caseiro, que se casara novamente e parecia bastante feliz, e Juvêncio, que continuava firme na administração da empresa, agora quase sempre cercado de três ou quatro filhos.

A festa foi animada, como sempre. Meu tio Alberto ainda gostava daquilo e se divertiu bastante. Agora ele tinha uma "secretária" que lhe prestava toda assistência. Na verdade, todos sabíamos que era sua "namorada". Mas isso não era claramente assumido por eles. Muitas vezes era visto jantando ou almoçando em algum restaurante com sua Cristina, quase 40 anos mais nova que ele. O fato já era comentado, com certo humor benevolente, pelos amigos e familiares. A moça vinha de família humilde e trabalhava, de fato, como secretária na empresa agrícola há vários anos. Porém, com a morte de minha tia, começou a dar crescente assistência a meu tio, até que o inevitável aconteceu.

※

Uns dias mais tarde, meu pai, Max Delbos e eu retornamos à fazenda. Meu pai tinha um assunto de negócios para tratar com ele e nos chamou para acompanhá-lo.

Chegamos lá debaixo de uma pesada chuva, que nos surpreendeu no meio do caminho. Ao estacionar a camionete na ampla garagem aberta, contígua à casa principal, podíamos ouvir os relâmpagos e trovões reverberando pelo ar. A temperatura tinha caído subitamente, de um calor infernal a um frescor reconfortante. O cheiro de terra molhada inundava o ambiente, e respirei agradecido por aquele ar renovado.

Fomos imediatamente para dentro de casa e esperamos. O céu ameaçador, que parecia inicialmente que desabaria sobre nossas cabeças, despediu sua fúria por mais uns 20 minutos e, depois, foi aos poucos serenando, até que um tímido sol reapareceu por entre frestas de densas nuvens que ainda dominavam a atmosfera.

Enquanto meu pai e tio Alberto tratavam de seus assuntos no escritório, Delbos e eu ficamos na varanda tomando cerveja e conversando.

Como era bom vê-lo falar. Seu intelecto tinha desabrochado plenamente e sua autoconfiança agora estava temperada pelo equilíbrio e pela elegância. Ele era, de fato, uma promessa que estava se realizando da melhor maneira possível, pensei, ainda mais agora que fora eleito deputado federal e teria oportunidade de desenvolver ainda mais sua imensa capacidade. E apesar de termos morado durante anos em cidades diferentes, e de ficarmos tempos sem nos ver, sentia ainda existir um laço de forte e sincera amizade entre nós.

Depois de um tempo sugeri um passeio a cavalo pela fazenda. Delbos gostou da idéia e fomos até o estábulo. Juvêncio estava por lá e disse que nos acompanharia, pois tinha que inspecionar algumas coisas. Quando nossas montarias ficaram prontas, saímos galopando pelo gramado que circundava a cavalariça. O estrépito das patas dos cavalos, que jogavam postas de grama para cima, soava como música em meus ouvidos. Era um barulho que há muito eu não ouvia e que me lembrava maravilhosos momentos de liberdade.

O campo recendia a terra molhada, misturada com o perfume de eucalipto, vindo de uma mata próxima.

Depois de reduzirmos a velocidade e trazermos os cavalos num trote cadenciado, propus aos companheiros que fôssemos até a cachoeira e as piscinas naturais.

— Está bem, é você quem está no comando agora — disse Delbos, olhando para Juvêncio com um sorriso de satisfação, talvez por me ver tão animado e alegre.

Logo ao chegarmos, desci do cavalo, tirei a roupa e caí na água de cuecas. Delbos fez o mesmo, enquanto Juvêncio foi dar uma olhada na pequena represa que havia mais abaixo. De dentro da água, olhando ao redor, subitamente tudo me pareceu mais colorido e os sons produzidos pelo ambiente em volta tornaram-se perfeitamente discerníveis. Ouvi nitidamente o relinchar de um dos cavalos, deixados dentro da mata, e as repetidas batidas de seus cascos no chão.

— Parece que foi ontem que estivemos aqui, pescando, bebendo vinho e tomando chá de cogumelo — comentou Delbos. — Você se lembra?

— Claro que sim. Lembro muito bem da ressaca que senti depois do garrafão de vinho que tomamos.

Delbos, que estava recostado num bloco de pedra, de repente mergulhou as mãos em concha na água e derramou um bocado sobre sua cabeça, fechando os olhos enquanto ela escorria pelo rosto.

Um pouco depois, Juvêncio retornava, enquanto eu saía da água para me secar ao sol, que já aparecia novamente com todo o seu brilho e calor.

O capataz sentou-se numa pedra ali perto e ficou conversando com Delbos sobre os problemas econômicos do país e a política governamental sobre a agricultura. Em certo momento, levantei-me e fui até onde tinha visto Darapti, anos antes, desaparecer através do paredão de pedra. Estava com o pressentimento de que o encontraria novamente. Fiquei no local durante algum tempo, mas nada aconteceu. Porém, quando já ia voltando para a companhia dos amigos, ouvi o familiar zumbido que normalmente o anunciava. E, de fato, logo em seguida vi-o aproximar-se vindo de uma pequena elevação do terreno à minha esquerda.

Revê-lo daquela forma, depois de tanto tempo, causou-me espanto e alegria. Não me contive e levantei-o no ar, tamanha a alegria que senti. Eu já não acreditava que ele fosse real; pelo menos tão real a ponto de ter densidade física.

— Por que ficou tanto tempo sem aparecer? — perguntei-lhe um tanto excitado.

— De certa maneira, nunca deixei de estar por perto — respondeu ele, com um risinho. — Foi você que deixou de me ver. Talvez tenha sido melhor assim, para seu próprio crescimento pessoal. Foram anos de amadurecimento para você, não lhe parece?

— Acho que foi — respondi, depois de uma pequena pausa meditativa.

— De agora em diante é bem provável que não fiquemos tanto tempo sem nos ver novamente.

Ao acabar de ouvir tais palavras, um barulho estridente soou atrás de mim e me virei para ver. Era um grupo de pássaros que levantava vôo exatamente naquele momento, com grande estardalhaço. Foi também nesse instante que Darapti aproveitou para desaparecer, pois quando me voltei novamente para a frente, ele já não estava mais lá.

❧

Mais tarde, já voltando à cidade, deixamos Delbos no hotel onde estava hospedado e fomos para casa. Débora estava na sala conversando com algumas amigas de minha mãe e, quando me viu, trocamos um rápido, mas significativo olhar. No dia seguinte ela retornaria a Porto Alegre com o marido e as crianças.

Depois de tomar um reconfortante banho, desci à cozinha para preparar um café. Um momento depois Débora entrou para saber como tinha sido o passeio na fazenda.

Ao vê-la, senti um desejo muito forte de abraçá-la, mas consegui me controlar. Aquela seria provavelmente a derradeira conversa que teríamos antes de ela viajar e não sabíamos quando nos veríamos novamente. O marido, que tinha ido com as crianças à casa dos tios, onde morou durante os anos de universidade, já devia estar voltando.

Disse a ela que ia tomar um pouco de café e perguntei-lhe se me acompanhava. Ela respondeu que sim e nos sentamos à mesa para aguardar a máquina esquentar a água.

Eu já sentia uma espécie de nostalgia antecipada por nosso iminente afastamento e pensei ter percebido nela a mesma coisa. Queríamos estar juntos uma última vez, mesmo que não tivéssemos nada de objetivo para dizer um ao outro.

Penso que havia uma espécie de cumplicidade entre nós, da qual não estávamos inteiramente conscientes naquele momento. Tinha certeza de que ela não cogitava em fazer nada condenável, mas naquele instante a atração que nos impelia um em direção ao outro era muito forte.

— Foi muito bom ter estado e conversado com você — disse ela. — Você é alguém muito especial para mim. Sabe disso, não sabe? Você me trouxe conforto e descontração durante esses dias. Sei que vou sentir saudades dos momentos que estivemos juntos.

Peguei sua mão e dei-lhe um beijo carinhoso.

— O que posso dizer? — tornei eu. — Acho que não seria conveniente falar-lhe o que sinto agora.

— Diga — volveu ela, de forma quase imperativa.

— Está bem — concordei. — Você está indo embora mesmo...

Respirei fundo e continuei:

– Sei que seríamos felizes juntos. Penso até que se Anete estivesse nos vendo agora, aprovaria uma união entre nós. Vejo em você uma alma afim, uma espécie de complemento de mim mesmo. Na verdade, sempre gostei de você, sempre a desejei, mais do você talvez tenha imaginado.

Eu ainda amava Anete, mas, também, amava Débora, apesar de ter negado esse fato para mim mesmo durante muito tempo. E o amor que já sentira por ela – *e que parecia vivo novamente* – tinha uma intensidade que nunca mais conseguira sentir por ninguém.

– Como é bom ouvir isso – respondeu, com um brilho nos olhos e apertando suavemente minha mão. – Sinto-me honrada e lisonjeada com suas palavras.

Nesse exato momento, a luz de um farol brilhou na janela. Era Eduardo entrando no estacionamento da casa. Não havia mais tempo para nós.

Ela levantou-se e eu também, e então nos abraçamos longamente. Em seguida, Débora virou-se e foi até a porta que abria para o pátio para receber os filhos, que vieram correndo em sua direção.

⁂

No dia seguinte fui jantar com alguns amigos num restaurante no centro da cidade. Era ao mesmo tempo uma despedida e uma comemoração pela eleição de Delbos para deputado federal.

Ele e Roberta estavam partindo no dia seguinte para São Paulo a fim de prepararem a mudança para Brasília.

O restaurante, iluminado por uma agradável luz amarelada, lançada de grandes lustres que pendiam do teto alto, forrado de madeira clara, era um ponto tradicional da cidade. O chão, de tábua corrida, contribuía para formar um clima aconchegante.

O jantar, um rodízio de massas, foi muito bom. Não apenas pelas massas, que eram a especialidade da casa, mas pelo clima ao mesmo tempo de reencontro e de despedida. Estavam ali reunidos amigos que não se viam há muito tempo. Houve reminiscências de fatos que o distanciamento do tempo fazia agora parecerem divertidos. Erik e Bernardo, os mesmos primos que estiveram comigo no episódio do chá de cogumelo e na ressaca de vinho na fazenda de meu tio, também estavam lá.

⁂

Quando já íamos embora do restaurante, depois de pagarmos a conta e nos levantarmos para as despedidas, Delbos aproximou-se de mim, puxou-me pelo braço para junto da saída, e disse:

– Você não quer me substituir no escritório em São Paulo? Se desejar mudar de ares, as portas do escritório estarão abertas para você. Talvez você esteja precisando disso. Estarei por lá toda a semana.

Olhei para ele agradecido por aquela manifestação de amizade.

— Obrigado pela oferta — respondi, com um sorriso. — Prometo-lhe que vou pensar nela.

Na verdade, eu não tinha propriamente um "escritório de advocacia", e sempre relutara em formar uma sociedade com outras pessoas, receando a perda da minha liberdade de ação. Preferia trabalhar em casa. Havia poucas causas, mas algumas muito boas. Tinha uma secretária que organizava e acompanhava o andamento das ações e também um estagiário, que fazia o trabalho mais enfadonho de ir aos cartórios das varas e das secretarias judiciárias dos tribunais consultar ou pegar autos de processos.

Já tínhamos saído do restaurante e estávamos embaixo da marquise quando começou a chover. O tempo, até então bastante abafado, esfriou repentinamente. Provavelmente uma frente fria que chegava, o que acontecia às vezes por lá, mesmo durante o verão.

Já era hora de partir e Roberta estava chamando, junto a um dos empregados do restaurante que portava um grande guarda-chuva. Mas antes de ir, Delbos me deu um caloroso abraço.

Meu amigo, apesar da fachada de frieza que apresentava, era, no fundo, um sujeito muito afetuoso.

— Até breve Oto. Força! Quero vê-lo recuperado dessa tristeza — disse ele. — Se precisar, sabe que sempre poderá contar comigo, seja em Brasília ou em São Paulo.

Eu ficaria mais alguns dias na cidade. Era o período de férias forenses e nada me chamava tão cedo à capital do país. Queria passar um tempo somente lendo, relaxando e tentando me recuperar da confusão em que a minha vida tinha entrado desde a morte de Anete. A sensação era de estava sem rumo, e não sabia o que fazer dali para diante. Perdera Anete, cuja falta ainda muito sentia, e Débora havia partido. Naqueles poucos dias ela tinha sido uma espécie de luz que se acendera para colorir os meus dias cinzentos, mas para em seguida ir embora. É verdade que havia os amigos, como Delbos e outros, mas eles ou já estavam casados e absorvidos por seus compromissos de família, ou, quando solteiros, tinham suas namoradas ou estavam em busca de aventuras que nada significavam para mim.

Já em casa, deitado em minha cama e olhando para o teto, experimentei subitamente uma imensa vontade de largar tudo e viajar pelo mundo. Há muito tempo me sentia como uma espécie de prisioneiro com a vida que levava em Brasília. Ir para São Paulo não mudaria isso. Seria uma outra forma de prisão, mesmo que numa gaiola de ouro. Eu já possuía bastante conforto material, e tal condição não estava contribuindo nem um pouco para me trazer paz ou mesmo dar um sentido maior a minha vida. Percebi claramente que não tinha mais nenhuma motivação para continuar vivendo uma vida que me parecia completamente destituída de significado – uma vida de mera sobrevivência. Havia um desânimo para prosseguir cumprindo rotinas que começavam a me parecer absurdas. Compreendia que, como cidadãos de uma determinada sociedade estatal, éramos como escravos, criados e educados para manter um sistema que nos sugava a energia e a vida. Lutávamos apenas para nos manter vivos, com direito a alguns prazeres e distrações e com muito pouca satisfação verdadeira. Que significado tinha trabalhar constantemente, a maior parte do tempo, apenas para pagar contas e incontáveis impostos? O Estado bem que podia ser comparado a um monstro com vida própria, cuja única preocupação era sua auto-sustentabilidade, não dando a mínima para a felicidade das pessoas. Coisa, aliás, que nem podia compreender.

Sabia que eu estava passando por uma crise existencial que fora desencadeada por um acontecimento objetivo – uma perda que me pareceu absurda e que me atingira em cheio, deixando-me atordoado. Mas era preciso reconhecer que aquilo me fizera despertar para muitas verdades. Somente agora sentia que principiava a me recuperar do impacto e a sair do nevoeiro com uma visão diferente das coisas. Por isso, disse a mim mesmo que se era preciso existir dentro do sistema, tinha de encontrar uma forma menos frustrante de viver. Eu ia viajar durante algum tempo pelo mundo e depois decidir o que fazer. Esse era, agora, o meu novo objetivo de vida.

No dia seguinte acordei mais bem disposto, talvez pela íntima resolução tomada na noite anterior. Não sabia exatamente como faria para largar tudo – *pelo menos por um tempo* –, mas tinha certeza de que o faria. Tal pensamento, que corroborava aquela resolução, foi como uma injeção de ânimo em minhas veias. Senti a vida novamente pulsar em mim. Eu começava a renascer depois de quase um ano de sonambulismo e de desorientação.

Levantei-me, desci as escadas e me dirigi à cozinha. Maria estava lá como sempre, mais velha, mas não menos alegre e amiga.

– Caiu da cama hoje, Oto? – perguntou ela.

– Tenho muitas coisas que fazer hoje. O tempo urge – disse, num tom de brincadeira.

– E o que são essas coisas tão importantes, posso saber?

– Vou mudar de vida e estou de partida, mas antes quero fazer algumas visitas.

– Fique mais um pouco, será bom para você e para a sua mãe, que anda preocupada – ponderou ela.

– Eu estou bem agora. Não há motivo de preocupação.

Minha intenção era ir até Porto Alegre e rever Débora mais uma vez. Queria dizer-lhe o que não pude em nosso último encontro. Precisava afirmar a ela meu propósito em esperá-la até que conseguisse libertar-se da situação em que vivia.

Antes mesmo de sair de Caxias, liguei para ela na clínica e perguntei se poderia almoçar comigo, pois gostaria de lhe falar pessoalmente. Ela pensou por um momento e finalmente disse que me encontraria no aeroporto, onde poderíamos almoçar.

De Porto Alegre, eu iria direto para Brasília. Havia uma causa a ser julgada no Superior Tribunal de Justiça logo no início do semestre, nos primeiros dias de fevereiro. Até então não estava muito interessado, mas agora aquele processo poderia significar a realização próxima de minha decisão. Caso ganhasse a questão, meus honorários seriam consideráveis, o que me permitiria concretizar meu sonho de férias prolongadas. Por isso, tinha de reler todo o processo, elaborar um memorial para distribuir aos ministros e me preparar para o julgamento. Antes, minha única consideração sobre o caso era que, se por sorte eu ganhasse, aplicaria o dinheiro na compra de alguns imóveis comerciais e continuaria na mesma vida medíocre que levava. Agora, porém, tudo mudara.

Todavia, a questão não era fácil, visto que a jurisprudência do tribunal estava contra mim. Mas me sentia confiante e otimista em poder mostrar a incoerência da jurisprudência atual em face das novas condições sociais, que tinham se transformado muito desde que o entendimento do tribunal se fixara sobre a matéria de direito.

O recurso especial[8] tinha sido admitido para julgamento, mas em princípio isso não queria dizer muita coisa. Porém agora, com um objetivo pela frente, e sentindo um novo ânimo, eu acreditava que podia ter sucesso. Era isso o que estava mobilizando minhas forças naquele momento.

Mas mesmo que não obtivesse sucesso, estava decido a viajar, pois tinha algumas economias, um imóvel de valor e um carro importado para vender. A diferença apenas seria o tempo em que ficaria fora.

Pensava em ir para um lugar mais civilizado, com um sol mais ameno que aquele a que estava habituado nos trópicos, para contrastar com o ambiente em que vivia, quente demais para meu gosto e com um nível de injustiça social que agredia qualquer sensibilidade mais humanitária ou que ainda não estivesse embotada.

---

8 Terceira apreciação sobre uma matéria de lei, feita pelo Tribunal Superior de Justiça, criado para uniformizar a interpretação da lei federal em todo o país.

Embora apreciasse imensamente a beleza natural de meu país, a generosidade de seu povo, a facilidade da vida que podia levar quem tinha meios, queria contemplar uma nova paisagem, natural e humana, talvez para começar uma nova vida, mas sem deixar de ser eu mesmo.

Foi nesse estado de espírito que revi Débora no restaurante. Eu estava ansioso e ao mesmo tempo alegre. Queria contar-lhe em primeira mão o que havia decidido.

Durante o almoço, que durou uma hora, mas que me pareceu um minuto, disse a ela que iria partir, mas que a levaria comigo no coração. Depois de terminarmos, ficamos de mãos dadas por algum tempo e quando a levei ao estacionamento trocamos um demorado beijo de despedida – o que, de certa forma, me deixou mais triste que alegre, pois ia me afastar dela sem saber quando a veria novamente.

Dessa vez era eu quem tinha os olhos cheios d'água.

Uma brilhante carreira política

Depois de formado na UnB, onde fomos colegas até o final do curso, Delbos voltou para São Paulo, fazendo uma brilhante e meteórica carreira acadêmica. Ingressou na Universidade de São Paulo, onde fez mestrado em Direito Público, doutorado em Direito Constitucional e, em seguida, por concurso, tornou-se professor desta mesma disciplina naquela instituição, com apenas 30 anos. A partir daí, começou a ficar conhecido em virtude de suas participações em programas de debates na televisão e pelas constantes entrevistas que dava a respeito de sua área profissional, precisamente quando a nova Constituição estava sendo elaborada e debatida. Em pouco tempo tornou-se reconhecido como um prodígio jurídico, o que aumentou ainda mais sua presença diante das câmaras de TV, pois era constantemente procurado para opinar também a respeito da política estadual e nacional. Daí para a carreira política foi um passo. Logo recebeu convite para ocupar a Secretaria de Justiça do Estado, quando seu antigo professor, e então Secretário, foi chamado para assumir o Ministério da Justiça.

O governador de então o tomou como um de seus principais colaboradores, devido a sua grande inteligência e entusiasmo. Logo foi eleito o deputado mais jovem por São Paulo, superando a votação de conhecidas figuras públicas do Estado. Nascia assim uma liderança jovem e uma grande promessa política.

Até sua eleição, embora não tivéssemos perdido o contato, ficávamos longos períodos sem nos falar, e eu acompanhava de longe a sua trajetória. Encontrávamo-nos algumas vezes em Brasília, outras no Rio Grande do Sul.

Em parte, ele trocou de cidade, depois de concluir a Universidade, para juntar-se a Roberta, que havia ido estudar na capital paulista, onde estavam seus avós. Isso aconteceu algum tempo depois que se conheceram em Caxias do Sul durante nossa viagem de férias.

Delbos tinha muitos parentes em São Paulo e muitos deles na capital. Foi esse fato que facilitou o namoro entre ele e Roberta, pois meu amigo viajava freqüentemente para lá, às vezes ficando os fins de semana e parte das férias com ela. Eram um casal muito ligado e sabiam que haviam nascido um para o outro. E desde o começo tudo correu bem para eles.

Quando concluiu o curso de Direito na UnB, Delbos já tinha o escritório de seu tio para trabalhar. Em pouco tempo passou a ganhar um bom dinheiro e casou-se com Roberta antes mesmo de ela se formar em arquitetura. Embora suas atividades não lhe deixassem muito tempo livre, sempre que podiam iam juntos a Caxias do Sul, onde os pais dela moravam. E era lá que, ocasionalmente, Anete e eu os encontrávamos. Mas isso não ocorria sempre. Algumas vezes não era possível ajustar nossas agendas pessoais, acontecendo de não estarmos lá no mesmo período. Mas, como disse, sempre tinha informações sobre ele, seja por pessoas conhecidas, seja por notícias em jornais.

    Delbos formou-se com 23 anos e alguns anos mais tarde voltou a Brasília como deputado por São Paulo. Aos trinta e oito anos tornou-se Senador da República. E tudo isso aconteceu num período em que ele era uma das poucas figuras que dignificavam o Congresso Nacional. Poder-se-ia dizer que não vendia sua alma, nem seus princípios, por qualquer vantagem pessoal. Para mim e muita gente, sempre foi um exemplo de integridade e um espírito inspirado pelos melhores e mais elevados ideais. No entanto, para outros, sobretudo aqueles que se sentiam prejudicados ou ameaçados com suas palavras e ações, era visto como uma raposa disfarçada de cordeiro, cujo único objetivo consistia em vencer na carreira a qualquer custo.

    Mas quem o conhecia de verdade sabia que seu sucesso era merecido e, suas intenções, honestas. Em tudo o que fazia punha uma dedicação total, desde as coisas mais simples e banais, até as mais importantes e complexas. Sua conduta era sempre transparente e agia com um conhecimento intuitivo e uma vontade natural para o bem. Além disso, e talvez o que mais explicasse seu sucesso, era dono de uma admirável autoconfiança e firmeza em tudo o que fazia, sabendo, todavia, agir com generosidade e admitir seus erros, mudando eventualmente seus pontos de vista.

    Antes mesmo de doutorar-se, Delbos publicara inúmeros artigos especializados e ensaios sobre vários temas, sendo o melhor deles a respeito da relação entre justiça e moral. Mais tarde, veio a lume um livro de direito constitucional, que acabou se tornando uma referência na área. De modo que, quando foi eleito deputado, já era conhecido como um dos melhores advogados constitucionalistas de São Paulo.

    Embora eu tivesse concluído Direito juntamente com Delbos, continuei na UnB para terminar o curso de Filosofia, que constituía, de fato, minha verdadeira motivação intelectual. Por isso nunca concentrei muita energia na área jurídica, que considerava apenas um meio de vida. Não alimentava qualquer ilusão de que o Direito, assim como estava estabelecido, poderia ser um meio adequado à melhoria do homem e da sociedade. Achava que para mudar o sistema não bastavam as leis, nem o progresso científico, nem o econômico. Nem mesmo a educação, no sentido tradicional do termo, como treinamento para a vida no mundo moderno, mas sim uma mudança fundamental de valores, resultante da transformação da cultura, da consciência e da sensibilidade do ser humano, que somente uma nova e verdadeira educação poderia favorecer.

De certa maneira, Delbos tinha também bastante consciência disso, e essa foi a razão pela qual tanto se empenhou no sentido de melhorar o sistema educacional do país e de tentar criar mecanismos jurídicos adequados que garantissem que os meios de comunicação de massa fossem utilizados em benefício do homem e da sociedade, e não contra seus interesses.

Apesar de sua popularidade e projeção nacional, que provavelmente ter-lhe-iam dado quase qualquer posição política a que aspirasse, nunca foi possível a Delbos disputar no interior de seu partido algum cargo executivo mais importante, como o de governador, ou mesmo de Presidente, visto que não se dobrava a conveniências partidárias, se elas agredissem o seu sentido de decência ou os princípios a que aderira e que lhe guiavam os passos e os pensamentos. Não que fosse um santo; não que não errasse; não que não tivesse suas dúvidas, seus conflitos e até desânimos. Errava e perdia, ocasionalmente, a calma, mas reconhecia seus erros e aprendia com eles. Além disso, recuperava-se muito bem das quedas e não desistia de seus objetivos nem de seus princípios. Era isso o que o movia. Pelo menos sempre foi essa a minha firme impressão a seu respeito.

Delbos era, num meio contaminado moralmente por interesses partidários, financeiros e pessoais – *freqüentemente escusos e contrários à moral pública e privada* –, um saliente exemplo de retidão e de coerência. Representava, na política nacional, aqueles poucos que não haviam vendido sua alma, indo de concessões em concessões até se darem conta – *talvez devido a um escândalo ou uma denúncia qualquer* – de que pouca coisa havia sobrado da pureza original de sua alma e de seus ideais, se acaso tivessem entrado para a política com algum ideal. E foi exatamente em razão de sua atitude decidida e aberta, certa vez, diante da cassação de parlamentares, figuras de grande influência política, cuja corrupção tornara-se evidente, que granjeou muitos inimigos no seio do Congresso Nacional e, mesmo, no meio político em geral.

Não tolerava a mentira, porque sabia que esta era a primeira, mais prejudicial e séria corrupção de caráter numa atividade que deveria ter a verdade como princípio absoluto, e o bem comum como finalidade suprema. Naturalmente ele sabia que não era assim; que dificilmente poderia ser assim, mas agia como se fosse possível que, um dia, esse ideal pudesse ser alcançado.

∽

Um tempo depois que Delbos foi para Brasília ocupar sua posição no Parlamento, passamos a nos encontrar com certa freqüência. Isso se deu na época em que eu havia voltado de uma de minhas freqüentes viagens ao exterior. Algumas vezes ele aparecia em minha casa e ficávamos a conversar. Outras vezes, saíamos para jantar ou almoçar. Não era raro ir acompanhado com algum colega Deputado ou com Roberta.

Foi num desses períodos em que me encontrava na cidade, durante um almoço, do qual Roberta participava, que ele me disse, com um brilho nos olhos:

— Hoje, eu e um grupo de colegas, juntamente com alguns setores da sociedade, estamos iniciando um esforço conjunto para modificar a televisão no Brasil, para acabar com o malefício que vem causando há tanto tempo ao contaminar a mente da população, especialmente das crianças, com violência gratuita, pornografia e outros lixos culturais. É necessário que haja um controle sobre esse poderoso instrumento de controle mental tão mal utilizado. O Estado simplesmente negligenciou seu papel neste caso, deixando a sociedade vítima do indiscriminado jogo do mercado e da busca de audiência a todo custo — o que conduz às mais deploráveis inversões de valores. Não é à toa que haja tanta violência e erotização precoce entre os jovens hoje em dia.

Estávamos no restaurante que ficava no décimo andar do anexo IV da Câmara dos Deputados, de onde se podia ver o verde exuberante dos gramados e das árvores sob um céu de profundo azul. E apesar da intensidade do sol lá fora, no interior do recinto a temperatura era agradável.

Enquanto ocasionalmente olhava esse cenário, ouvia nitidamente o rumor das vozes das pessoas misturado ao tilintar dos talheres e outros ruídos, que se destacavam no fundo de música ambiente.

Enquanto Delbos falava, eu via entusiasmo em seus olhos. E quando terminou, observei-lhe:

— Vocês enfrentarão uma batalha bastante árdua. Sabe disso, não sabe?

— Sei com que forças iremos nos medir. A tarefa é difícil, mas quem disse que lutar contra interesses estabelecidos é fácil? Mas isso é apenas um dos itens a que pretendo me dedicar. Há tanto que fazer para que este país melhore e desenvolva suas potencialidades. Há tanto por que lutar....

— E como o Brasil necessita de pessoas como você! — exclamei, sentindo verdadeira admiração por meu amigo.

Enquanto falávamos, aproximou-se de nós um casal, um deputado e a esposa, acompanhado de uma moça, que, pela aparência, não devia ter mais de 30 anos. Era loira e bonita, mas chamou-me a atenção pelo olhar de curiosidade que me lançou. Senti-me, de certa forma, provocado com aquilo.

Depois das trocas usuais de cumprimentos, foram embora. Perguntei a Delbos quem era a moça que estava com eles e meu amigo respondeu que pensava tratar-se da assessora de imprensa de um senador, muito amiga do casal com quem almoçara. Roberta, considerando o interesse que manifestei nela, disse que iria convidá-la para um jantar em sua casa, juntamente com outras pessoas, para que eu tivesse oportunidade de conhecê-la melhor.

— Não é necessário dar um jantar só para isso — disse.

— O jantar é para alguns colegas de Max, e não custa nada convidar ela e seu chefe.

◊

Apesar de não estar interessado em iniciar nenhum relacionamento, não achei inoportuna a sugestão de Delbos. Até aquele momento, após a morte de Anete, eu passava também longos períodos sozinho, e já tinha me acostumado com esse modo de vida. Desde que vira Débora pela última vez em Porto Alegre, já havia se passado mais de três meses, e nada me autorizava a pensar que ela romperia seu infeliz casamento em breve. Mas mesmo assim eu estava disposto a esperá-la. Todavia, não havia mal nenhum em conhecer uma moça bonita que parecia, à primeira vista, ser uma pessoa interessante como companhia.

O anunciado jantar aconteceu cerca de uma semana mais tarde, e para não dar na cara que tinha sido arranjado especialmente para o aludido propósito, foram chamadas mais algumas pessoas. Fui colocado por Roberta ao lado de Hortência *(esse era o nome da jovem)*, e logo nas primeiras impressões trocadas com ela notei que havia alguma coisa diferente na moça. Ela não era bem aquilo que eu estava esperando.

Depois do jantar, nos acomodamos na ampla sala de visitas do apartamento funcional, e nos sentamos lado a lado. Conversando com ela, aos poucos fui percebendo que Hortência era uma figura muito estranha. Sempre que dizia algo que reputava importante, o fazia com tamanha solenidade que, às vezes, me dava vontade de rir. E quando ouvia algo que considerava profundo ou digno de ponderação, respirava de um modo profundo, provocando um ruído pela violência com que o ar entrava em suas narinas, e ficava a remoer durante alguns segundos o que escutara, não sendo raro também que, nessas ocasiões, olhasse para o teto e revirasse os olhos com uma expressão altamente reflexiva.

De tempos em tempos, ao falar sobre determinado assunto, fazia também umas caretas esquisitas. E sempre que podia mencionava algum episódio vivido durante o tempo que passara na Inglaterra fazendo o segundo grau, onde adquirira seus modos refinados e de onde, dizia ela, vinha "toda" a sua "verdadeira" formação.

Acho que ela se levava muito a sério, e tendia a fazer o mesmo com cada palavra que eu dizia, olhando-me fixamente nos olhos como se estivesse prestes a engolir-me.

Como eu não estava preparado para aquilo, fui passando de um modo de comportamento descontraído e meio brincalhão para uma atitude mais amuada e circunspeta, o que, suponho, ela interpretou a seu favor, como sendo um sinal de minha crescente admiração por sua pessoa. Por isso, a cada minuto que transcorria eu me sentia mais desconfortável e com mais vontade de ir embora, sobretudo porque ela havia percebido que o jantar tinha sido uma desculpa para que nos conhecêssemos melhor.

Não havia dúvida que eu havia me enganado completamente a seu respeito. O mesmo, porém, não aconteceu com ela, que aparentemente tinha me considerado bastante aceitável e, provavelmente, um bom partido. E quanto mais eu percebia sua disposição em levar adiante a ofensiva e conquistar o campo de batalha – que era eu mesmo –, mais eu tentava me safar. Lá pelo final da noite, ela havia passado de meras insinuações para que nos conhecêssemos melhor a um ataque direto, convidando-me para degustar um determinado prato italiano que ela faria especialmente para mim em sua casa, que, segundo ela, não tinha nada a que se assemelhasse de tão bom que era.

Àquela convocação repentina para que eu tivesse a honra de comprovar as suas prendas domésticas, deu-me vontade de responder que não podia ir porque precisava comparecer a um compromisso muito importante e inadiável, o campeonato de bolinha de gude da cidade, ou que necessitava arrumar urgentemente as malas para a viagem que ia fazer dali a um mês, viagem essa que, aliás, gostaria de antecipar, em vista dos recentes acontecimentos. Todavia, como eu não desejava magoar a moça, dando-lhe um fora explícito, e não podia alimentar qualquer idéia de que eu estava interessado nela, tentei me livrar fazendo alguma graça:

– Se é tão bom esse seu prato, não seria melhor prepará-lo aqui mesmo?

– Por que aqui?!

– Ora, para que Max e Roberta também possam saboreá-lo.

Ao ouvir isso ela encarou-me fixamente, respirou fundo, levantou a cabeça e olhou reflexivamente para o teto, enquanto eu me ocupava, aflito, em girar os polegares para frente e para trás tentando imaginar uma escapatória àquele cerco, sem ferimentos para a parte atacante e, obviamente, sem capitulação para a parte atacada.

– Boa idéia! – disse, por fim, com um brilho nos olhos.

Não sei se me senti aliviado ou mais preocupado com aquela entusiástica concordância. Ela parecia converter cada movimento meu em uma vantagem para si mesma. Cheguei a imaginar que, durante o futuro jantar, ela anunciaria, com um brinde de champanha, e com toda solenidade, para mim e os demais conviras, que iríamos nos casar em breve.

Hortência já tinha me telefonado umas duas vezes depois disso e havíamos ido ao cinema uma vez, oportunidade em que aproveitei para tentar explicar-lhe, com palavras cuidadosas, que eu não me sentia preparado para um relacionamento. Mas parece que ela tomou aquilo como um desafio pessoal de me ajudar a "voltar a viver" e readquirir a capacidade de me "apaixonar" novamente.

No dia do jantar, num momento a sós com Roberta, pedi a ela que me auxiliasse a sair daquela enrascada, pois eu não sabia mais o que fazer. Não foi necessário explicar a razão, pois ela já sabia do problema que involuntariamente havia criado para mim.

– Este prato especial foi feito especialmente para pessoas especiais – disse Hortência, quando finalmente serviu a iguaria que tinha preparado.

– Como "especial" também é quem o fez, não concorda Oto? – perguntou Delbos, olhando zombeteiro para mim, já sabendo naturalmente do aperto em que eu me encontrava.

– Sem dúvida – disse eu, com um sorriso amarelo.

A comida estava realmente boa. Não me lembro exatamente o molho que a *gourmet* usou no pene, mas recordo-me que tinha gorgonzola. Ela era realmente prendada neste aspecto, mas eu não estava disposto a descobrir se tinha outras prendas.

Num momento propício Roberta me disse que tentaria, de alguma forma, dissuadir Hortência de seu intuito romântico em relação a mim, mas não informou o que faria. Não sei o que disse a ela mais tarde, mas o fato é que depois daquele dia não fui mais importunado e senti um enorme alívio ao me ver livre do problema.

Estava, agora, ansioso por viajar. Tinha em mente ir à França e reencontrar meu amigo Carlos.

Durante minha vida com Anete, depois do casamento, eu havia trocado algumas cartas com ele, e até cheguei a encontrá-lo, juntamente com Anete, em Paris. Ficamos quase uma semana por lá e na maior parte desses dias Carlos foi nosso cicerone. Possuía um apartamento na cidade, onde passava, todos os anos, uma temporada. Seus novos quadros vendiam bastante e ele estava muito bem. Já havia se passado alguns anos desde esse encontro e agora iria revê-lo. Mas precisava esperar o julgamento de meu processo, que iria ocorrer nos próximos dias no Superior Tribunal de Justiça. Já havia conversado com o ministro encarregado da causa e ele havia me prometido que até o final do mês o processo estaria julgado.

Um julgamento e uma despedida

Cheguei cedo ao tribunal. Estacionei o carro na garagem e dirigi-me à sala dos advogados. A sessão começaria às 14h, e não era ainda 12h30. Fiz uma recapitulação dos tópicos principais do processo, dos argumentos e das decisões de outros tribunais que apoiavam a tese que eu defendia, e, também, uma releitura do que iria falar e dos pontos a serem destacados durante a sustentação oral. Já havia um esquema impresso dos passos a seguir, que acabei modificando com a caneta.

No dia anterior distribuíra "memoriais" e conversara com dois ministros que fariam parte do julgamento. A impressão fora boa, mas obviamente isso não garantia nada. Talvez um pouco de atenção na hora da sustentação oral. Pelo menos um dos ministros manifestou a concordância de que a jurisprudência predominante do tribunal, referente à matéria, estava distribuindo mais injustiça do que justiça. Era, com certeza, um ponto a meu favor, e tal comentário me deu alguma esperança.

Quando terminei de revisar o caso, faltava ainda meia hora para o início da sessão. Apanhei então um jornal que estava aberto em cima da mesa redonda e, enquanto passava os olhos pelas manchetes, ouvi alguém entrar no recinto. Era um homem relativamente jovem, vestido de terno azul-marinho, com cabelos escuros e que usava barba. Cumprimentei-o com a cabeça, e voltei ao jornal com uma sensação de que a pessoa não me era estranha, somente não sabia quem era. Não tive um segundo pensamento sobre isso. Somente quando se aproximou e mencionou meu nome, perguntando se não o reconhecia, olhei-o novamente e dei-me conta de que era um antigo colega de universidade, que nunca mais havia encontrado.

Conhecera Roberto Barbosa durante os anos de faculdade, e tínhamos convivido como colegas alguns momentos divertidos. Não o reconheci imediatamente por causa da barba e também porque havia engordado bastante, ele que parecia um palito quando ainda éramos colegas. Não me recordava seu sobrenome, por isso não desconfiei que fosse um de meus adversários na causa. Continuava com seu bom humor característico, e depois de brincarmos um pouco sobre esse reencontro em campos opostos, combinamos que quem ganhasse pagaria ao outro um jantar no melhor restaurante de Brasília.

— Mas não sou eu quem vai fazer a sustentação contra você — comentou ele.
— Se não é você, quem vai ser?
— Arnoldo Belchior.

Estou frito! disse para mim mesmo, sabendo perfeitamente que embora o conhecido advogado aparecesse somente agora para fazer a sustentação oral, já devia estar envolvido na causa há algum tempo.

A questão, que versava sobre direito bancário, era sua especialidade. Não o conhecia pessoalmente, mas já consultara algumas de suas obras, que eram uma referência na área. Agora eu o teria como adversário!

Saber disso abalou um pouco minha confiança e o otimismo que já alimentava em relação ao caso.

— Onde está ele? — indaguei.

— Já deve ter chegado. Tínhamos combinado de nos encontrar na entrada da sala de julgamento. Estou indo para lá. Você vem?

— Não, fico mais um pouco para organizar umas coisas — falei. — Até breve.

Depois de tentar voltar a meu centro e me desligar de qualquer preocupação, reorganizei meus papéis e me encaminhei para o corredor que dava acesso às várias salas de sessões.

Em frente à porta do nosso auditório havia um grupo de advogados conversando enquanto aguardavam o início dos trabalhos. Entre eles, para minha surpresa, avistei Delbos *(cujo escritório de São Paulo estava envolvido na questão)*, que falava com Roberto Barbosa.

— Pensei que não viria assistir ao julgamento — disse-lhe.

— O compromisso que tinha para essa hora foi transferido, e resolvi vir lhe dar um apoio moral — respondeu ele, com um sorriso.

— Obrigado. Se você quiser falar também, esteja à vontade.

— Confio em você. Sei que está abordando a questão da melhor maneira possível. Se ganharmos, o mérito será todo seu.

— Esses "ses" é que atrapalham... — observei, sabendo perfeitamente que embora houvesse esperanças, as probabilidades estavam contra nós.

Agora, porém, era melhor nem pensar naquilo e me concentrar no julgamento, já que, como representante da parte recorrente, eu falaria primeiro, logo depois da leitura do relatório.

Quando os juízes chegaram, todos nos levantamos. Depois de sentarmos, Delbos foi cumprimentado pelo Presidente da Turma, que o havia reconhecido.

Quando nosso processo foi anunciado, após o julgamento de outro caso que teve preferência, vesti a beca e desci à tribuna. O relator fez uma descrição detalhada do caso e, quando terminou, o Presidente da Turma me deu a palavra.

— Senhor Presidente, Senhores Ministros, ilustre representante do Ministério Público — iniciei eu, com um nervosismo disfarçado. — Embora a jurisprudência desta egrégia Corte sobre a matéria trazida à sua apreciação seja, atualmente, majoritária no sentido contrário à tese que pretendo defender, tentarei mostrar que, em face das novas condições da realidade econômica e social do País, a interpretação que tem sido dada à questão choca-se contra o espírito da lei e vai de encontro ao objetivo primordial do legislador que, ao elaborar o dispositivo legal, teve em vista impedir que uma das partes contratantes obtivesse vantagem indevida *(especificamente, os bancos de financiamento)* em detrimento da outra *(em geral, empresas e particulares)*, em razão de situações imprevisíveis.

À medida que prosseguia, meu nervosismo ia desaparecendo para dar lugar a uma crescente segurança. Quando terminei, tive a sensação de que havia transmitido meu recado; de que abordara os pontos mais importantes da causa, mostrando, de forma clara, o meu ponto de vista. Devo ter falado quase os quinze minutos que me eram reservados de acordo com o regimento interno do tribunal.

Saí da tribuna e imediatamente Arnaldo Belchior tomou meu lugar. Sua exposição foi uma surpresa para mim, pois esperava que se portasse de modo mais tranqüilo, elegante e seguro, pois ele era reconhecidamente um autor consagrado e um advogado de sucesso. Todavia, não se apresentava muito bem na tribuna. Falava como se estivesse ansioso para terminar, ou como se tivesse medo de esquecer de dizer tudo o que precisava. Além de tudo, tinha uma dicção ruim, lendo quase sempre o memorial que trouxera consigo. Às vezes era até difícil entender o que dizia, pela rapidez com que falava. Sua argumentação foi toda no sentido de defender o entendimento atual do tribunal a respeito da questão.

Disse que havia uma sabedoria jurídica na jurisprudência atual, e que sua modificação redundaria numa situação de intranqüilidade para a área financeira, cuja principal prejudicada, segundo ele, seria, no final das contas, a atividade empresarial no País. Ademais, a lei deveria ser interpretada como estava escrita, não podendo dar-se a ela interpretação que invertesse seu sentido.

Logo que terminou, o relator iniciou seu voto, e, pela forma como encaminhava seus argumentos, senti que iria posicionar-se a favor da jurisprudência do Tribunal. E, de fato, assim o fez. Quando finalmente proferiu o voto, virei para Delbos, que estava sentado duas fileiras atrás de mim, e ele balançou a cabeça de modo característico, fazendo uma expressão de pouco-caso, que significava, imaginei, que eu não deveria dar demasiada importância àquilo; de que era apenas um voto e de que ainda havia esperanças.

O ministro mais antigo votou em seguida, dizendo que acompanhava o relator, sem mais nenhum comentário. Dois a zero contra nós! Faltavam ainda três votos.

O terceiro magistrado, aquele que concordara em tese que a jurisprudência existente fazia mais injustiça que justiça, depois de solicitar ao relator algumas informações a respeito dos fatos da causa, analisou detidamente a matéria e passou a refutar, ponto por ponto, os argumentos do juiz relator, para finalmente concluir que a jurisprudência da Corte não se coadunava mais com as circunstâncias atuais, e que seria uma injustiça a permanência do entendimento que o tribunal vinha adotando até o momento a respeito daquela questão, entendimento esse que, segundo ele, fora firmado em face de condições objetivas já não existentes.

"Um voto a nosso favor!", pensei eu, com um sobressalto.

O próximo magistrado, que ouvira atentamente a explanação anterior, pediu licença para discordar do relator, e acompanhou o voto anterior, depois de fazer algumas considerações.

O último a votar, o Dr. Asdrúbal, Presidente da Turma, começou também pedindo algumas explicações ao relator. Depois que este informou o que lhe fora solicitado, desci à tribuna e pedi a palavra para o esclarecimento de uma questão de fato, pois achei que a resposta dada era incompleta e poderia induzir o ministro em erro. A palavra me foi concedida novamente e, depois de fazer uma breve explanação, localizei nos autos do processo, que sempre ficavam na tribuna ao lado do advogado, a parte que gostaria de realçar, e li um pequeno trecho que me interessava e que considerava vital para a causa.

O ministro Presidente, que ouviu atentamente a leitura, depois de refletir um momento, admitiu não estar seguro sobre a melhor decisão a tomar, pedindo "vista" do processo para analisar melhor a matéria.

Dei um ufa! "Julgamento suspenso até outra sessão!", pensei. Dois a dois! Havia ainda esperança, embora o Presidente fosse reconhecidamente um conservador para os padrões do tribunal, razão pela qual não poderíamos contar, em princípio, com seu voto. De toda forma, havia ainda uma pequena possibilidade.

Retirei-me então da tribuna e me dirigi ao local onde estivera sentado; peguei minha pasta no banco ao lado e me encaminhei para a porta, acompanhado de Delbos, que me cumprimentou pelo belo trabalho. Roberto Barbosa e Arnoldo Belchior também estavam saindo. Lá fora, combinamos de almoçar juntos. Arnaldo Belchior se desculpou, mas tinha um compromisso em São Paulo e precisava ir imediatamente para o aeroporto.

Dirigimo-nos, então, num mesmo carro, ao restaurante Bargaço, que ficava à beira do Lago, e passamos um final de tarde muito agradável, relembrando o tempo de universidade e falando um pouco de cada um de nós. No final, rachamos a conta. Afinal, ninguém ainda tinha perdido ou ganho a causa. Voltamos em seguida ao Tribunal para pegarmos nossos respectivos carros, e nos despedimos. Agora era aguardar até o dia da decisão final. A sorte estava lançada. O ministro Asdrúbal, apesar de conservador, era tido como uma pessoa muito séria e imensamente respeitada por sua retidão e independência de julgamento. Por essa razão, não seria suscetível a qualquer influência. O máximo que eu poderia fazer a respeito do caso era apresentar um memorial, contra-argumentando o teor dos votos contrários. E foi o que fiz.

Duas semanas se passaram. Nesse meio tempo Hortência me ligou e quis saber por que eu não a tinha procurado, dizendo que lhe parecia muito estranho "o que havia acontecido entre nós" e, depois, não nos termos mais falado ou nos encontrado. Respondi-lhe que o que "havia acontecido entre nós" fora apenas um beijo, e nada mais. Além disso, eu ia viajar em breve, o que era verdade *(pois iria com ou sem o dinheiro da causa – o que somente modificaria o tempo em que ficaria fora)*, não sendo prudente iniciar nenhum relacionamento nessa situação. Ela ficou muda por um instante e desligou o telefone na minha cara. Melhor assim, pensei. A única coisa que me interessava naquele momento era o voto do ministro presidente.

Durante o tempo de espera, fui passando lentamente de um estado de dúvida a um outro de esperança, e daí até quase ao de certeza de que ganharia o recurso. Porém, quando finalmente chegou o dia da decisão final tive uma surpresa desagradável. O ministro Asdrúbal – *aquele que havia pedido vista do processo* –, depois de algumas considerações, disse que havia refletido bastante e achava não ser possível avaliar precisamente o impacto que uma nova orientação sobre a questão poderia ter na economia nacional, pois, dependendo da situação, era possível que levasse à quebra de muitas instituições financeiras. Por essa razão, admitindo até que, no caso específico, houvesse uma certa injustiça, votava pela manutenção da orientação predominante do tribunal, e pelo não provimento do recurso.

Aquele voto foi, para mim, uma ducha de água fria. O julgamento aparentemente se encerrara em 3 a 2 contra nós. "Agora", pensei eu, "resta somente os embargos de divergência" – um último recurso à Corte Especial, composta pela quase totalidade do Tribunal. O consolo era que, nesse caso, nossas possibilidades seriam maiores, visto que no intervalo que mediou a primeira e a segunda sessões, uma das Turmas do Tribunal havia decidido uma questão muito semelhante à nossa, dando uma interpretação menos literal à lei e contrariando a jurisprudência anterior numa votação unânime. A despeito disso, obviamente seria muito melhor ganharmos logo, do que arriscar numa possibilidade futura e incerta na Corte Especial.

Porém, o inesperado aconteceu. Logo após o Presidente proferir seu voto, dois magistrados – *inclusive o juiz relator* – pediram licença para modificar seus votos. Isso era ainda possível, uma vez que o julgamento não havia, tecnicamente, terminado. Tal tipo de reconsideração não era muito comum, mas ocasionalmente acontecia. Em nosso caso, a explicação era de que a sessão anterior – *o primeiro dia de julgamento* – provocou nos membros da Turma uma reflexão mais aprofundada da matéria, levando dois deles, estimulados pela decisão recente da outra Turma, a mudar seu entendimento.

O relator da matéria, que antes tinha votado contra nós, agora reconhecia que se os bancos poderiam eventualmente sofrer, muito mais grave socialmente seria as empresas quebrarem. O julgamento terminou, então, em 4 a 1, pelo conhecimento e provimento do recurso especial. Todavia, como a decisão não foi unânime, havia a possibilidade do já mencionado recurso de embargos de divergência para a Corte Especial, que a parte vencida poderia interpor. Mas, nesse caso, nossa chance de vitória era bem maior. Foi por isso que, passada mais uma semana, fui procurado por Roberto Barbosa para um acordo. O banco que ele representava propunha pagar, em três parcelas iguais e sucessivas, 70% do valor total da causa, mais despesas processuais, porém com a divisão da verba de sucumbência *(o valor arbitrado no julgamento para os honorários advocatícios)*.

A idéia do acordo pareceu-me muito conveniente, visto que, se por um lado implicava a perda de certa porcentagem do valor total da causa, por outro representava a imediata entrada de dinheiro, sem o risco que um outro julgamento significaria. Todavia, a perda de 30%, mais o valor da sucumbência, representava muito dinheiro. Por tal razão, depois de conversar com a diretoria da empresa, que necessitava desesperadamente de dinheiro para não ir à falência, ficou acertado que eu tentaria fechar o acordo se conseguisse aumentar aquela percentagem para 80%. Tal providência atrasou o acordo em cerca de uma semana, mas o banco acabou concordando, pois a possibilidade de perder na Corte Especial era muito grande. E, assim, quatro semanas após o primeiro julgamento, o acordo extrajudicial foi finalmente assinado e homologado.

A sorte é que essa possibilidade de acordo estava prevista no contrato advocatício. Em tal hipótese, os honorários de advogado seriam de 10% do valor total pago à empresa pelo banco – o que representava para cada um dos escritórios *(o de Delbos e o meu)* cerca de dois milhões de dólares.

Para mim, aquilo significava a liberdade por um tempo considerável e tive certeza de que finalmente minha vida iria tomar um rumo completamente diferente do viver e sobreviver de modo quase que inconsciente. Por isso, encerrei minhas atividades e deixei, em troca de uma participação, minhas outras causas sob a responsabilidade de Roberto Barbosa, meu colega advogado.

Alguns dias antes de viajar, telefonei para Débora e conversamos longamente. Soube que Eduardo fora para um hotel depois de uma briga. Aquilo não foi uma novidade, pois as últimas vezes em que falamos por telefone, ela tinha me dado a entender que as coisas haviam piorado. Mas quando disse que iria até Porto Alegre para vê-la, ela não achou uma boa idéia, pois o casal estava vivendo um momento muito tenso e minha presença lá somente pioraria a situação. Racionalmente eu concordava com seus argumentos, mas meu coração tinha outras razões. Eu queria, antes de viajar, estar com ela mais uma vez, nem que fosse para somente abraçá-la e dizer-lhe que podia sempre contar comigo.

No outro dia peguei o primeiro vôo que ia até Porto Alegre, mas não lhe comuniquei nada a respeito.

Logo ao chegar deixei minha mala no hotel e fui diretamente para a clínica em que ela trabalhava, disposto a esperar uma brecha no seu atendimento, ou aguardar até que terminasse de atender todos os pacientes.

Alguns minutos depois de me sentar na ante-sala do consultório, após ter me identificado para a secretária *(quem eu já conhecia por telefone),* fui chamado à sua sala.

Quando me viu, ela fechou a porta e me abraçou emocionada. Em seguida, disse que infelizmente tínhamos pouco tempo. Abraçamo-nos novamente e assim ficamos, em silêncio, por mais alguns instantes. Depois, afastei-me um pouco e disse:

— Não pude evitar, eu precisava sentir o seu abraço novamente antes de viajar, pois não sei quanto tempo ficarei fora. Se quiser, venha me ver no hotel quando puder. Estarei alguns dias ainda por aqui.

Débora olhou-me com os olhos cheio d'água e não conseguiu dizer nada, somente recostou a cabeça em meu ombro. Ficamos assim mais um pouco, até que a secretária entrou subitamente na sala.

Débora, então, me acompanhou até o vestíbulo, e, antes de sair lhe passei um cartão do hotel com o número do meu quarto.

&

Dois dias mais tarde, quando cheguei ao hotel, depois de um passeio para espairecer, havia um recado de Débora para mim. Ela me encontraria num restaurante chamado "Cozinha Napolitana", que ficava um pouco distante do hotel e também da clínica, às 13 horas da tarde do dia seguinte.

— Perdoe-me a cautela. Não quero dar motivo a Eduardo para me odiar e dizer que sempre soube que eu o traía – disse ela, logo que se sentou à mesa onde eu já a aguardava.

Seus olhos cintilavam uma tristeza plácida e profunda, o que parecia realçar sua beleza. Os cabelos negros, que estavam soltos e lhe caíam sobre os ombros, tinham um brilho sedoso, contrastando com a pele branca dos braços que estavam à mostra.

– Se ele me vir almoçando com outro homem, terei muitos problemas, e sei que as crianças é que acabarão sofrendo por isso – continuou ela, tomando minhas mãos nas suas. – Eduardo é vingativo e maquiavélico. Ele me pune por aquilo que teme que eu faça, ou que um dia venha a fazer. Não sabe que dessa forma está precipitando a separação e prejudicando seus filhos. Tenho suportado calada sua tirania por causa deles. Sinto que estou chegando a meu limite. Porém a pior coisa que poderia acontecer era ele descobrir a existência de qualquer envolvimento entre nós dois.

– Você tem toda razão em tomar cuidado – falei. – No entanto, não pode viver sempre atemorizada. Estou aqui para ajudá-la no que for possível; mas talvez o melhor seja mesmo você passar sozinha por essa transição. Sempre que precisar saiba que pode contar comigo.

Ela disse-me então que o marido, com seu ciúme doentio e com a paranóia de ser traído, havia contratado um detetive para segui-la. Por isso estava tão preocupada.

– Você não imagina como é bom estar sentada aqui a seu lado – disse ela, depois de um curto silêncio, talvez para me consolar. – Sinto muito carinho por você.

– Só carinho? – perguntei, com uma expressão de falso desapontamento.

– É o que mais importa. Na verdade, é tudo o que importa! – respondeu ela.

Deu então um sorriso e continuou:

– Não é só isso. Você sabe...

– Então vamos sair daqui.

– E ir para onde?

– Ao meu hotel.

– Eu gostaria muito, mas agora não é o momento para mim. Peço um pouco de paciência de sua parte.

Depois do almoço, acompanhei-a ao seu carro, que estava estacionado na garagem de um prédio comercial logo ao lado. Lá, talvez por sentir-se um pouco mais segura, Débora me abraçou com força, buscando meus lábios.

Entramos no carro e por algum tempo ela recostou a cabeça em meu colo, enquanto eu acariciava seus cabelos. Nenhum de nós queria ir embora. Todavia, ela precisava voltar para casa, pois as crianças a estavam esperando para um compromisso qualquer.

Quando saiu do estacionamento, fiquei parado acompanhando o carro até ele desaparecer do meu campo de visão e ganhar a rua movimentada e barulhenta.

Foi essa a última vez que a vi antes de viajar.

Agora iria para a França me encontrar com Carlos Frontis, onde passaria algum tempo, e, depois, pretendia fazer um périplo pelas catedrais góticas da Europa. Queria voltar a experimentar o prazer estético que tanto me havia marcado ao entrar pela primeira vez na Catedral de *Notre Dame* de Paris. Sentir novamente o enlevo de que fora tomado numa noite de Natal, ao ouvir o coro a entoar melodias que celebravam o nascimento de Jesus, acompanhadas pelo magnífico órgão que ecoava sua música no interior dos elevados espaços da igreja.

Nesse dia, durante algum tempo, fui transportado a um mundo de luz, de paz e de alegria, ao compartilhar tudo aquilo com as pessoas que ali se encontravam, e por quem senti, naqueles momentos, uma sincera afeição fraternal. Percebi, então, como era bom viver com os pés na terra e a mente e o coração no alto, comungando com o infinito através da música. Pela primeira vez chegara a compreender o que era "veneração". Veneração pela beleza do mundo e pelas obras humanas, como a música que ouvia e o templo de pedra que eu contemplava admirado.

Uma nova etapa tem início

Cheguei a Paris às 2 horas da tarde. O vôo estava no horário e Carlos Frontis me esperava no aeroporto.

– Onde estão suas malas? – perguntou ele, quando meu viu saindo do setor de bagagens apenas com uma maleta na mão.

Meu amigo não havia envelhecido nada, embora tivesse os seus cabelos abundantes quase que inteiramente brancos. A pele do rosto não apresentava quase nenhuma ruga e sua aparência estava mais jovial do que nunca.

– Elas não quiseram me acompanhar e resolveram vir em outro vôo. Dei o seu endereço. Espero que não demorem a chegar. A propósito, há vagas em seu hotel?

– Vaga existe, mas no meu hotel o valor da diária é elevado, como irá descobrir. O pagamento não é em dinheiro, mas em disciplina. Na verdade, o seu treinamento está para começar.

– Que espécie de treinamento? – perguntei, não sabendo exatamente do que ele estava falando, mas desconfiado que tinha a ver com minha disposição de mudar de vida, conforme havia dito na carta que lhe mandara.

– A disciplina de sua mente – respondeu, com uma alegre ênfase. E continuou: – É um desafio e ao mesmo tempo uma grande oportunidade. Está disposto a arriscar? De pagar para ver?

– De olhos fechados – falei, sentindo um grande entusiasmo tanto pelo conteúdo da proposta quanto pela forma repentina e desafiadora com que fora enunciada.

– Não de olhos fechados, mas de olhos bem abertos, e com muita atenção – replicou ele, com um largo sorriso.

– Assim seja!

Encaminhamo-nos então para uma das saídas do prédio e uma Mercedes se aproximou vagarosamente. O motorista desceu, cumprimentou-me com a cabeça e perguntou se eu não queria colocar a maleta no porta-malas. Disse que não precisava, e pensei comigo mesmo que os negócios de Carlos deveriam estar andando muito bem.

Antes de irmos para casa, ele pediu a Denis que desse um passeio pelo centro histórico da cidade, o que me fez soltar uma exclamação aprovadora. Estávamos no final de setembro e, apesar de um tempo limpo e azul, o ar que entrava pelas janelas do automóvel já era um pouco frio.

Depois de chegarmos ao apartamento – *localizado na cobertura de um prédio antigo, mas bem conservado, na Rue Bonaparte –*, e após deixar a maleta no quarto que me fora destinado, sentamo-nos para conversar. A sala era ampla e mobiliada com muito gosto e leveza. Notei que distribuídos pelas paredes se destacavam três grandes quadros, que me pareciam formar um conjunto unitário ou uma seqüência. Eram pinturas abstratas e cada uma delas marcada predominantemente por uma cor primária. Estavam estrategicamente posicionadas para causar um impacto visual, estabelecendo um agradável contraste com o ambiente, onde se mesclavam os tons claros do assoalho e mais escuros dos móveis.

Após trocarmos informações sobre o andamento de nossas vidas, perguntei o que significava aquela história de "treinamento", e Carlos respondeu apenas que a busca do autoconhecimento passava necessariamente pelo conhecimento de nossa mente.

– Não é isso o que você busca!? – indagou ele, como se nossas antigas conversas não tivessem sofrido nenhuma interrupção.

– Atualmente, mais do que nunca – tornei eu.

– E não há progresso nesse sentido se você não avançar no conhecimento dos mecanismos pelos quais você percebe, pensa e reage aos estímulos do mundo.

– Acho que não – concordei.

– "Conhece-te a ti mesmo", como dizia o velho Sócrates, pois a verdade do mundo e das coisas não está no mundo nem nas coisas. Está em nós.

– Embora tenha andado um longo tempo perdido nesse mundo, talvez absorvido demais pelo trabalho e pelas exigências do dia-a-dia, acho que a morte de Anete me acordou do torpor em que me encontrava, fazendo-me repensar e, mais que isso, sentir de modo diferente todas as coisas, especialmente minha própria vida. A sensação é a de que estou resgatando os objetivos que tinha quando era ainda um adolescente.

– Isso é um bom sinal – exclamou ele, batendo com a mão em minha perna amigavelmente.

Carlos ainda mencionou que o autoconhecimento exigia uma espécie de "deslocamento" da consciência, para torná-la observadora impassível dos processos da mente e do mundo, o que implicava muita determinação e uma grande dose de disciplina. Disse também que o treinamento a que ele se referia ajudaria a melhorar meu grau de concentração e a reduzir a atividade errática da mente, tornando mais fácil aquele objetivo.

Entendi que o que ele estava propondo, embora tivesse me surpreendido inicialmente, significava apenas uma oportunidade para eu tentar algo concreto no sentido do que eu sempre buscara.

A última vez que encontrara Carlos em Paris, quando viajara para lá com Anete, ele me apresentou a alguns amigos com quem se reunia regularmente para uma meditação em comum. Tive a impressão de que constituíam uma espécie de grupo, unido em torno de algum ideal ou objetivo particular além da própria meditação. Percebi também que meu amigo possuía uma certa ascendência ou liderança sobre eles.

Um pouco antes de partirmos para Londres, ao indagar-lhe sobre aquilo, ele me respondeu que em outra oportunidade falaria a respeito, e que esperava que eu me juntasse ao "Grupo" mais tarde.

Carlos tinha dessas coisas. Havia sempre algo misterioso em torno dele, algo que eu não conseguia entender ou penetrar, apesar de seu modo aberto e às vezes bonachão.

O tempo passou e eu esqueci a conversa. Mas agora que retornava a Paris, lembrei-me do fato, sobretudo quando notei, alguns dias mais tarde, que seus amigos estavam mais presentes do que nunca em sua vida. E quando trouxe novamente à baila o assunto, ele apenas respondeu que já sabia que eu voltaria para lá, pois eu era um membro do Grupo, apenas não lembrava disso.

O engraçado é que tal afirmação não me surpreendeu. O fato era que algo dentro de mim já sabia que uma nova etapa se iniciava em minha vida. Se Carlos, não sei por que razão, tivesse alguma coisa a ver com isso, melhor. E se Paris seria o cenário – *aliás, bastante apropriado para um recomeço de vida* – onde isso teria início, melhor ainda.

Eu estava de volta a Paris não apenas para conhecer melhor a cidade – *que tanto havia me encantado* –, mas também por Carlos, por quem eu sentia uma estranha e forte afinidade ou ligação – uma espécie de ligação espiritual. Minha amizade por ele era tão grande quanto a que tinha com Delbos, mas de uma natureza bem diferente.

Delbos era meu companheiro de colégio, que eu muito admirava, mas em relação a quem eu me sentia um igual. Já em Carlos eu reconhecia uma ascendência espiritual que me fazia pensar nele como uma espécie de mestre, ou irmão mais velho, com o qual eu tinha algo importante a apreender. Por isso, instintiva ou intuitivamente, eu o estava procurando para que me ensinasse mais a respeito da vida e de mim mesmo.

De alguma forma, ele estava preenchendo um vazio deixado por Darapti.

⁂

Depois de tomar um banho bem quente, perguntei a Carlos onde poderia comprar algumas roupas, pois trouxera na maleta apenas uns poucos livros e também um par de meias e uma cueca – uma precaução que apreendi a tomar após algumas experiências de extravio de malas. Eu queria esticar um pouco as pernas, indo até *Notre Dame* e, na volta, comprar algumas camisas e uma calça.

— Não demore muito, pois teremos visitas — disse Carlos, quando eu estava saindo.
— Oito horas está bem? — indaguei.
— Combinado. Mas qualquer problema que tenha, telefone.
— Certo.

Eu estava tão ansioso para caminhar novamente pelas ruas de Paris que me esqueci de perguntar quem viria para jantar e se Carlos precisaria de alguma ajuda.

Depois de rever a Catedral, e de ficar algum tempo sentado absorvido em seu silêncio, contemplando mais uma vez cada detalhe daquela grandiosa e solene construção, iluminada pela luz cambiante proveniente dos vitrais coloridos, saí lentamente e contornei a igreja, observando os arcobotantes e outros aspectos do magnífico prédio medieval à luz furtiva do entardecer. No caminho de volta, após comprar as roupas numa loja que Carlos havia indicado, passei num supermercado e levei duas garrafas de vinho e um pedaço de queijo fedorento, de que muito apreciava o sabor.

Foi nesse dia que revi André de Beaumarchais e conheci sua noiva, Martine de Molay.

Quando cheguei, eles estavam na sala conversando.

Ao tirar os vinhos do saco de papel e colocar em cima da mesa, André — *num gesto de simpatia* — observou que eram muito bons, e perguntou se eu entendia de vinhos. Disse que o pouco que sabia do assunto aprendera com Carlos.

André tinha pele branca, com algumas sardas, estatura média para baixa, olhos castanhos e cabelos aloirados repartidos do lado, que freqüentemente lhe caíam sobre os olhos. No conjunto, era um belo jovem, muito inteligente, que não devia passar muito dos 30 anos. Martine era alta, cabelos incrivelmente dourados — *presos na forma de rabo de cavalo* — e olhos bem azuis. Com feições alongadas e elegantes, onde sobressaía o nariz afilado e perfeito, e um corpo esguio e elegante, parecia que tinha sido talhada por um artista de refinado gosto. Formavam um simpático e interessante par.

Martine não falava muito, mas seu olhar expressivo transmitia a paz de um lago profundo. André, mais baixo que ela, dava a impressão de muita energia física e mental. Tinha sempre uma palavra a oferecer, ou uma observação jocosa a fazer.

Depois de um tempo, acompanhamos Carlos à cozinha, pois ele iria começar a preparar a comida, atividade que parecia diverti-lo bastante.

— Tenho algumas recomendações ou atribuições para você — disse Carlos, em certo momento, virando-se para mim, depois de tirar o espaguete do armário. — A principal é a meditação, Zazen diário de 40 minutos.

— Quando começo, amanhã?
— Não, ano que vem — exclamou ele, com um sorriso zombeteiro.
— Você manda e eu obedeço — respondi, brincando.
Enquanto isso, André, que havia sido convocado a cortar algumas cebolas, virou-se também.
— Não dê muita importância ao jeito dele — disse. — Ele nasceu para ser militar. Adora disciplina e não perde a oportunidade de ditar regras. Se precisar de alguma ajuda, pode me chamar.
— A propósito — interveio Carlos. — André estará bastante próximo a você, ajudando-o quando necessário. Em breve terei de viajar, mas ele e Martine ficarão por aqui.
— E como será esse treinamento? — perguntei.
— Aos poucos você mesmo irá compreendendo para o que estará se preparando, se estiver interessado em prosseguir — respondeu, aguçando ainda mais minha curiosidade.
— Já disse que estou disposto a entrar na brincadeira — respondi.
Carlos olhou-me com seriedade.
— Antes fosse apenas brincadeira! — exclamou e, em seguida, descontraindo o rosto num leve sorriso, completou. — Mas é melhor que você encare dessa forma. É mais divertido, e a vida tem de ser mesmo divertida, senão não vale a pena. Não acha?
— Acho, sim.
Martine, que também ajudava, mantinha-se calada a maior parte do tempo, apenas fazendo ligeiros comentários sobre a preparação do prato. Tive a impressão de que me observava com atenção.
Em certo momento, quando lhe perguntei, movido pela curiosidade de ouvir-lhe falar, se ela era de Paris ou de outra parte da França, respondeu-me que tinha nascido na Bélgica, mas que viera morar em Paris nos primeiros anos de infância.
— E você, vem de que lugar do Brasil? — indagou.
— Sou do sul do País, uma bela região, que sofreu grande influência da colonização européia, sobretudo italiana e alemã — respondi.
— Interessante... — disse ela, com um ar de curiosidade. — Nós franceses não sabemos quase nada sobre o Brasil.
— Apenas ouvem falar do carnaval, do futebol, da miséria e da violência, suponho — tornei eu.
— É verdade — disse ela, com um sorriso.
E após um breve silêncio, acrescentou:
— Há anos a música brasileira, durante algum tempo, esteve na moda por aqui.

— Mas há bem mais que isso — falei. — No Brasil há regiões belíssimas e muita riqueza cultural, como é o caso do Estado onde nasci, o Rio Grande do Sul, e de outros também. É um lugar de muita diversidade. Há uma enorme multiplicidade de costumes, de culturas e de tipos humanos. Mas é ainda um país jovem, com muitos problemas por resolver.

Enquanto eu falava e olhava para ela, admirando sua beleza nórdica, com seus cabelos loiros e os olhos azuis que reluziam uma luz de simpatia, um miado estridente irrompeu através do basculante da cozinha e me despertou subitamente um estado de atenção que há muito tempo não acontecia. Imediatamente fiquei consciente de uma simultaneidade de coisas e acontecimentos que ocorriam à minha volta. Dos sons da faca cortando a cebola, do abafado latido de um cão num apartamento vizinho, do farfalhar das folhas das árvores na praça abaixo e até da minha própria respiração.

Ao mesmo tempo, veio-me à mente, com impressionante nitidez, o rosto de Débora, da cena de nossa despedida em Porto Alegre e do seu carro indo embora. E nesse fluxo de sons e quadros mentais que passavam velozes por minha cabeça, eu permanecia numa espécie de silêncio impassível e observador, apenas me deleitando com aquele mosaico fluido de impressões.

Estava plenamente consciente de que havia um ponto de estabilidade, em torno do qual todas aquelas sensações e imagens giravam, e para o qual elas existiam — o meu próprio eu. Mas quem ou o quê era esse eu, não sabia responder. Só sabia, ou melhor, sentia que era aquele "eu puro" que tudo testemunhava, não identificado nem com o cenário externo nem com o cenário interno da mente. Mas aquilo durou apenas um instante.

Carlos percebeu o que tinha acontecido comigo, talvez por minha expressão e pela forma com que meu olhar percorria o ambiente, admirado e deleitado com a presença das coisas.

— É bom estar "ligado", não é? — disse ele para mim.

— Muito bom! — exclamei. E depois de um momento, perguntei: — Mas como você percebeu que eu fiquei desse jeito?

— Eu também estava atento e pude perceber o modo como você olhava para as coisas — tornou ele. — Quando uma pessoa fica nesse estado, ela ganha, subitamente, realidade para si mesma, e, desta forma, fica também mais real para o Universo, chamando a atenção de quem também está atento.

— Essa é uma interessante maneira de ver a coisa — disse eu, admirado com o significado intrinsecamente verdadeiro daquelas palavras e pela descrição precisa de como eu me senti naquele momento.

Logo depois dessa inusitada troca de observações, à qual Martine e André ouviam atentos, mas sem se manifestar, a conversa desviou-se para temas ligados à cultura e à história da França.

Um pouco mais tarde o jantar foi servido.

Notei que embora Carlos gostasse de cozinhar, comia muito pouco. O mesmo acontecia com André e Martine. O vinho também foi consumido de forma comedida. Cheguei a perguntar, brincando, se eles estavam fazendo alguma promessa.

— As pessoas comem muito mais do que precisam, e basta uma simples reprogramação de hábitos para viverem com muito pouco alimento — disse Martine. — Somos inundados constantemente por energia ambiente que poderia nos abastecer completamente.

— Teoricamente poderíamos converter os fótons, a energia solar, em sustento celular, mas não tenho a mínima idéia de como isso seria possível — tornei eu. — Nosso organismo e nossas células aparentemente não possuem tal capacidade. Mesmo as plantas, que fazem fotossíntese, necessitam dos nutrientes da terra.

— Não é o corpo que pode fazer isso por si mesmo, mas a mente — interveio Carlos. — Uma vez que se conheça o seu funcionamento, é possível fazê-la comandar o corpo da forma como desejarmos.

— Para que então servem os órgãos digestivos, que ocupam grande parte de nosso organismo?

— É uma parte de nossa biologia que pode perfeitamente retrair-se e ficar num estado de latência, sem ser usada — objetou Martine.

— Mas com que vantagem? — indaguei.

— Muitas vantagens, entre elas a alteração do processo de envelhecimento — continuou ela. — As funções cerebrais ficam melhores também. Comer sobrecarrega o organismo, desviando energia que poderia ser utilizada para outras atividades.

Não tendo uma opinião formada sobre a matéria, embora me parecendo difícil acreditar que alguém pudesse ficar sem comer, dirigi a conversa para outros assuntos.

Quando o casal foi embora, tive a sensação de que fizera mais dois amigos.

⚜

No outro dia, depois de um sono recuperador, saí do meu quarto e fui vagarosamente até a ampla sala do apartamento e me deparei com Carlos em meio a uma espécie de dança ritmada em câmara lenta. Ele estava completamente concentrado e integrado ao que fazia, realizando com elegância e serenidade uma série de movimentos.

Naquela dança meditativa, os gestos fluíam com facilidade e leveza através de seu corpo, que era um instrumento perfeito ao comando de sua vontade.

— Pratico *Tai-Chi-Chuan* toda manhã — disse ele, quando terminou a seqüência que estava realizando. — Venha experimentar também. Você gostará. Apenas tente imitar os movimentos sem se preocupar com mais nada.

Asenti com a cabeça e fui para onde ele estava, e procurei acompanhar seus gestos.

— O que achou? — perguntou ele, após terminarmos uma pequena série de movimentos.

— É uma coisa que gostaria de aprender — falei a ele.

— Será um prazer ensiná-lo. Em pouco tempo aprenderá. Às vezes alguns amigos me acompanham, e isso servirá de estímulo a você.

Os dias se passaram e conheci os amigos que ele havia mencionado. Duas ou três vezes por semana eles apareciam em seu apartamento para uma sessão de *Tai-chi-chuan* e às vezes de *kendo*. Era comum também praticarmos juntos o Zazen, a meditação zen-budista.

Eu não sabia exatamente para onde Carlos estava me conduzindo, mas tinha grande confiança nele e em seus propósitos. Além disso, não perdia nada com aquela história de treinamento. Ao contrário, conhecera pessoas interessantes e estava me divertindo bastante.

⁂

Os dias se passaram. Fazia quase um mês que havia chegado a Paris. Falara com Débora várias vezes por telefone e na última soube que tinha saído de casa com as crianças. Numa cena de ciúmes ela fora agredida fisicamente pelo marido. Não havia mais volta; a separação era definitiva.

Quando me ofereci para voltar ao Brasil com o objetivo de lhe dar apoio, Débora sabiamente ponderou que não seria apropriado naquele momento, pois tornaria a separação ainda mais complicada. Ao invés disso, seria ela que viria me encontrar em Paris.

— Como gostaria de estar aí com você — desabafou ela.

— Então venha. Fique uma semana comigo, passeando, sem pensar em nada. Mandarei as passagens...

— Vou sim, logo que puder.

Contei-lhe que estava estudando francês e que começara a praticar *Tai Chi Chuan*. Débora, por sua vez, me falou um pouco das dificuldades das crianças para se adaptar às novas circunstâncias, embora, segundo sua opinião, compreendessem intuitivamente a necessidade da separação. Disse também que, no fundo, sentia grande alívio com a nova situação.

⁂

Alguns dias mais tarde saí com Carlos para um passeio no *Jardin du Luxembourg*, que ficava perto do apartamento. A bela área de 25 hectares, com suas árvores, estátuas e fontes de água, me impressionou por sua beleza. Era a primeira vez que ia lá.

Atendendo à minha solicitação, Carlos relatou-me um pouco da história do lugar. Contou-me também que o atual palácio do Senado, um imponente prédio de estilo florentino construído por determinação de Catarina de Médices, mãe de Luiz XIII, para sua residência particular, ficara a cargo do arquiteto Salomon Brosse e fora erigido entre os anos 1615 e 1627.

Depois de percorrermos vagarosamente o bosque, já sentados à mesa do bar, Carlos olhou para mim com certo ar pensativo, após sorver um gole de café, e falou:

— Paris é uma cidade linda. Apesar de preferir as montanhas e lugares mais retirados, nunca deixo de me maravilhar com esta cidade quando venho para cá. São tantos monumentos, tantas construções, tanta história e cultura...

— E quanto tempo pretende ficar ainda por aqui?

— Mudei um pouco meus planos. Monique virá me encontrar em breve e ficaremos ainda algumas semanas. Antes de viajar quero terminar um quadro que estou pintando e entregar um projeto de uma casa. Depois ficarei fora cerca de um mês.

Monique era uma amiga com quem Carlos tinha um relacionamento íntimo há mais de 10 anos, conforme já me havia contado em outra ocasião. Eu não a conhecia pessoalmente, mas por fotografia ela parecia estar chegando aos quarenta. Morava na região dos Alpes Franceses, em Chamonix, e vinha a Paris com certa regularidade.

— E, além disso tudo, fazer *Zazen*, *Tai-Chi-Chuan*, *Kendo* e ainda por cima me ciceronear. Você não acha que é muita coisa? – brinquei.

Lembrei-me de seu estúdio, no apartamento. Um local amplo que ao mesmo tempo servia como escritório de arquitetura, com duas pranchetas e material apropriado, e também de ateliê, onde havia dois cavaletes.

— De modo algum – tornou ele. – Faço tudo com imensa satisfação, por isso nada me pesa. Felizmente, hoje trabalho por prazer, não por necessidade. E seleciono muito bem as solicitações que me chegam. Além disso, sua presença aqui é uma fonte de alegria e não de incômodo.

— Que bom ouvir isso! – exclamei.

— A propósito, há algo que gostaria de lhe contar e talvez seja a razão pela qual você esteja hoje em Paris – disse ele, pousando a mão sobre meu ombro esquerdo, como a exigir total atenção.

— Diga, estou ouvindo – tornei eu.

Um casal de idosos sentou-se a uma mesa não muito longe de nós e o homem solicitou alguma coisa ao garçom. Naquele instante passei a ouvir nitidamente os passos de alguém caminhando pelo lado de fora do estabelecimento, os risos de crianças brincando e o sino de uma igreja que começara a tocar.

— Você tem o perfil certo para fazer parte do "Grupo" — continuou Carlos. — Além de possuir aquela necessária insatisfação que o impulsiona a buscar respostas que não se encontram nos livros, é dotado de uma capacidade latente incomum, que o faz adequado ao tipo de missão que devemos cumprir.

— Missão!? E que capacidade é essa?

— Tenha calma. É melhor irmos por partes. Um pouco de cada vez.

Carlos então me contou que estava empenhado, juntamente com outras pessoas, num ousado projeto. Ele sabia, por exemplo, que seria possível fabricar pequenas máquinas que poderiam gerar energia elétrica abundante a custo praticamente zero. Mencionou também a existência de artefatos antigravitacionais que iriam revolucionar completamente a estrutura de nossa civilização, pois tornaria possível a auto-sustentabilidade dos indivíduos e da sociedade. Mas isso, naturalmente, ameaçava interesses poderosos *(das empresas petrolíferas, das grandes fábricas de automóveis etc.)* e, por isso, havia muita gente decidida a não permitir a divulgação dessas informações e a revelação ao mundo dessas novas possibilidades.

— O resultado do modo de vida de nossa civilização é uma crescente alienação do homem e a progressiva destruição da Natureza — observou ele. — O que, no fundo, constitui uma ameaça à nossa própria sobrevivência como espécie.

— E o que tem isso a ver com o "Grupo"? — indaguei.

Ele respondeu que o Grupo era formado por pessoas que se destacavam por uma percepção e uma consciência mais profunda e aguçada das coisas e que, além disso, possuíam também capacidades especiais que poderiam ser desenvolvidas. Sua tarefa específica era divulgar ao mundo determinadas informações vitais para a transformação da consciência planetária e colaborar de forma concreta para esse objetivo. E embora esse fosse um objetivo muito genérico, havia ações específicas e eficientes a realizar, que teriam o efeito de uma reação em cadeia: uma vez desencadeadas, suas conseqüências não poderiam mais ser detidas.

O Grupo era representado, na França, por uma "Fundação" de natureza cultural-científica, dedicada ao incentivo à pesquisa em vários setores, sobretudo aqueles relacionados a meios alternativos de geração de energia. Essa fundação dispunha de um patrimônio apreciável, originariamente pertencente às empresas da família de André.

Para meu amigo, vivíamos sob a égide de um sistema social e econômico baseado nas idéias de escassez, de competição e na noção de que tudo o que existia poderia virar mercadoria e fonte de lucro, ideologia essa que representava uma séria ameaça ao nosso planeta. E a forma de começar a romper com tudo isso era provocar um impacto no sistema, proporcionando às pessoas abundância de energia e de meios.

— A maior parte da humanidade é guiada quase o tempo todo por impulsos inconscientes, condicionamentos sociais e as inúmeras necessidades inculcadas pelo mercado todo poderoso. Mas isso um dia terá fim e o sonho acabará, embora não interesse ao sistema estabelecido que esse estado de coisas se modifique.

— Acho que deveria ser assim, mas não vejo como acontecerá.

— Acontecerá. Esteja certo.

A princípio aquilo quase me fez rir. Afinal, como um grupo de pessoas teria condições de enfrentar um sistema tão poderoso, que tinha em suas mãos quase todos os governos do planeta? Governos que, em última instância, serviam sempre ao capital e que exerciam controle sobre a economia, a política, a sociedade e a cultura em favor dos interesses do sistema. Mas à medida que Carlos ia falando e explicando certas coisas, aquela inicial impressão de incredulidade se amenizou, remanescendo somente um brando ceticismo.

De qualquer forma, ele já tinha me mostrado que era uma pessoa diferente, com uma sabedoria e um poder pessoal muito grande, além de ter um conhecimento geral fora do comum que o capacitava a discorrer com segurança sobre quase qualquer assunto. Sua explicação para esse fato, quando um dia lhe indaguei a respeito, foi a de que ele podia "acessar" muitas informação da mente coletiva, ao sintonizar-se com ela. O mesmo acontecia, em graus variados, com alguns outros membros do "Grupo".

— Você possui, em latência, uma capacidade muito útil para nós — continuou Carlos. — Com o devido treinamento, poderá desenvolver o atributo da "desmaterialização" ou, mais tecnicamente, "transposição atômico-energética de curto alcance".

— Traduza, por favor.

— Trocando em miúdos, significa desaparecer momentaneamente num lugar e reaparecer em outro, atravessando obstáculos — explicou ele.

— Não posso acreditar que você esteja falando sério — retruquei, ao mesmo tempo em que me vinha à mente as façanhas de Darapti. Mas eu não era nenhum Darapti...

— E por que não? — tornou ele, franzindo levemente a testa.

— Isso é muito fantástico — ponderei.

— Sim, é muito fantástico, mas mesmo assim verdadeiro. Por hora não lhe direi mais nada, mas você não demorará a comprovar com seus próprios olhos algumas coisas "fantásticas" que qualquer pessoa que ativou outras partes de sua mente pode realizar.

— E que importância teria desenvolver esse poder de desmaterialização de que você fala?

— Em si mesmo, nenhuma importância. Seria apenas conseqüência de um estado de "ser" que foi atingido. Todavia, poderá servir para cumprir determinados objetivos, se você assim o desejar. Entenda. Não se trata apenas de "um" poder específico, mas o resultado do que é muito mais importante: do desenvolvimento de sua mente. Os poderes que advirão com isso são muito variados, mas sempre haverá um que predominará sobre os outros. No caso de André, por exemplo, é a invisibilidade; no de Martine, a percepção extra-sensorial e, no seu, a capacidade de desmaterialização.

– E como sabe disso? – indaguei, perplexo.

– Um passarinho me contou – respondeu ele, num jeito brincalhão.

A tarde já tinha caído e não havia mais ninguém no pequeno bar-restaurante do *Jardin du Luxembourg*. Era hora de ir embora, pois as portas estavam fechando, segundo nos informou gentilmente a garçonete, uma velhota simpática de seus sessenta anos.

Paguei a conta, e saímos.

Logo que cruzamos o portão que dava para a rua que nos conduziria à *Rue Bonaparte,* onde ficava o apartamento, Carlos continuou o que estava dizendo.

– Por trás das aparências, daquilo que vê e escuta, trava-se uma grande guerra mental, em que a consciência da humanidade é o objeto e ao mesmo tempo o campo de batalha.

– Não estou sabendo onde você quer chegar...

Ele olhou de modo significativo para mim, mas não respondeu à indagação. Disse apenas:

– Daqui a algum tempo faremos um pequeno passeio pelos arredores de Paris, onde você verá algumas coisas bastante interessantes e saberá um pouco mais sobre o "Grupo".

※

O tempo passou. Eu estava conseguindo manter-me razoavelmente autoconsciente uma boa parte do dia, com alguns momentos de plena atenção. Também havia progredido no francês e já ensaiava diálogos mais longos na nova língua. Tudo corria bem e talvez pela primeira vez em minha vida eu me encontrasse satisfeito e apreciasse sem ansiedade o transcorrer calmo e tranqüilo das coisas.

Mas isso não iria durar muito.

Um belo dia saí com Carlos, André e Martine para um passeio a um local fora da cidade, supostamente onde saberia um pouco mais sobre o "Grupo".

Eu não tinha a mínima idéia do que aconteceria a seguir e daquilo em que estava me envolvendo.

Ao chegarmos ao lugar – nos limites da *Ile de France, a uns 30 quilômetro do centro de Paris* – percebi que a "casa de campo" era na verdade um palacete, provavelmente do século XVII ou até mais antigo, construído com pedras de calcário bege-acinzentadas e parcialmente coberto com hera. O caminho de seixos que levava até ele avançava por dentro de um jardim impecável, que contornava um pequeno canteiro circular logo em frente à porta principal. Esta era encimada por um pórtico elaborado com outro tipo de pedra, mais avermelhada, onde se destacavam alguns desenhos espiralados.

Impressionado com o lugar, perguntei a André quem era o proprietário.

— No velho mundo, as casas antigas são relativamente comuns — gracejou ele, que conduzia o automóvel. — Se são bem cuidadas, conseguem vencer bem o tempo e causar boa impressão. Esta, particularmente, está a serviço de nosso grupo, mas pertence formalmente a uma indústria de geradores de eletricidade e de equipamentos hospitalares da qual minha família é a acionista principal.

Por dentro, a mansão era quase toda revestida de carvalho avermelhado, o que lhe dava um aspecto austero, mas bonito e aconchegante. Não faltava luz ao ambiente, pois as janelas, que tomavam toda a extensão da frente, eram bastante largas, permitindo que a claridade inundasse o interior. O saguão, bastante alto, continha duas escadas curvas, uma em cada lado, que davam acesso aos aposentos superiores. No fundo, bem em frente à entrada, havia uma porta dupla que abria para um grande salão, que era utilizado para festas, reuniões, jantares e outras atividades e que, naquele momento, estava dando lugar a uma palestra.

Por um momento, fiquei a escutar a exposição de um senhor de cabelos negros e lisos e pele levemente morena, na faixa dos 50 anos, que falava a uma pequena audiência *(grande parte dela constituída de empresários)* num inglês claro, mas com um sotaque que revelava não ser seu idioma nativo.

Diante de um quadro-negro, ele descrevia a possibilidade da construção de uma máquina antigravitacional — *apta a extrair energia cinética e elétrica do campo de gravidade da Terra* — que poderia servir para produzir geradores de eletricidade com um mínimo de custo e de gasto energético. Baseava-se na teoria de que campos formados por radiações de freqüência extremamente baixas poderiam, em determinadas condições e em certos materiais, ter um efeito antigravitacional sobre objetos, reduzindo, anulando ou mesmo invertendo seus pesos. Mas não fiquei lá muito tempo, pois Carlos queria me mostrar, no subsolo, os laboratórios onde pesquisas avançadas eram realizadas.

Ao sair do elevador e entrar numa sala, que foi aberta com um código eletrônico, tive realmente a dimensão do empreendimento no qual eles estavam envolvidos. Embora tudo aquilo pertencesse nominalmente à empresa da família de André, estava sob a supervisão deste e de Carlos, conforme fiquei sabendo mais tarde.

Percorremos vários laboratórios, com grandes e sofisticados aparelhos, onde pessoas trabalhavam ativamente em pesquisas com eletricidade, magnetismo, cristais e outras substâncias.

Um tempo depois, o professor que estava dando a palestra juntou-se a nós no laboratório de pesquisas eletromagnéticas para preparar uma demonstração de sua teoria, enquanto André continuava lá em cima com a platéia, respondendo a algumas perguntas a respeito de aspectos econômicos e financeiros sobre possíveis parcerias comercias.

Para minha surpresa, descobri que o cientista era brasileiro. Chamava-se Francisco Merano e trabalhava na faculdade de física da Universidade de Campinas, embora fosse originário do Norte do país, e viera a Paris – *a convite de Carlos* – especialmente para falar sobre suas pesquisas.

Alguns minutos mais tarde, Carlos, Martine e eu vimos um objeto de 30 quilos ter seu peso reduzido cerca de 20%, logo que foi submetido a um campo de radiação eletromagnética de freqüência extremamente baixa.

Embora se estivesse ainda um tanto distante da anulação de 100% do peso *(ou da obtenção de massa negativa)*, aquilo representava uma prova irrefutável da verdade da teoria. A estimativa era que dentro de um ou dois anos tal marca seria atingida. Nada, porém, garantia isso.

Por alguma razão não inteiramente conhecida, em diversos testes realizados nunca se conseguira ultrapassar a barreira dos 20% nessa redução. Faltava alguma coisa, um detalhe qualquer, que permitisse anular completamente o peso ou mesmo torná-lo negativo, ocasião em que os objetos poderiam flutuar e até adquirir um impulso ascendente em relação ao solo.

Chegar a esse ponto certamente representaria uma profunda revolução, com conseqüências incalculáveis para a civilização. Poder-se-ia obter energia inesgotável a custo baixíssimo. A indústria automobilística se modificaria completamente, com a produção de automóveis não poluentes que usariam motores gravitacionais ou mesmo veículos antigravitacionais que se deslocariam acima do solo. A construção civil seria imensamente barateada, o mesmo acontecendo com os transportes. Certamente tudo isso teria um impacto muito forte sobre a economia e a sociedade atual.

Nesse contexto, a empresa da família de André, coligada com outras indústrias, teria um papel preponderante e poderia, até certo ponto, orientar o sentido desse desenvolvimento, na medida em que seria detentora da tecnologia e da patente da invenção.

No entanto, havia muita resistência para que tal tipo de tecnologia não fosse nunca divulgado e utilizado. Francisco Merano teve até sua vida ameaçada, e essa fora a razão pela qual associara-se, por intermédio de Carlos, às empresas de André.

O mais estranho de tudo isso é que eu teria um papel importante em tal processo, conforme declarou novamente Carlos enquanto ainda estávamos no laboratório.

— E por que justamente eu? — perguntei, um tanto perturbado com a responsabilidade que aquilo passava a assumir para mim.

— Por que você possui um dom raro, como já lhe disse. Há outras pessoas com dons diferentes e que desempenharão funções compatíveis com esses dons. Mas para que a primeira etapa de nosso plano tenha sucesso, é fundamental que obtenhamos aquilo que está contido numa determinada caverna. E isso você pode fazer.

— Como você sabe disso?

— Eu sei, acredite. Tenho uma fonte de informações muito segura.

Olhei para a janela que dava para um gramado que terminava num bosque de plátanos e, logo em seguida, voltando meu olhar para Carlos, não pude deixar de pensar que tudo aquilo que ouvira, embora um tanto inverossímil, poderia ser verdadeiro.

— No fundo, está em jogo o próximo passo da evolução do homem no Planeta — disse Martine. — E para a humanidade acordar é necessário que algumas condições atuais se modifiquem drasticamente.

— Uma delas — *continuou Carlos* — é a revelação ao mundo de que a história do homem é muito mais antiga e de que uma civilização mais desenvolvida que a nossa já se extinguiu numa grande conflagração mundial. É o que se pretende evitar que ocorra uma segunda vez, pois estamos correndo o mesmo risco como civilização. Por isso, neste momento, as perspectivas são a retomada da evolução interrompida há mais de 12.000 anos, ou a volta a um estado de semibarbárie, se as coisas continuarem a piorar.

A solução para isso — *para obter-se o segredo que permitirá alcançar tal objetivo* — existia, segundo Carlos, intocada por milhares de anos em algumas cápsulas de tempo, de uma civilização muito antiga e já desaparecida, em vários lugares da terra. Uma dessas encontra-se numa das montanhas da Escócia.

— Como sabe disso? — voltei a perguntar.

— Por projeção mental é possível ir a quase todos os lugares deste planeta — disse Martine. — É preciso apenas treinamento. Além disso, temos provas e documentos secretos, de outras épocas, de gente que tinha dons semelhantes aos seus e lá penetraram. Muitos monges tibetanos os possuem, mas não fazem alarde disso.

— Alguns governos também sabem, há muito tempo, da existência de algumas dessas cápsulas — observou Carlos. — Muitas foram violadas por equipes militares. E embora não tenham logrado resgatar as informações dos objetos encontrados, o que descobriram lá dentro é considerado informação altamente secreta. As cápsulas mais importantes, entretanto, ainda não foram descobertas por eles.

Segundo Carlos, só havia um modo de conseguirmos entrar nessas cápsulas do tempo de modo seguro. Era através da transposição atômica do corpo.

Enquanto meu amigo falava, algumas pessoas conduzidas por André começaram a chegar ao laboratório. Eram empresários e cientistas interessados no desenvolvimento das pesquisas sobre antigravidade.

A partir daquele dia eu não precisava propriamente ser mais "convencido" da plausibilidade dos planos de Carlos, pois presenciara coisas fora do comum naquele lugar. A menos surpreendente fora ver uma barra de ferro ter seu peso diminuído ao ligarem o aparelho antigravidade no laboratório. O mais extraordinário, porém, foi ver um jovem, que eu não conhecia e que se juntou a nós mais tarde, entortar uma colher de metal, sem contato físico, com o poder de sua mente. Isso depois de fazer a agulha de uma bússola, postada a dois metros de distância, rodopiar loucamente.

Eu estava excitado com o que vira e ouvira e desejei partilhar com Débora tudo aquilo. Tinha consciência, porém, que deveria ser bastante cauteloso, pois ela podia me considerar uma espécie de lunático, o que provavelmente a faria se afastar de mim.

Surpresa em Saint Sulpice

Naquele dia frio e ensolarado de dezembro, meus olhos demoraram alguns segundos para se acomodar à súbita transição da luz de fora para a solene penumbra do interior da imensa igreja. Era a primeira vez que entrava em *Saint Sulpice* desde que chegara a Paris.

Olhando admirado a nave central, encaminhei-me na direção do corredor formado pelas cadeiras de madeira e lá me sentei numa delas para contemplar os detalhes da edificação.

Não tinha visto nada igual. Se *Notre Dame* significava para mim uma sinfonia na rocha, com sua ousada distribuição de pesos pelos arcos, contrafortes e abóbadas, além dos ornamentos coloridos das rosáceas e rendilhados das janelas, *Saint Sulpice*, naquele momento, me pareceu o lugar onde a maestria da pedra tinha chegado ao ápice. Representava a atualização das potencialidades ainda não exploradas do gótico, pois agora a pedra, além de desafiar as alturas, ganhava uma estabilidade segura e triunfante.

Iniciada em 1745 e concluída 135 anos depois, *Saint Sulpice*, com seu efeito teatral, representa talvez a mais vasta e mais bem decorada das igrejas de estilo barroco. A história de várias épocas pairava no ar. A famosa igreja acompanhara pacientemente o transcorrer de muitas gerações de homens e mulheres e passara por anos turbulentos e momentos tormentosos. Assistira à Revolução Francesa e vira passar sob seus arcos Robespierre e Bonaparte, mas contemplara também os mistérios da devoção e a serenidade dos místicos e abrigava em seu solo os restos mortais de santos como Vicente de Paula e Francisco de Salle. Victor Hugo casara-se nela e Baudelaire escrevera que em seu interior o maravilhoso o envolvia.

Não havia quase ninguém lá dentro, com exceção de um senhor, sentado bem mais adiante, com a cabeça pendida para a frente, aparentemente adormecido, e duas senhoras que rezavam sentadas na primeira fileira junto ao altar.

Minha mente estava em silêncio e eu sentia uma profunda paz naquele momento. E enquanto repousava nessa bem-vinda sensação de bem-estar, subitamente ouvi um zumbido fino e penetrante no ouvido direito. Logo em seguida avistei Darapti, com seu gorrinho verde, vindo em minha direção pelo corredor central entre as cadeiras.

Ao se aproximar, abriu um sorriso, que lhe devolvi, satisfeito. Senti uma grande alegria ao vê-lo reaparecer, depois de tanto tempo.

— Por onde andou? — perguntei, logo que ele se sentou a meu lado. Pensei que nunca mais o veria!

— Não se lembra que lhe disse que ia ficar fora por uns tempos?

— Faz tanto tempo que eu já começava a pensar que você não era mais que uma alucinação ou uma fantasia de minha mente.

— E você saberia me dizer o que, em seu mundo, não é alucinação? — disse ele, com uma de suas indagações provocativas.

— Esta igreja é bem real, não acha?

— Tão real quanto seus pensamentos — tornou ele.

— Com certeza bem mais dura que meus pensamentos. Tanto assim que entrei pela porta, pois ainda não consigo atravessar paredes, como alguém que conheço — disse, referindo-me às façanhas de meu pequeno amigo.

— Pois para mim a igreja é apenas um pensamento, e tão real quanto permito que seja — tornou ele. — Posso entrar nela de qualquer forma, em qualquer lugar. E você pode fazer o mesmo, conforme já lhe disse uma vez.

Darapti sempre me surpreendia, não só com suas aparições, mas com aquilo que dizia. Sua identidade era ainda um mistério para mim.

— Pela enésima vez, quem é você?

— Quem você quiser que eu seja — atirou ele.

— Ah, então sou eu que o faço real?

— Num certo sentido, sim. Num outro sentido, não.

— Obrigado pela resposta esclarecedora — disse eu, olhando para ele e não podendo conter um sorriso de satisfação. O baixinho estava de volta e isso me divertia!

— Num certo sentido, sou uma entidade de sua mente, mas noutro sentido sou mais real que você. Isso porque penso menos e deixo-me "ser" mais.

— Agora sim ficou claro! — observei, irônico.

Neste ponto Darapti olhou para cima, como se estivesse também apreciando a construção, e continuou:

— Quando aprender a chegar ao ponto focal de sua mente, no vazio de onde surgem todos os pensamentos, então conhecerá de fato o seu próprio poder.

— Muito fácil, né?

— Simples, mas não muito fácil, pelo menos inicialmente. Todavia, é fundamental para quem almeja penetrar nos segredos da vida e ter o domínio de seu destino.

— Mas como uma pessoa que não pensa pode ser dona do próprio destino? – questionei.

— Para escolher conscientemente as experiências e circunstâncias de sua vida não é preciso pensar — tornou ele. — É como se equilibrar em uma corda. Você precisa estar totalmente atento. O pensamento só atrapalha e o faz perder o equilíbrio porque ele existe quase sempre em função de um medo de fundo, de uma "preocupação" qualquer, de um sentimento básico de incompletude, de necessidade ou de obrigação.

— Como assim?

— O pensamento é, na maior parte do tempo, compulsivo, mecânico e repetitivo, geralmente refletindo a experiência do passado, como um eco, e quase sempre nada acrescenta de novo.

— E se ele se relacionar apenas a um desejo futuro, a um ideal, a um projeto de vida qualquer? – continuei.

— Mesmo que seja a expectativa de um bem futuro, a própria expectativa é em si mesma o reconhecimento de alguma falta, o que gera ansiedade. Por isso, para viver sabiamente e em completa paz de espírito é melhor fluir. Simplesmente fluir, pois a sabedoria do que fazer no momento seguinte brotará naturalmente. Você estará na esfera da intuição. A expectativa se transformará em "visão", em intenção dirigida a algo específico. E aí as coisas virão até você.

— Assim seja! – exclamei.

— Assim você faça acontecer – retrucou ele.

Nesse momento Darapti colocou a mão em meu braço, num gesto de afetividade não muito comum aos duendes, e observou:

— A vida no seu mundo pode ser comparada a uma longa caminhada em meio a um denso nevoeiro. Ocasionalmente o tempo melhora e você vê belas paisagens e então pensa que tudo está bem. Mas é apenas um momento passageiro. Quando a neblina volta mais densa ainda, você fica inseguro e sente medo de continuar. Mas no dia em que aprende a confiar nos próprios passos e em seus instintos mais profundos, milagrosamente seus olhos passam a ver além do nevoeiro, enxergando o ponto onde deve chegar.

— E você não pode me dar uma ajudinha para chegar a esse ponto? – arrisquei.

— Você tem sempre ajuda. Mas é preciso acalmar o burburinho da mente e saber escutar o silêncio. Então, é fácil ouvir o sussurro da sabedoria como uma brisa suave e benfazeja. Não que essa sabedoria ou essa inteligência soe sempre como uma voz interior. Muito freqüentemente ela se expressa em sinais exteriores. Porém, é preciso estar atento para reconhecer e entender a sua mensagem.

— Mas não precisei "saber escutar", nem fazer nada de especial, para falar agora com você! – disse eu, pensando em Darapti como uma forma ou expressão daquela sabedoria.

— Você pensa que não. Mas só estamos juntos aqui, nesta particular experiência, porque sua mente recuperou um estado específico de silêncio que havia perdido. Todavia, isso é apenas um começo. Há muito que conquistar, e muitos desafios a enfrentar, antes que você possa sentir-se, e ser, um mestre da vida – que é, no fundo, seu real e verdadeiro objetivo.

– Mas o que é preciso fazer para se chegar a esse ponto?

Com um brilho no olhar e uma expressão alegre ele exclamou:

– Em essência basta um sim, um *si*, um *yes*, um *oui*, um *jawohl*, um *sine*, um *ayo*, um *amém* – disse ele – *que sempre teve gosto por um certo exibicionismo lingüístico* –, com uma enfática energia na pronúncia de cada uma dessas palavras.

– O que isso significa? Um "sim" a quê?

– À vida.

Depois de fazer uma pausa e me olhar de modo expressivo, prosseguiu:

– É uma questão de confiança, de certeza... Um ato de aceitação e de afirmação incondicional de si mesmo e de rendição à vida. Somente nesse estado de consciência é possível a verdadeira religião, que é o sentimento da re-conexão com a fonte. E isso pode ocorrer aqui, nesta igreja consagrada pelo homem, ou no templo da Natureza, à beira de um lago, no frio da montanha e até no burburinho da cidade. Não importa o lugar, não importa o tempo. Quando você der o "sim" verdadeiro à vida, terá chegado onde sempre desejou, de onde na verdade nunca saiu, ainda que por um tempo tenha pensado e acreditado nisso. Terá novamente superado o tempo e entrado no momento sagrado da eternidade.

Tais palavras calaram fundo em meu coração.

Depois que ele se foi, quedei-me mais um pouco no local, ainda tomado por um profundo sentimento de paz.

Um silêncio solene reverberava pelo imenso espaço interior da igreja, perturbado ocasionalmente pela tosse de algum visitante ou por um eventual arrastar de cadeira. Levantei-me então e depois de dar um demorado passeio pelo local, observando suas várias capelas, lendo as inscrições mortuárias nas lápides do chão, onde homens e mulheres de épocas variadas e de séculos diferentes tinham sido sepultados, ganhei novamente a rua.

Pensei em Débora, que iria chegar na semana seguinte para passar dez dias em Paris, e pude detectar que misturada com a alegre expectativa de sua vinda, sentia também uma dose de ansiedade, não sabia bem por quê.

Envolvido nessa sensação, dirigi-me ao mesmo restaurante italiano, no *Quartier Latin,* em que costumava almoçar e onde já era conhecido do dono e das simpáticas garçonetes. Depois, vaguei um pouco por algumas livrarias do *Boulevard Saint-Germain* e em seguida voltei ao apartamento, onde passei o resto do dia a ler e a escrever.

Há algum tempo eu tinha esboçado o plano de um novo livro de filosofia e agora começava a tomar notas para o desenvolvimento dos capítulos. Era uma forma de me ocupar e, também, de dar vazão a uma forte e intrínseca necessidade de me expressar.

No dia seguinte, durante a meditação da tarde, subitamente penetrei uma zona escura e tormentosa do inconsciente, que me provocou um grande mal-estar.

Nas últimas semanas, minha meditação, por duas ou três vezes, chegara a atingir camadas muito profundas da mente, liberando registros de memória e emoções que eu não sonhava existirem dentro de mim. Agora, porém, a experiência havia sido ainda mais forte. Em certo momento senti-me dominado por um medo profundo e visceral que me dava a nítida impressão da iminência de minha própria morte.

Tal sensação foi aos poucos aumentando até que, por volta das 8 horas da noite, após fazer um grande esforço para superá-la, e não obtendo sucesso, resolvi me deitar e tentar dormir, mas não consegui conciliar o sono. Tinha a impressão de que, se adormecesse, a respiração pararia ou alguma coisa desconhecida e maligna poria fim à minha existência.

Naquele momento, não havia ninguém a quem pudesse recorrer. Carlos, André e Martine estavam fora de Paris.

Depois de me virar no leito por quase uma hora, por fim levantei-me, fui à cozinha, tomei um tranqüilizante que trouxera comigo do Brasil, caminhei até a sala e liguei a televisão. Todavia, a tentativa de me distrair não adiantou. Voltei então à cozinha, cortei algumas fatias de queijo e abri uma garrafa de vinho e retornei à sala.

Após beber quase todo o conteúdo da garrafa, decidi ir até *Saint Sulpice*, a cerca de dois quarteirões do apartamento. A noite estava fria e uma pesada e inusual neblina cobria a cidade.

Fiquei dentro da igreja por quase uma hora e, por momentos, consegui me acalmar um pouco. Quando as suas portas estavam sendo fechadas, fui assaltado por uma nova onda de medo.

Três pessoas saíram à rua na minha frente e seguiram até a praça, desaparecendo em meio à neblina. Não me restava outra alternativa senão voltar ao apartamento. Mas isso me pareceu impossível. Alguma força misteriosa me impedia de retornar para lá. Parecia que uma espécie de espectro maligno estava à espreita logo adiante naquela direção. Senti-me completamente perdido e não sabia o que fazer, nem para onde ir, até que, movido por um forte impulso, me encaminhei para o *Jardin du Luxembourg*.

A neblina tinha baixado ainda mais e somente permitia a visão de alguns metros à frente. Parecia que eu me movimentava em meio a um sonho nebuloso.

Assustado com os ruídos que ouvia na rua, um suor frio começou a escorrer pelo meu rosto. As pernas fraquejavam e a visão tornava-se nebulosa. O coração batia num ritmo forte e descompassado.

Quando finalmente cheguei diante de um dos portões do jardim, que estranhamente encontrava-se entreaberto, empurrei-o e entrei.

O local, quase completamente escuro, tinha apenas alguns postes acesos.

Não atinava com o motivo pelo qual agia daquela maneira, mas tinha a sensação de que não era mais dono de mim mesmo. Avancei, então, impelido por uma força que eu não conseguia resistir. Sentia a morte rondar por perto. Não sabia se estava em jogo minha vida física ou minha sanidade mental. As possibilidades pareciam ser enlouquecer ou morrer.

Enquanto caminhava, ouvi de repente um ruído logo atrás e, assustado, ao virar rapidamente a cabeça, vi surgir da densa neblina uma figura vestida de negro, com um capuz que lhe escondia a face. "Isso não pode ser real", pensei. Mas se não era real, tinha o efeito de um pesadelo. Quis correr, mas minhas pernas estavam pesadas. Pareciam que arrastavam algum peso pelo chão.

Nesse instante um rugido abafado reverberou no ar e senti um arrepio percorrer minhas costas e eriçar os cabelos da nuca. Nunca sentira tanto medo em minha vida. Chamei mentalmente Darapti. Intimamente, porém, sabia que não podia contar com ele naquela circunstância. Percebi que não havia escapatória de um confronto com uma entidade desconhecida que estava na iminência de me alcançar. Era como se tudo o que temia, consciente ou inconscientemente – *a própria essência do medo* –, tivesse tomado forma.

O som de passos explodia logo atrás de mim nos seixos do piso molhado e quando tudo me parecia perdido, no ápice de meu desespero e da falência de minhas forças, vi um vulto de bata e capuz brancos sair da neblina logo à frente e partir para cima da figura de negro. Travou-se então um renhido combate. Uma luta com punhais prateados, que faiscavam no entrechoque dos golpes desferidos e aparados.

Instantes depois apareceram mais duas figuras, surgidas da noite escura, que atacaram o vulto branco, numa roda de combate em movimento, numa espécie de dança mortal.

Em certo momento, um deles virou-se e avançou em minha direção, enquanto os seus companheiros retinham o adversário. Um súbito impulso percorreu meu corpo e me atirei contra suas pernas, derrubando-o nos pedregulhos do chão. Corri então para pegar um pedaço de cano caído ao lado do banco próximo, enquanto meu agressor se levantava e vinha novamente ao meu encontro. O guerreiro de branco, que tinha se desvencilhado de seus atacantes, partiu também em nosso rumo, atingindo o meu perseguidor no ventre com o punhal, fazendo-o tombar novamente. Nesse instante, os outros dois, já refeitos dos golpes sofridos, partiram para cima de nós. Um correu e atacou o meu defensor e o outro veio direto para mim. Vi-o aproximar-se como se fosse num filme em câmara lenta e quando lançou o braço com a adaga bem na direção de meu peito, aparei o golpe com o bastão que acabara de apanhar, mas perdi o equilíbrio e caí de bruços em cima do banco. Ao começar a me virar para enfrentá-lo, senti um baque nas costas e pude ainda ouvir a lâmpada do poste estourar. O ar me faltou e perdi a consciência.

Ao voltar a mim tremendo de frio, não sei quanto tempo depois, não havia mais ninguém no parque, apenas o silêncio e a neblina. Passei a mão nas costas e não encontrei sangue. Sentia apenas uma queimação onde o golpe aparentemente me atingira.

Retornei então a casa, vagarosamente, agora sem medo. Não sabia o que tinha acontecido, mas sentia um alívio imenso. Quem havia aparecido para lutar contra meus agressores? Quem eram eles? E por que razão eu fora atacado? O que acontecera parecia tão estranho e enigmático que, naquele momento, não pensei mais nada a respeito, apenas me deixei repousar naquela sensação de alívio psicológico, apesar de sentir-me imensamente casado e dolorido, como se de fato houvesse lutado.

Ao chegar, fui diretamente para o quarto, deitei-me e adormeci calmamente.

✧

Na manhã seguinte despertei lentamente, sentindo com prazer o conforto da cama aquecida pelos pesados cobertores. Fiquei ainda um bom tempo deitado lembrando e tentando compreender o que havia acontecido na noite anterior e concluí que nossa mente era como um *iceberg*, geralmente mostrando apenas uma pequena fração de um todo muito mais amplo que se esconde nas águas profundas do inconsciente coletivo. Provavelmente eu havia mergulhado um pouco mais em suas profundezas e me surpreendido com alguma coisa que tomou um aspecto ameaçador. Não sabia o que tinha sucedido, e se ocorrera de fato algum risco físico. Mas o que eu sentira tinha sido muito forte e me pareceu bastante real.

Quando, dois dias mais tarde, contei a Carlos, com detalhes, o que me havia acontecido, notei-lhe um ar de preocupação.

— Você sofreu um ataque psíquico de indivíduos que possuem objetivos opostos aos nossos — observou. — Sabem de sua existência e do passo que, juntamente conosco, poderá dar. Eles não conhecem sua identidade física, mas psíquica. E num momento particular em que você se encontrava vulnerável, eles aproveitaram para atingi-lo. Provavelmente o que viu foram manifestações de energia quase-materiais. Trata-se de uma verdadeira guerra mental.

— Mas o que vivenciei dentro do *Jardim* foi real, penso eu, não apenas psíquico.

— Eles não podem fazer-lhe mal físico dessa forma, mas podem perturbar sua mente. Foi o que aconteceu. Já passou. Mas é sempre preciso manter-se atento.

— E quem foi que me protegeu, lutando com os três encapuzados?

Carlos esboçou um sorriso, mas não respondeu minha pergunta. Ao invés disso, disse:

— Não se preocupe demais com isso. A partir de agora, que enfrentou seu monstro interior, o medo que estrutura a personalidade de todo ser humano, você será submetido a uma preparação e a um treinamento intensivo.

— É você que me treinará?

— Eu e também uma outra pessoa, que em breve conhecerá.

Ao ouvir aquilo, fiquei entusiasmado com o que estava por vir, apesar do que ele tinha dito a respeito de forças opostas em luta contra "nós".

— Há um grupo secreto de pessoas — prosseguiu Carlos — que têm dominado a cena por séculos, determinando o rumo da economia e da política internacionais. Representam forças e interesses contrários ao desenvolvimento da consciência da humanidade. Os meios de comunicação, que são o instrumento utilizado para controlar as informações e condicionar as mentes da população, estão quase todos em suas mãos, e eles farão tudo para impedir que nossas pesquisas venham a público e produzam alguma modificação no estado de coisas existente. Sentem-se muito confortáveis na presente situação e tentarão impedir nossos esforços para revelar à humanidade informações escondidas habilmente durante séculos, que poderão transformar profundamente a sociedade mundial.

※

Alguns dias se passaram e fui receber Débora no aeroporto. Ela estava vindo de São Paulo num vôo sem escala. Minha excitação era grande, pois pensava nela com freqüência, embora tivesse dúvidas quanto à possibilidade de um futuro para nós. Eu estava dividido entre continuar a viver em Paris, com as possibilidades que se abriam para mim, e voltar ao Brasil para tentar uma vida com ela.

Quando chegou e finalmente nos encontramos, abraçamo-nos demoradamente, mas notei que ela estava um pouco tensa, apesar da alegria em me ver.

Durante o trajeto para o hotel, quando lhe perguntei se tudo estava bem, Débora contou-me que se sentia um pouco culpada por ter deixado os filhos em Porto Alegre.

Abracei-a e disse para relaxar e aproveitar o passeio, pois seus filhos estavam em boas mãos.

Ao chegarmos ao hotel, no Boulevard Saint-Germain, e antes que ela se registrasse, perguntei-lhe se não queria ficar no apartamento de Carlos, que era espaçoso e bem localizado. Ela agradeceu, mas disse que não se sentiria à vontade.

– Podemos dar um passeio pela cidade – propus a ela. É cedo ainda. Deixe suas coisas no quarto e vamos sair.

– Está bem, mas antes preciso de um bom banho para relaxar e me recuperar um pouco da viagem. Estou um pouco sonolenta ainda.

– Então voltarei daqui a duas hora, está bem?

– Ótimo, assim terei tempo de organizar minhas coisas e estarei em forma novamente.

Mais tarde, quando voltei ao hotel, encontrei-a na recepção lendo uma revista. Ela parecia melhor, mais descontraída. Contou-me que telefonara para as crianças, que tinham acabado de acordar, e tudo lhe pareceu bem.

– Então vamos, Paris a espera – disse, pegando sua mão e a puxando para a saída.

Tomamos um táxi e fomos diretamente até a torre Eiffel.

Esperamos alguns minutos na fila e depois subimos ao Mirante, que, de seus 320 metros de altura, num dia claro como aquele, poderia nos proporcionar uma visão de mais de 70 quilômetros de distância. E, de fato, foi o que aconteceu. Lá de cima fomos brindados com uma espetacular vista aérea da cidade.

Um pouco mais tarde, descemos até o restaurante Jules Verne para almoçar. O garçon serviu a entrada e pedi um bom vinho para comemorar nosso reencontro.

Em certo momento, quando propus que passássemos esses dias juntos no hotel, ela pegou minha mão e beijou, confessando que tinha receio da reação dos familiares quando soubessem que estava comigo em Paris. Pensavam que tivesse ido a Paris a fim de participar de um congresso de psiquiatria – que começava no dia seguinte e que duraria quatro dias. Ninguém desconfiava que estivéssemos envolvidos. Era certo que ela iria me encontrar na cidade. Afinal, éramos primos. Nada mais natural. Mas o maior problema era o ex-marido. Apesar de estarem separados, sua atitude com ela era ainda muito possessiva e ciumenta, quase sempre controlando seus passos. Ele não sabia que eu estava em Paris e Débora temia que tentasse tirar-lhe a guarda dos filhos se soubesse que havia qualquer coisa entre nós.

– Ninguém precisa saber de nós por enquanto – disse eu, tentando tranqüilizá-la. – E aqui estamos bem distante deles.

– Mas até quando terei de mentir?

– Não é preciso mentir, apenas omitir. Não dar satisfações. Mas não pense mais nisso agora. Esqueça um pouco o Brasil. Viva inteiramente em Paris nesses próximos dias.

– Prometo que tentarei.

Ao terminarmos o almoço, ela estava bem mais relaxada e tranqüila.

Em seguida, fomos de metrô até a *Ile de la Cité*, onde a levei a *Notre-Dame* e *Sainte-Chapelle*.

Nos próximos dois dias, depois de encontrar Débora quando saía do congresso, passeamos pela cidade e jantamos juntos. No terceiro dia, Carlos preparou um jantar especialmente para ela, num clima descontraído e alegre, ocasião em conheceu André e Martine, com quem pôde praticar um pouco o seu francês.

Carlos empenhou-se em deixá-la à vontade e falou da França e de locais não muito visitados pelos turistas que vinham a Paris e que valiam a pena ser conhecidos. Disse que uma ida até Chartres era imprescindível, opinião com a qual concordamos. Eu mesmo não conhecia a cidadezinha, nem a sua famosa catedral

Durante o almoço, no dia seguinte, Débora me informou que estava livre a partir dali, pois os temas que seriam abordados durante a tarde no congresso não lhe interessavam.

– Que bom – disse eu. – Teremos então seis dias completos para aproveitar.

– É pouco, mas melhor que nada – comentou ela.

Concordei com a cabeça e com um sorriso de satisfação.

Ao me perguntar o que eu tinha feito em Paris antes de sua chegada, respondi que estudava francês, meditava e aprendia algumas outras coisas com Carlos.

Ela sorriu.

– Que outras coisas?

– A história é um pouco longa – suspirei. – Temo que se lhe contar tudo você deixe de me considerar um namorado e passe a me olhar como um paciente.

– Experimente – brincou ela. – Tenho a mente aberta e estou bastante curiosa.

Pedi ao garçom mais uma garrafa de vinho, pois aquilo ia render.

Relatei-lhe então quase tudo o que eu tinha vivido, visto e ouvido desde que chegara. Narrei-lhe com entusiasmo minha ida ao castelo de André, fora da cidade, onde encontrara o físico brasileiro Francisco Merano e da experiência que realizara no laboratório. Falei também do rapaz que havia entortado objetos metálicos com a força do pensamento.

Ao contrário do que esperava, Débora mostrou-se bastante interessado, não demonstrando incredulidade.

— E o que você está apreendendo com Carlos?
— A conhecer minha mente. Você não sabe ainda o nível de desenvolvimento a que ele chegou — observei. — Já o vi fazer coisas incríveis.
— O que, por exemplo?
— Manter um objeto no ar sem interferência de nenhum instrumento físico.

Foi o que vi, por acaso, no dia anterior à chegada de Débora a Paris, quando entrei subitamente em casa e surpreendi Carlos fazendo uma pequena bola oca de metal flutuar a uns 10 centímetros acima da palma de sua mão direita.

— Tem certeza que não foi um truque? — indagou Débora.
— Absoluta certeza. Eu vi, mas quase não acreditei. Depois ele me explicou que não era o único do Grupo que podia fazer aquilo. Disse que cada pessoa tem um dom diverso, que torna mais fácil o desenvolvimento de um poder específico, embora, em princípio, possamos despertar muitos outros, pois a mente é tudo. É ela que constrói o próprio mundo em que vivemos. Mas é preciso aprender a treiná-la e conhecê-la, descobrindo seus segredos e explorando seus recessos desconhecidos.

Aliás, era isso que tinha começado a acontecer comigo. O evento do *Luxembourg* provavelmente era um início desse processo.

— Muito interessante o que você está me contando — observou ela. — Gostaria muito de participar disso tudo.

— Então fique mais por aqui. Quem sabe o que pode acontecer!?
— Ah, se pudesse, bem que ficaria.

Nesse momento senti vontade de contar a Débora sobre Darapti, mas não tive coragem. Pensei que poderia ser demais para ela. Embora já tivesse ouvido falar dele como um ente de minha imaginação infantil, certamente acharia uma loucura se eu lhe dissesse que ainda acreditava em duendes e conversava com um deles.

✧

Chegamos a Chartres de trem no início da tarde. A primeira impressão foi muito boa. Deixamos a estação e nos dirigimos diretamente à catedral, que não ficava longe. Era um monumento impressionante, visível a quilômetros de distância, pois se situava numa elevação de terreno que a fazia sobressair sobre todas as outras construções.

À medida que caminhávamos pela cidadezinha, nossa primeira impressão foi se confirmando. Ela era encantadora. Pensei que podíamos ficar um dia inteiro por lá e retornar a Paris somente no dia seguinte. Eu já tinha previsto essa hipótese e trazido comigo, na pequena bolsa a tiracolo, além da máquina fotográfica, alguns objetos de uso pessoal. Provavelmente Débora fizera o mesmo, pois antes de viajarmos havíamos falado nessa possibilidade.

Ao entrarmos no amplo recinto da igreja, fui tomado por um sentimento de reverência. Quanta arte, quanto trabalho e dedicação, de gerações e gerações, havia naquelas pedras! As rosáceas e os vitrais filtravam uma fraca luz de inverno que deixava o majestoso interior da igreja parcialmente na penumbra, com exceção de alguns pontos privilegiados. O que parecia aumentar ainda mais a solenidade e imponência do ambiente pelo contraste entre luz e sombra provocado.

Débora caminhou vagarosamente pela imensa nave central, encimada por uma grandiosa abóbada, e sentou-se em uma das cadeiras de madeira. Fiquei a seu lado por algum tempo.

Depois de percorrermos cada recanto do piso térreo, com a sacristia e as diversas capelas, descemos até a cripta, onde ficam o panteão de São Lubin, a capela de *Notre Dame de Sous-Terre* e o famoso *Puits des Saint Forts*. Depois, propus a exploração da parte de cima – as torres da catedral. Débora, porém, preferiu quedar-se mais um tempo lá embaixo, para rezar, pois algo naquele santuário a havia tocado profundamente. No entanto, estimulou-me a prosseguir.

Após cumprir a primeira parte da ascensão, subindo pela escada do braço norte do transepto, segui até o pórtico da torre esquerda pela passagem existente entre os sólidos arcobotantes e o começo do imenso telhado verde. Lá de cima a cidade parecia saída de um conto de fadas, com seus telhados impecáveis e coloridos, todos com ângulo acentuado, feitos para suportar a neve.

Comecei então uma nova escalada, por uma escada estreita em caracol. Eu era a única pessoa por ali àquela hora.

Depois de uma cansativa subida, qual não foi minha surpresa quando vi Darapti no alto da torre. Meu coração, já com o batimento alterado pelo esforço, disparou, parecendo que ia saltar pela garganta.

– Por que tanta surpresa? – indagou o baixinho, com um sorriso nos lábios.

– Que pergunta! Sempre gosto da surpresa de encontrá-lo, mas às vezes você aparece em momentos inoportunos. Levei um baita susto. Não dava para esperar eu descansar um pouco?

– Nunca se esqueça de estar com a mente sempre focada no presente. Dessa forma não será surpreendido por nada.

– Isso deve ser fácil para seres como você. Eu sou um simples humano que às vezes se assusta. Mas mudando de assunto e aproveitando que está por perto, explique-me por que sempre que entro em alguma dessas catedrais góticas sinto algo muito forte, como se estivesse numa outra atmosfera, num outro mundo. Débora parece sentir a mesma coisa.

– Muitas dessas igrejas, assim como diversos sítios megalíticos, estão em pontos energéticos especiais, numa malha que envolve todo o planeta.

São portais que possuem uma ligação entre si. E você, intuitivamente, busca contato com eles porque se sente bem dentro de sua influência. Após um adequado treinamento, um dia será capaz de usar essas conexões energéticas para se transportar.

– Mas como poderei fazer isso? Não sou igual a você!

– Você pode me tocar, não pode? Aparentemente sou tão sólido quanto você, quando assim o desejo...

– Mas há uma grande diferença, não há?

– Sim. Conheço minha mente e a uso como um instrumento afinado de minha vontade. E quando começar a adquirir controle sobre a sua própria mente, que vem com o conhecimento das várias dimensões e potencialidades que ela possui, se abrirá um amplo campo de possibilidades diante de você. Entre eles o uso dos canais energéticos existentes na Terra, conhecidos por alguns como *ley lines,* que ligam uma miríade de pontos na malha energética do planeta. São como os meridianos ou pontos de acupuntura do corpo humano.

– Quer dizer que poderei desaparecer num lugar e reaparecer em outro muito distante?

– Sim. Mas para isso será necessário antes que desenvolva seu dom, uma característica toda sua – *e também de algumas outras pessoas* – de modificar o padrão de freqüência da matéria de seu corpo para conseguir desmaterializar-se e materializar-se. Somente depois disso, após dominar relativamente bem essa técnica, será seguro usar os portais. Antes disso, é muito arriscado, pois se não alcançar o nível necessário, sua energia poderá ser sugada completamente durante o transporte, o que possivelmente o levará à morte.

– E como serei treinado; quem me treinará?

Darapti sorriu.

– Um passo a cada vez. Não se apresse. Tudo virá a seu tempo.

– E para que desenvolverei essa capacidade?

– Você não quer expandir seu poder pessoal, progredir no domínio de suas potencialidades?

– Sim, quero. Acho que esse é o desejo de todo ser humano.

– Aí está sua resposta!

– E onde estão esses outros portais? – indaguei, curioso sobre o que Darapti me havia falado um pouco antes.

– Como disse, estão espalhados em todo o planeta. Geralmente os sítios megalíticos assinalam a existência de algum portal, ou *"wormhole"*[9],

---

9 Que pode ser traduzido como "buraco de minhoca".

como chamam alguns de seus cientistas, conectados pelo hiperespaço instantaneamente. Os antigos sabiam da existência desses pontos de energia, mas essa informação foi perdida com o tempo.

— E tais pontos de energia são grandes e abrangem toda a construção ou estão localizados num ponto específico? — perguntei.

— Há um ponto específico de imersão, que nos sítios megalíticos circulares fica no centro, e em algumas catedrais estão situados nas capelas ou nas sacristias. Não era incomum os construtores erigirem suas igrejas em locais de antigos cultos pagãos, como aconteceu em Chartres. O poço que existe na cripta, lá embaixo, está no centro de um portal. Em outras igrejas o portal se localiza entre as paredes, ou entre a fundação e o térreo, ou mesmo no subsolo. Mas há portais e portais. Uns ligam as malhas energéticas do planeta, outros são portais dimensionais, que são entradas para outras realidades paralelas, e outros, ainda, possuem essa dupla função. A Grande Pirâmide, no platô de Gizé, é uma delas, assim como Stonehenge no sul da Inglaterra.

— Por que está me dizendo tudo isso?

— Talvez porque um dia você precise de tais informações. Tudo está relacionado com o seu processo de despertar, que lhe dará acesso — *se você resolver despertar!* — a outras dimensões de seu próprio ser e, conseqüentemente, de outras dimensões da chamada realidade, pois uma coisa está relacionada à outra. Agora vá. Há alguém lá embaixo que o espera.

Nossa conversa terminou aí.

Quando deixamos a igreja, Débora parecia animada e feliz. Ela queria tomar um chocolate quente, pois estava com frio.

Sentamos à mesa ainda sob o impacto das impressões vividas dentro da catedral. Estávamos alegres e tomados por um estranho entusiasmo. Talvez por isso, decidimos ficar na cidade até o dia seguinte.

Depois de andarmos um pouco, encontramos um hotel que nos agradou. Débora aproveitou para tomar um banho, enquanto eu a esperava no saguão. Quando ela desceu, foi minha vez.

Ao retornar, saímos para um passeio e depois fomos jantar.

Achamos um local apropriado e pedimos salmão com vinho. Foi o começo de uma noite muito especial. Aos poucos formou-se um clima romântico muito intenso entre nós e, ao final do jantar, eu ardia de paixão por Débora.

Paguei a conta e voltamos vagarosamente ao hotel. Apesar do frio que fazia, estávamos aquecidos pelo vinho e pelo amor que sentíamos um pelo outro.

Foi uma pequena caminhada, mas imensamente emocionante e reveladora para mim, pois durante o percurso Débora confessou que sempre havia me desejado e me amado, mas que fizera tudo para afastar essa tentação de sua mente e de seu coração. Achava impossível qualquer envolvimento comigo. Afinal, éramos primos, e durante algum tempo fomos criados quase como irmãos. Pensava que minha mãe nunca aceitaria uma relação entre nós. Por isso teve de abafar seu desejo por mim. Houve um tempo que acreditou ter conseguido, mas agora ela não queria, nem podia resistir. Foi o que, deliciado, a ouvi me dizer.

Chegando ao hotel, pegamos a chave do quarto e subimos. O aposento era amplo, bem decorado, com uma cama de casal espaçosa, uma mesa e duas poltronas. Naquele momento Débora não estava mais restringida por nenhuma contenção mental, por nenhum receio ou dilema. Estava livre, alegre e ansiando meus carinhos.

Ajudei-a se despir, e ela a mim, olhando-nos freqüentemente nos olhos.

Quando finalmente a vi nua em minha frente, com seu corpo bem feito e a pele branca como o mármore, que contrastava com os cabelos negros que lhe caíam sobre os ombros, tive um sobressalto.

Toquei seu rosto e deslizei minhas mãos pelo pescoço até alcançar seus belos seios. Em seguida beijei-a e fui calorosamente correspondido. Levei-a então para o leito, onde consumamos nosso amor. Depois, tomamos um delicioso banho quente na banheira. Mas a noite não terminou aí. Ela se estendeu por muito mais tempo, até que, cansados e felizes, adormecemos na cama abraçados um ao outro.

Foi uma noite de sonhos, na qual selamos um compromisso para o futuro, sem palavras, sem contratos, mas em total comunhão.

No dia seguinte, um pouco depois de acordarmos, Débora recostou-se em meus ombros e falou um pouco mais a respeito de nós dois:

– Nunca deixei de pensar em você durante todos esses anos. Às vezes eram lembranças de conversas que tivemos a respeito de suas inquietações existenciais e sobre o significado da vida, assunto que tanto o interessava. Outras vezes, porém, apenas sentia saudades. Nessas ocasiões, era tomada por uma espécie de remorso por ter fugido de um envolvimento com você. Não imagina como pensei em procurá-lo, mas faltou-me coragem. Além do mais, o que poderia lhe dizer? Nossas vidas haviam tomado rumos diferentes, e, pelo que sei, ao contrário de mim, você era feliz com Anete.

– Sim, fui feliz com Anete. Mas ela veio depois... E você, se me queria como diz, por que então se afastou de mim? Não sabia do meu amor por você?

– Naquela época éramos jovens e imaturos. Achei que tudo não passara de uma simples aventura para você. Talvez apenas uma "paixonite" que logo passaria. Além do mais, só de pensar em ser a causa de um constrangimento familiar me assustava.

— E como pôde esconder tão bem seus sentimentos? — perguntei. — Confesso que muitas vezes cheguei a sentir raiva de mim por desejá-la tanto e, o que é pior, já sabendo que você estava envolvida com outra pessoa.

— Quando conheci Eduardo, achei que pudesse ser feliz com ele — explicou Débora. — Entrei na relação cheia de boas intenções, convicta de que qualquer envolvimento com você seria uma espécie de pecado. Chegamos até a ser felizes por algum tempo, mas, por mais que tentasse, nunca estive inteira ao seu lado. Era como se alguma coisa não se encaixasse. E acho que ele percebia isso, pois aos poucos foi sendo dominado por uma forte insegurança, o que o levou a sentir um ciúme quase doentio de mim. Reconheço que ele também sofreu muito nesta história, pois nunca fui a companheira que esperava que eu fosse. Bem, o resto você já sabe...

— Hoje é um novo dia, e um novo tempo começa agora para nós — disse eu. — Talvez esse afastamento tenha sido benéfico. Vamos pensar nele como um período importante para o nosso próprio crescimento. Agora venha, vamos sair um pouco e passear por aí. Tenho muito que lhe contar. Gostaria de dividir com você algumas experiências inusitadas que tenho vivido e, também, falar de um amiguinho muito especial que volta e meia me visita e as coisas estranhas e maravilhosas que diz, e faz...

De volta a Paris, passamos o resto de sua estada no apartamento de Carlos, que tinha insistido conosco para que fôssemos para lá durante sua viagem a *Chamonix*.

Débora falava todos os dias com as crianças e manteve-se tranqüila por saber que estavam bem.

No aeroporto a despedida foi triste, pois não sabíamos quando iríamos nos ver novamente. Não tínhamos planejado nada. No final do mês seguinte eu pensava em ir rapidamente ao Brasil, onde, talvez, pudéssemos ficar algum tempo juntos se as circunstâncias permitissem. Mas isso dependia do curso dos acontecimentos em Paris.

Treinamento

"Mestre Zhou" era como os alunos o chamavam.

Encontrei-o pela primeira vez, cerca de duas semanas depois que Débora voltou ao Brasil, quando Carlos e André me levaram para conhecê-lo na academia onde ensinava artes marciais, o *wu-shu*, também conhecido como *kung-fu*.

Ele costumava usar um quimono cor de laranja, quase vermelho, e era magro, baixo e tinha a cabeça inteiramente raspada. Sua idade era indefinida. Apesar do cavanhaque grisalho, não havia uma ruga sequer em sua face.

Logo que o vi, senti uma estranha familiaridade, embora tivesse certeza que não o encontrara antes.

Ninguém sabia muito a seu respeito, a não ser que tinha vindo da China no início da década de 50, e desde então morava na França. Era, supostamente, um monge shaolin. Recebia regulares visitas de outros mestres, das mais variadas linhagens, que o tratavam sempre com profunda reverência. O *roshi* Shunryu, mestre Zen de Carlos no Japão, fora discípulo de Zhou na China, antes da revolução comunista, e esta fora a razão pela qual o próprio Carlos tinha ido para Paris. Ele era discípulo de mestre Zhou já há muitos anos.

Vendo-o com seus alunos – *sentado num canto da academia* – fiquei impressionado. Apesar da pequena estatura e da compleição franzina, na luta ninguém ficava muito tempo de pé diante dele. Um ataque de três ou quatro dos melhores alunos da academia, também não demorava para acabar, com todos sendo jogados ao chão em questão de segundos. Mesmo Carlos, que era, como soube naquele dia, o seu principal discípulo em Paris, e um dos mais graduados, não era páreo para ele, seja na luta corpo-a-corpo, seja na luta com espadas. Todavia, ninguém mais conseguia derrotar o meu amigo.

Depois de despachar um grupo de alunos para o tatame com um sorriso nos lábios, explicou que não era com o corpo, mas com a mente, que ele lutava, canalizando o *ki* ou *chi (como ele próprio denominava)*, a energia da vida que habita em nós, para as sua extremidades. Falou também que seus movimentos não eram conduzidos por nenhum impulso agressivo. Ele apenas se defendia dos golpes recebidos, dançando com a energia que fluía em seu corpo.

Quando a aula já se findava, mestre Zhou disse aos alunos novos, em seu francês com sotaque, mas perfeitamente inteligível:

– A arte marcial é antes de tudo um treinamento mental. O corpo constitui apenas um apêndice de nossa mente. Se esta estiver treinada, o corpo seguirá suas instruções. Isso não significa que não devamos treinar também o corpo e torná-lo saudável com bons hábitos alimentares e exercícios. Mas é uma complementação. O mais importante é a disciplina da mente. Uma vez que esta seja dominada, não haverá mais agressão, mas defesa efetiva com a utilização da energia e o movimento do adversário contra ele próprio, para tirá-lo da rota de ataque.

E concluiu:

— Assim como a pintura e a música são artes que exigem treinamento e dedicação, assim também o domínio da mente, que é uma arte, requer técnica, dedicação e esforço. Ela é a mais elevada das artes, a arte suprema, pois todas as outras podem ser obtidas a partir dela e o seu domínio permite ao praticante, em última instância, o conhecimento e o uso das leis da chamada realidade material, que são um reflexo das leis da própria mente.

"Já ouvi algo semelhante de Darapti", pensei. "Será coincidência? Todos falam a mesma coisa, às vezes com palavras distintas. Seja o que for, é isso o que busco para mim mesmo. Quero conferir se é possível."

⁂

O Mestre chinês ensinava basicamente o *wu-shu* interior, com ênfase no desenvolvimento interno, no controle da respiração e no manejo da energia *chi*. Todavia, não descuidava também do kung-fu exterior, baseado no condicionamento físico e na força.

Tornei-me seu discípulo naquela tarde, depois que a aula terminou, e passei a participar, a partir de então, de um currículo especial com mais cinco pessoas do "Grupo".

Havia muitas técnicas, uma delas constituía-se numa espécie de meditação em movimento, uma forma de dança circular que imitava vários golpes do kung-fu. Fazíamos também outros tipos de treinamento, o mais divertido deles era o uso do arco-e-flecha. Tínhamos de dominar essa arte até poder atirar com os olhos fechados e acertar o alvo. Era, sobretudo, um exercício para desenvolver a intuição e também a autoconfiança.

A visualização constituía uma parte específica de meu próprio treinamento para o uso do "dom" que possuía. Eu tinha de desenvolvê-la até o ponto de poder me movimentar tão facilmente num cenário imaginado como poderia fazer num ambiente real. Mas, para isso, minha mente tinha que estar treinada na observação e na atenção.

Pelo menos três vezes por semana, durante os próximos dois anos, nos encontrávamos para meditar e treinarmos juntos.

Aos poucos fui sentindo um palpável progresso.

Mestre Zhou mostrava-se freqüentemente alegre, chistoso, provocativo e nos surpreendia com uma série de brincadeiras.

Ensinava que não devíamos ter opiniões rígidas sobre as coisas, pois nossa perspectiva estava sempre mudando, à medida que crescíamos e evoluíamos. Outras vezes dizia que a vida era, no fundo, uma brincadeira. E era preciso lembrar-se constantemente disso para aprender a gozá-la apropriadamente.

Ele parecia, a maior parte do tempo, uma criança alegre. Quando cometíamos erros por falta de atenção, tínhamos que imitar algum animal, ou pessoa conhecida, na frente dos demais. Em algumas ocasiões, no entanto, era rigoroso e nos pregava duras peças. Depois nos presenteava com bombons. Até quando ensinava coisas sérias e profundas, o fazia com bom humor, embora também tivesse momentos de introspecção. Vi algumas vezes lágrimas escorrerem por seu rosto durante a meditação. Não sei se de tristeza ou de beatitude.

Geralmente Mestre Zhou era muito frugal, e podia ficar dias sem comer, como acontecia durante os treinamentos intensivos que geralmente se estendiam por mais de uma semana. Todavia, às vezes nos surpreendia chamando-nos para comer pizza com coca-cola ou comer uma macarronada com vinho.

Carlos dizia que ele agia assim para quebrar nossa rigidez mental e evitar que tivéssemos qualquer tipo de condicionamento ou opinião fixa sobre as coisas. Mesmo porque, para Zhou, nenhum alimento fazia mal. Ele transmutava tudo que ingeria, fosse um bocado de broto de feijão ou um pedaço de pizza com coca-cola. Disse também que o Mestre sabia como deter o processo de envelhecimento, e essa era a razão pela qual, apesar de ter muitos e muitos anos *(ele não sabia quantos),* não apresentava nenhum sinal de envelhecimento, com exceção da barba grisalha.

Meu amigo Carlos, que não havia mudado nada nos mais de dez anos em que nos conhecíamos, provavelmente tinha chegado a esse mesmo estágio. Todavia, se Carlos me impressionara com a levitação de uma bola de metal, nas meditações que fazíamos em comum era relativamente normal ver mestre Zhou pairar acima do solo cerca de 20 centímetros ou mais. Uma vez levei um susto ao avistá-lo flutuando perto do teto da academia.

Apesar dessas façanhas, para ele não havia limites também para o que poderíamos fazer, desde que aprendêssemos a nos conhecer e seguíssemos corretamente seus ensinamentos, como ele seguiu as orientações de seu mestre.

— Quando vocês chegarem, um dia, ao centro de si mesmos e se tornarem mestres dos próprios pensamentos, conhecerão um estado de repouso e de paz permanente — observou Mestre Zhou, uma ocasião em que falava sobre até onde o ser humano poderia chegar no caminho de seu autodesenvolvimento. — Continuarão humanos, sentindo dor e fome, mas isso não os perturbará mais. Aliás, o que passam a sentir quase constantemente é a alegria de ser e de existir. Começou a maestria. A sabedoria flui de seu interior e se espraia pelo mundo. Mas isso obviamente não é o fim. Há ainda um caminho infinito pela frente.

E depois de uma pausa, concluiu:

— A maestria é um processo que nunca termina, pois é um permanente "tornar-se" sempre mais, à medida que aprendemos a desenvolver nossa potencialidade, que é infinita. Por essa razão não devemos ser pretensiosos, mas humildes, reconhecendo, porém, o nosso próprio valor como uma inestimável e preciosa expressão da vida.

※

Não há espaço aqui para descrever tudo o que aconteceu nos dois anos que passei treinando. Direi apenas que aos poucos, com a meditação e os exercícios que fazia diariamente, quase sempre sob a supervisão de Carlos e de Mestre Zhou, fui adquirindo progressivo controle sobre minha mente, até que comecei a despertar e utilizar a energia *chi*. Ela se manifestava às vezes como um calor na base da espinha, que depois se espalhava pelas pernas e pelo tronco, e, também, como uma espécie de corrente elétrica que atravessava a coluna e ia até o topo da cabeça. Martine e André progrediam, também, no desenvolvimento de seus "dons".

Quando o processo se estabilizou no centro do peito, região que se tornou bastante ativa com o tempo, senti que começava a controlar um pouco o fluxo da energia, fazendo-a espalhar-se por todo o corpo ou direcionando-a para uma parte dele. E isso continuou até um dia que, seguindo as orientações de Zhou, e com sua assistência, consegui elevar o padrão vibratório do meu corpo e mantê-lo assim por alguns segundos. Foi quando pude sentir perfeitamente um campo de força se formar em torno dele.

Com esse controle, comecei minhas primeiras tentativas de atravessar paredes. Mas somente obtive sucesso quando consegui estabilizar e manter a energia *chi* num determinado nível vibratório.

Um tempo depois, começava a ensaiar a "teleportação". Começou com poucos centímetros de cada vez e foi gradativamente aumentando, até que, quase no final dos dois anos, já alcançara cerca de 5 metros em área livre. Diferentemente do processo anterior, esse exigia uma súbita concentração de energia em todo o organismo.

Lembro-me da primeira vez que me transportei através de uma barreira. Uma onda de energia percorreu minha coluna e espalhou-se por cada célula de meu organismo e, imediatamente, senti meu corpo se dissolver e expandir para, em seguida, contrair-se novamente em sua forma original do lado de fora do prédio da academia.

Todas essas coisas ocorreram somente depois que consegui entrar no estado de "fluxo", obtido a partir do mais absoluto silêncio mental. Essa era a condição imprescindível para que conseguisse efetuar o deslocamento espacial.

Logo no início do treinamento Mestre Zhou nos descreveu rapidamente os estágios de consciência pelos quais iríamos passar durante o treinamento.

– Vocês verão que após aprenderem a ficar atentos ao momento presente, começarão a desenvolver um tipo de consciência periférica, na qual perceberão os objetos à sua volta de uma forma bastante real. Num estágio posterior, mas não por muito tempo, conseguirão entrar num nível mais expandido, em que se sentirão no centro de uma esfera de consciência em expansão. E é a partir daí que poderão sentir-se no "estado de fluxo", quando passam a fluir com a própria energia da vida. Isso pode durar apenas uma fração de segundo ou estender-se por muito mais tempo. Dependerá de seu empenho e motivação. E ao atingirem essa condição, mesmo que por breves momentos, terão capacidade de começar a controlar voluntariamente a energia *chi*.

– Há uma semana que tento arduamente silenciar a mente e não consigo – observei. – Quanto mais esforço eu faço, parece que mais difícil se torna alcançar o que pretendo. Há alguma técnica que facilite esse objetivo?

– Ao olhar para os próprios pensamentos você os vê aos poucos desaparecerem – respondeu ele. – Essa é uma boa técnica. Mas aí novamente você perde a atenção e o borbulhar mental retorna. Todavia, com o treino e a dedicação diária, chegará um ponto em que o mecanismo de atenção tornar-se-á quase automático, fazendo com que, toda vez que estiver esquecido de si mesmo e perdido em pensamentos, perceba o que está acontecendo e volte ao estado de plena atenção.

Foi o que fiz com muita determinação, até que atingi a condição necessária ao teletransporte. E na primeira vez que consegui, Mestre Zhou me deu uma rápida explicação sobre aquele poder que eu acabara de adquirir:

– Todos nós temos uma espécie de corpo de luz, que normalmente está desativado na maioria das pessoas. Um campo de energia que é possível ativar quando se desperta os centros de poder que existem no corpo. É esse corpo luminoso que você sente como uma espécie de campo de força e que faz com que os átomos do seu organismo se transportem, não propriamente pelo espaço, mas saltando o espaço, desagrupando-se num lugar e se reagrupando noutro de modo instantâneo.

O Mestre disse também que o controle sobre a matéria comportava graus variados, desde a sua transmutação química e física, o transporte de objetos até a levitação. E que tal controle só se tornava possível porque o universo era feito de energia concentrada, ou de luz congelada, que era, em última instância, a própria consciência. Daí porque, quando expandíamos nossa mente e consciência – o ponto principal do treinamento que fazíamos –, adquiríamos a possibilidade de manipular a matéria.

Durante esses dois anos que estive em Paris voltei brevemente ao Brasil por três vezes, e lá revi meus pais e passei algum tempo com Débora. Da segunda vez que viajei para lá, nosso namoro se tornou público, e a despeito do mal-estar que causou para algumas pessoas, tudo acabou sendo superado. Encontrei-me também com Delbos e Roberta no Brasil, e uma vez em Paris. Isso aconteceu cerca de um ano e meio após ter ido para a Europa.

Fui esperá-los no aeroporto e senti muita alegria em revê-los. Roberta me contou que Delbos estava mais atuante que nunca na Câmara dos Deputados, destacando-se entre seus pares. Acabara de lançar um livro de Direito Constitucional que estava fazendo muito sucesso no meio jurídico, pela simplicidade e ao mesmo tempo profundidade da abordagem. Tê-los por perto foi muito bom e significou uma nova pausa em meu treinamento.

Durante uma semana saímos todos os dias para passear pela cidade e nos divertir.

Um dia fomos almoçar no Boulevard Saint-Michel, quase na esquina com o Boulevard Sain-Germain, e assisti com prazer Max Delbos atacar com vontade seu prato de macarrão, temperado pela fome, pelo vinho e por Paris.

Alegre com a presença de meus queridos amigos, olhando pela janela a chuva cair naquele agradável frescor de abril, fui tomado por uma intensa sensação de liberdade e bem-estar. Tudo estava ótimo. Desejei que o tempo parasse. O vinho, depois da segunda taça, me pareceu um néctar divino. Eu me encontrava alto, enlevado e em paz.

Lembrei-me então de todos aqueles meses de treinamento e de meditação e de meu empenho para alcançar a consciência do espírito, em que havia vivenciado momentos gloriosos, mas não podia negar, por outro lado, que o espírito era muito suscetível aos prazeres do corpo, e do copo, pelo menos no meu caso. Mestre Zhou certamente tinha razão quando dizia, sem nenhuma censura, que meu amor ao vinho estava atrasando meu progresso, mas afinal, eu era humano e gostava daquele líquido turvo e da sensação que provocava. Da leveza e da alegria que causava, como naquele momento; uma alegria que apenas acentuava a alegria que já me ia na alma.

Saí do restaurante embriagado e leve. Sentia-me relaxado, livre de preocupações e fluindo com o "agora". Era também uma bênção do vinho. Acompanhei meus amigos ao hotel, onde eles repousariam, e por algumas horas perambulei pela cidade, sem pressa, sem passado, sem futuro, apenas com o sagrado, infinito e eterno presente plenificando minha consciência.

Não importava muito se dali a algumas horas eu tivesse uma ressaca e a cabeça me doesse. Paciência. Era o inevitável resultado colateral do abuso cometido. Estava disposto a pagar o preço. Naquele momento eu me sentia no paraíso. Um paraíso tão bom, tão intenso quanto aquele no que às vezes eu conseguia encontrar na meditação, ou com a paralisação dos pensamentos. Aliás, naquele instante, não havia nenhum pensamento em minha mente, somente um bendito estado de percepção magnificada e de impressões multicores. Tudo estava bem. A vida era bela e rica e parecia uma brincadeira colorida, misteriosa e interessante. E eu, apenas um observador privilegiado, assistindo ao filme de uma existência que por acaso era a minha.

⁂

Duas semanas após a partida de Delbo e Roberta, pude testemunhar um outro aspecto do poder de Carlos. Aconteceu numa noite, após jantarmos num dos restaurantes italianos que costumávamos freqüentar, quando voltávamos a pé para casa por uma das vielas do *Quartier Latin* que desembocava no *Boulevard Saint Germain*. De repente fomos abordados por três homens, dois brancos e um negro, quase na esquina.

Um deles encostou uma faca em meu ventre, solicitando a carteira, enquanto Carlos era ameaçado com um revólver, pelo homem escuro, que lhe pedia o dinheiro que carregava e também o relógio de ouro.

Meu amigo então tirou calmamente a carteira do bolso de trás, olhando com atenção para cada um dos agressores, e ao entregá-la àquele que a solicitara, com um gesto rápido desarmou-o com uma mão e, no mesmo instante, com a outra aberta em seu peito, empurrou-o para trás. O homem simplesmente foi ao chão sem esboçar nenhuma reação, apenas com uma expressão de confusão e surpresa na face. Um instante depois Carlos virou-se para aquele que me ameaçava e com um golpe certeiro tirou-lhe a arma, enquanto tocava num ponto da nuca do bandido com a mão, fazendo-o desmoronar no calçamento. O outro homem, que não tinha arma, afastou-se dali rapidamente.

Alguns segundos depois, com uma voz calma, mas resoluta, Carlos ordenou aos homens que se levantassem e fossem embora sem olhar para trás. E foi o que fizeram imediatamente.

Quando, um pouco mais tarde, perguntei-lhe como tinha feito aquilo, ele respondeu:

— Eles foram dominados pelo medo.

— Medo de quê? Nós estávamos desarmados?! — exclamei.

— Ao tocá-los, joguei em seu organismo uma grande quantidade de energia, o que normalmente atordoa o comum das pessoas. Eles entraram em contato com uma vibração muito diferente da deles, que lhes assustou e confundiu.

— Interessante! — brinquei. — Mas agora me diga uma coisa. Você sabia que isso ia acontecer, ou somente apostou que o sujeito que estava com a faca na minha barriga não ia querer enfiá-la?

Carlos deu uma risada.

— Não ia acontecer nada com você.

— Você tinha certeza disso? – insisti na pergunta.

— Sim. Eu sabia que ele iria ficar perdido, sem ação, diante de minha própria reação ao derrubar seu companheiro. A surpresa, nestes casos, é fundamental.

— Confesso que fiquei com medo daquela faca.

— Esses sujeitos não eram de fato perigosos como aqueles que provavelmente iremos encontrar pela frente.

— Então tenho de estar preparado.

— Sim, e não temos muito tempo.

Dias depois do incidente, Carlos me disse, enquanto tomávamos nosso desjejum na cozinha de seu apartamento, que tinha chegado a hora de agir. Ele já havia falado com André e Martine e outros membros do Grupo.

— Sei, de fonte segura, que a "Organização" está bem próxima de achar a cápsula do tempo que se localiza nas montanhas da Escócia. Temos de chegar primeiro. Por indicação de Martine sabemos o local provável onde ela está situada. É importante que sejam retiradas as lâminas de informações que pensamos existir lá dentro, e que se fotografe tudo o que for possível. Nossas pesquisas sobre a máquina antigravitacional chegaram a um impasse. O Doutor Merano não consegue uma redução maior do que 23% do peso dos objetos submetidos à sua máquina. Está faltando uma informação vital, que deve existir dentro da caverna, pois a antigravidade era a tecnologia mais usada pela civilização que a construiu.

— Então gostaria de tentar penetrar no local – disse eu.

— Mas sua capacidade de teletransporte não é ainda muito grande – ponderou ele.

— Cinco metros e meio já são alguma coisa – protestei. – De que outro modo se poderá então entrar lá dentro?

— Usando alguma máquina de perfuração muito sofisticada ou por meio de dinamite. Obviamente não faremos nada disso. Precisamos mesmo de você. Mas todo cuidado é pouco, pois há o perigo de a "Organização" nos usar para descobrir o local exato da caverna.

— É um risco que temos de correr, não acha?

— Sim, é verdade, porque a humanidade está vivendo um tempo de grandes desafios e também de enormes oportunidades. Chegamos a um ponto em que é possível dar um salto quântico em nossa evolução. E essa é a razão de vermos tanta polarização entre as forças que querem permanecer no cenário atual e as que querem avançar em direção a possibilidades ainda inexploradas, desconhecidas e mais ricas. Além da "Organização", é preciso também tomar cuidado com os agentes dos governos mais poderosos do planeta, que continuam a se armar e alimentar sonhos de conquista. Por isso, seria um imenso perigo se se apropriassem das tecnologias disponíveis dentro das cápsulas do tempo.

– Mas por que alguém seria contra o progresso humano? – perguntei, apenas para ouvir um pouco mais o que tinha a dizer.

– Por que quanto menos esclarecidas são as pessoas, mais fácil se torna dominá-las. Falta compaixão àqueles poucos que dominam a cena mundial. Eles não têm a menor sensibilidade para os problemas da humanidade. O poder é sua grande motivação e fonte de satisfação. Qualquer mudança nessa situação seria uma ameaça intolerável ao seu sistema de vida. São forças interessadas no entorpecimento da consciência humana, utilizando para isso grande parte da indústria de diversão e de comunicação de massa, do cinema e da televisão.

– Dizem que estamos vivendo um tempo de grande perigo – observei eu. – Há excesso de gente no planeta poluindo o ar, as águas e a terra, e muitos países, com interesses conflitantes, dominam a energia atômica. É uma situação explosiva.

– Sim, e já é hora de a humanidade deixar de ser predadora da Terra e começar a cuidar dela como de seu próprio lar. Mais do que isso. A vê-la como o ser que lhe sustenta. Por isso é preciso que o homem pare de agredir o planeta e modifique seus hábitos de vida. Como já lhe disse outras vezes, nossa missão é levar ao conhecimento do homem formas não agressivas e limpas de produzir energia e, também, revelar a verdadeira história da humanidade, cujos registros estão guardados em cápsulas do tempo. Isso será de grande valia para a transformação de nossa civilização.

Ao terminar de dizer isso, Carlos ficou pensativo e tomou um gole de café. Em seguida, olhou para mim e perguntou:

– Tem certeza de que está disposto a enfrentar os desafios e os perigos que vêm pela frente?

– Sim, tenho – respondi imediatamente. – Anseio pela oportunidade de ajudar a modificar tudo isso.

– Então saiba que é preciso manter-se atento o tempo todo contra ataques imprevisíveis. A mente disciplinada e desperta é nossa principal arma contra "eles".

No coração da montanha

Estávamos na estrada que conduz a *Fort Augustus*, uma pequenina e agradável cidade à beira do *Loch Ness*. André dirigia, com Martine a seu lado, enquanto eu consultava o mapa no banco de trás. A pista quase não tinha movimento naquele final de tarde, e à medida que o carro avançava pela rodovia sinuosa, entalhada na rocha das cordilheiras que circundavam o *Loch*, podia-se ver a cobertura de neve das montanhas do outro lado do lago. Do nosso lado, o caminho de asfalto era quase todo flanqueado de pinheiros, o que formava um magnífico cenário em oposição às águas e aos montes mais ao longe.

Tínhamos de alcançar o sítio que Martine indicara, a oeste, a uns 60 quilômetros, na direção do *Loch Duch,* num dos picos de um grupo de montanhas chamadas *Five Sister of Kintail*, onde provavelmente estaria escondida a cápsula do tempo. Inicialmente Martine não sabia exatamente o nome do lugar, mas tinha visto nitidamente na tela de sua mente as montanhas e a pista que passava ao lado delas. Após um estudo detalhado do mapa e das fotografias da região, concluímos que havia grande probabilidade de ser naquela formação montanhosa.

– Tenho a sensação de que "eles" estão nos seguindo – disse André, em certo momento.

Olhei para trás e não vi nenhum carro. Mas como a pista era sinuosa em muitos trechos, ficava difícil perceber a aproximação de outro veículo. Porém, logo em seguida, fomos ultrapassados por um jaguar azul-escuro conduzindo três pessoas.

– "Eles" nos rondam, mas não sabem para onde estamos indo. É preciso despistá-los – disse Martine.

– Vamos então até *Fort Augustus* – tornou André –, dormimos lá e, enquanto eu saio mais cedo e me dirijo para o norte, um pouco mais tarde vocês seguem em outro carro. Quando puder, vou ao encontro de vocês. Ficaremos em contato pelos comunicadores, até onde for possível. Está bem assim?

– Acho que este é o único modo – disse ela, jogando levemente a cabeça para trás ao mesmo tempo em que passava as mãos pelos seus sedosos cabelos dourados.

Concordei mentalmente com aquilo, pois sem Martine eu não conseguiria encontrar o local. Somente ela poderia fazê-lo.

– Eles fecham o círculo em torno de nós – disse ele, dali a um instante.

– Devemos ficar bem alertas – acrescentou André, dali a um momento, com um laivo de excitação, como se o perigo e a iminência de um confronto o agradasse.

– Não sei como alguém, além de nós e de Carlos, pode ter conhecimento do que pretendemos fazer – exclamei.

Não poderíamos permitir que "eles" soubessem onde se localizava a cápsula do tempo. Se isso acontecesse, provavelmente a humanidade seria privada do acervo de conhecimentos que havia lá dentro ou, pior, estes seriam usados para fins militares. Por isso, era preciso chegar a Paris sãos e salvos e com o material retirado da caverna ainda intacto.

– Temos de alugar um carro e deixar tudo pronto para amanhã – virou-se André para mim.

– E como acharemos outro veículo? – perguntei.

– Certamente haverá na cidade quem esteja disposto a ganhar um punhado de libras alugando seu carro. Isso não será problema.

– O problema é que isso nos separará – observei.

– Eu me afastarei de vocês apenas por pouco tempo, até saírem da caverna.

– E se "eles" não caírem no engodo? – indaguei.

– Nesse caso, me encontrarei com vocês e esperaremos uma ocasião mais apropriada para tentarmos achar a cápsula do tempo.

– Está bem – concordei. – De qualquer forma, não temos outra opção agora.

Nesse momento passávamos por um dos pontos turísticos mais conhecidos da Escócia, as ruínas de *Urquhart*, um castelo medieval que fora cena de importantes batalhas nas guerras nacionais, desde os primeiros anos do século XIII. Ficava num promontório rochoso na margem do lago, de onde supostamente *Nessie,* o monstro do *Loch Ness,* tinha sido visto pela primeira vez, originando a lenda tão conhecida que chega a nossos dias.

– Vamos descer um pouco e esticar as pernas – sugeriu André.

– É uma boa idéia.

– Também voto a favor – disse Martine, com uma expressão sorridente.

Embora o sol já estivesse se pondo, havia ainda um pouco de luz no horizonte, o que nos permitiu conhecer o lugar e andar pelo gramado verde que contrastava com as pedras marrom e bege do castelo.

Já no final de nossa rápida visita, subimos nas ruínas de uma das torres remanescentes e ficamos a contemplar, por um tempo, o comprido lago mergulhar pouco a pouco na escuridão, acariciado pelos reflexos de ouro dos últimos e esmaecidos raios do sol que desaparecia no horizonte por detrás das montanhas nevadas. Depois, fomos até o centro turístico que ficava um pouco mais adiante, nos sentamos numa das mesas da lanchonete e pedimos algo para comer e beber.

— Que frio! Eu estava virando picolé lá fora — reclamou André.

— Nada que um chocolate quente não melhore — disse eu.

— É do que preciso agora — tornou ele.

— E eu, de um banho bem quente, logo que chegarmos ao hotel — disse Martine, ao mesmo tempo em que retirava a presilha de seus cabelos e os balançava, num rápido movimento de cabeça.

Talvez em virtude das circunstâncias especiais daquela situação, eu estava num estado de "lucidez" aguçada, com a mente silenciosa e atenta, percebendo tudo o que acontecia à minha volta. Na verdade, mais que perceber, sentia a presença viva de todas as coisas ali.

Assim, ao me recostar no espaldar da cadeira, deliciado com o cheiro de chocolate que chegava até nós, vi, pela visão periférica, Martine levantar a xícara para beber, André morder seu sanduíche, a garçonete ruiva e sardenta, que servia a mesa ao lado, inclinar-se para pegar um guardanapo que caíra ao chão e, mais adiante, o dono do estabelecimento, um senhor de meia-idade e obeso, acionar a máquina registradora, que emitiu o tilintar característico. Tudo isso, de modo simultâneo. Minha consciência tinha se tornado esférica novamente. De certo modo, tudo o que via ou ouvia estava dentro de mim, pois acontecia dentro de meu ser expandido.

Terminada nossa rápida refeição, retomamos a viagem até *Fort Augustus*, que ficava a uns 20 quilômetros mais adiante.

⁓∞⁓

Para minha alegria, ao nos aproximarmos da cidade, uma tênue cortina de neve começou a cair em nosso caminho. Entramos na pista que dava acesso ao *Inchnacardoch Lodge (em gaélico "ilha das cerejeiras")*, e estacionamos o carro.

A construção me pareceu bastante aconchegante.

— Sejam bem-vindos — recebeu-nos com um sorriso o gerente, um simpático irlandês de meia-idade. — Estão chegando com a neve.

— Pensei que sempre nevasse por aqui — observei.

— Às vezes. Mas não todo ano.

Apesar do frio, aquele tempo me encantava. Representava um marcante e bem-vindo contraste com o clima de Brasília. Após tantos meses na Europa, eu ainda estava impregnado com a memória do excesso de luz e do calor do sol tropical em minha pele e em minha alma.

Naquele instante, tomado por uma intensa alegria, queria caminhar e sentir os flocos de neve em meu rosto.

— Vou dar uma volta — disse a André e Martine, logo que as chaves dos quartos nos foram dadas.

— Vamos juntos. Não acho conveniente que ande sozinho por aí. Distraído como é, pode se perder no caminho — gracejou André, como desculpa para não me deixar sair desacompanhado.

— Voltarei em breve, prometo.

— Iremos com você mesmo assim — insistiu André.

— Mas não é justo com Martine. Ela está morrendo por um banho quente. E sair agora no frio!

— Mas abraçada com dois bonitos cavalheiros, será um prazer — disse ela, enlaçando meu braço, com uma expressão alegre.

Depois de deixarmos nossas coisas nos quartos, saímos então para uma caminhada de mais ou menos um quilômetro, até o *Caledonian Canal (que liga o Loch Lochy e o Loch Oich ao Loch Nesse)*, logo depois de passarmos a ponte sobre o rio *Oich*, conforme nos indicara o gerente. No caminho, André me pareceu um pouco tenso, olhando com freqüência para os lados.

— Por que toda essa preocupação? — perguntei.

— Sinto que "a turma" está por perto. Quero apenas me certificar...

— Acho que agora não adianta fazer nada — ponderou Martine. — Quando voltarmos ao hotel, decidiremos sobre o próximo passo. Mas só depois de meu banho quente...

— Assim seja — exclamou André.

Em breve encontramos o canal e seguimos até o lago por um caminho de cascalho, que corria perpendicular a uma fileira de pinheiros.

Do outro lado do canal, à direita, repousava um pequeno e antigo farol, mergulhado num prolongado sono de inverno.

Avancei até a beira da água pelo estreito braço de terra que separava o canal do pequeno rio que corria logo à esquerda, enquanto Martine e André permaneciam atrás, abraçados. Lá fiquei por alguns momentos, com a mão estendida para receber a neve que caía. Eu estava novamente fluindo com a vida e tudo me pareceu bem.

Logo depois, voltamos ao hotel. Quando perguntamos ao gerente onde conseguiríamos uma camionete para alugar, soubemos que ele mesmo poderia ceder o seu *jeep Cherokee,* o que nos pareceu bastante conveniente. Não que costumasse fazer isso, mas provavelmente tenha ficado enfeitiçado por Martine, que sabia, quando necessário, usar seus encantos para conseguir o que queria. Ela lhe explicou que desejávamos explorar a região enquanto André seguiria em outra direção. O gerente não pareceu muito interessado nos detalhes do que íamos fazer. Estava contente em ajudar e, certamente, também em receber um dinheiro extra.

Combinamos que André sairia bem cedo, antes do sol nascer – *os vidros embaçados não deixariam ver que tinha apenas uma pessoa no automóvel* – e seguiria em direção norte, por dentro da cidade, até alcançar o *Glen Affric*, onde existe um lago cercado por montanhas. Com esse movimento, tentaria atrair nossos prováveis perseguidores para aquele lado.

Não podíamos usar celulares, por precaução. Portávamos apenas alguns comunicadores que nos permitiriam um eventual contato até uma distância de 15 ou 20 quilômetros. Mas isso só em último caso, e utilizando uma linguagem cifrada.

❦

No dia seguinte, um pouco antes do amanhecer, descemos juntos ao saguão do hotel e André caminhou até o estacionamento, saindo sozinho com o Astra em meio a um espesso nevoeiro. Alguns minutos mais tarde, quando o tímido sol começava a nascer por detrás dos morros, lá pelas nove horas da manhã, ele fez contato para informar que aparentemente um carro o seguia. Dirigimo-nos então para o estacionamento e saímos. Era preciso aproveitar ao máximo as quase 7 horas de luz, antes que começasse a escurecer, por volta das 4 horas da tarde.

A madrugada tinha sido gelada e tivemos de tirar o gelo dos vidros do *jeep* com um pouco de água. Quando finalmente deixamos o hotel, havia ainda bastante neblina no ar.

Pegamos a rua que passa por dentro da cidade e mais adiante ganhamos a estrada *A 82* que conduz a *Fort William*. Teríamos que seguir até a junção com a *A 87*, à direita, que nos levaria até as *Five sisters of Kintail* – a cadeia de montanhas onde supostamente encontraríamos a cápsula do tempo.

Em certo momento pensei que estávamos finalmente nos aproximando de nosso objetivo. Seria tudo aquilo verdade? Haveria de fato uma caverna que guardava a memória de uma civilização mais desenvolvida e já desaparecida? Enquanto assim refletia, Martine abriu a janela do *jeep* para tirar uma placa de gelo que tinha ficado no pára-brisa e o vento frio que entrou tirou-me daquela divagação.

– Tudo bem com você? – disse, virando-me para ela.

– Tudo ótimo – respondeu, olhando para mim com uma expressão angelical.

– Gostaria de saber se vamos conseguir entrar na cápsula do tempo – falei.

– Tenho certeza que sim.

– Mas como acharemos a caverna? Você sabe exatamente em que montanha ela está?

– Não, mas quando chegarmos ao local e pudermos avistar o maciço, tenho certeza de que saberei onde está. Só espero que descubra como abrir uma entrada para a caverna. Desejaria explorá-la com você.

– E não tem nenhuma graça ficar me esperando, com frio, no lado de fora.

– Nenhuma mesmo! Mas se for preciso, estou bem agasalhada.

– Sabia que você me dá tranqüilidade? É muito bom contar com sua segurança interior – disse-lhe, contente por ter a meu lado uma pessoa especial como ela.

– Mas o maior desafio não está reservado a mim. É bom saber que tem condições de realizá-lo. Tenho plena confiança em você.

– É preciso, no entanto, que cheguemos ao local sem sermos vistos – ponderei.

– André dará um jeito nisso.

Não podíamos permitir que "eles" soubessem onde iríamos, pois então seria fácil fazer um exame de densidade da montanha, utilizando ondas sonoras, e constatar a existência de uma caverna. Essa era a razão pela qual tínhamos escolhido o inverno, pois se conseguíssemos abrir uma passagem para a caverna, a neve poderia servir para ocultá-la durante um certo tempo.

Conforme soube mais tarde, André conseguira atrair seus perseguidores, que estavam no mesmo jaguar azul que havia nos ultrapassado no dia anterior. Por precaução, ele não tirara o gelo dos vidros traseiros e laterais, para dificultar a visão de quantas pessoas havia no automóvel. Tudo indicava que "eles" pensavam que estivéssemos todos juntos. Não sabíamos, porém, que havia muito mais pessoas envolvidas em nossa vigilância.

Fizemos o trajeto até as montanhas em pouco tempo, apesar da neblina em vários trechos que, naquela ocasião, era bastante propícia a nós, embora pudesse dificultar o reconhecimento do local onde se encontrava a cápsula do tempo. Mas logo após atravessarmos o *Glenshiel*[10], não foi difícil avistar as montanhas que procurávamos.

Quando diminuí a velocidade do carro para sair da pista e pegar uma trilha em direção ao maciço montanhoso, vi pelo retrovisor um "Mercedes" prateado surgindo do nevoeiro, a uns 50 metros de nós, e desisti da manobra.

---

10 O estreito montanhoso onde ocorreu a famosa batalha, em 1719, entre ingleses *(os protestantes partidários da Casa de Hannover e governantes da Inglaterra e da Escócia)* e jacobitas *(escoceses católicos partidários do retorno da dinastia Stuart ao poder)* apoiados por espanhóis.

— Vem um carro aí atrás — avisei.

Martine inclinou o corpo e olhou por seu retrovisor lateral.

— Não acho que sejam "eles", mas por precaução é melhor prosseguirmos mais um pouco para ver o que acontece.

Segui em frente pelo asfalto e logo em seguida fomos ultrapassados. Continuei ainda por quase um minuto e depois fiz a volta e retornei.

Ao sair da rodovia e avançar por uns 200 metros numa estradinha de cascalho, estacionei o carro no início de um bosque de pinheiros "caledonianos". Antes de sairmos, Martine enrolou sua *echarpe* em volta do pescoço e eu calcei as luvas e peguei a mochila, onde havia alguns apetrechos de alpinismo.

Andamos até a estrada e nos encaminhamos na direção da montanha, que possuía duas grandes fendas verticais que chegavam quase até a base, provavelmente provocadas pela erosão da neve derretida durante incontáveis milênios.

Começamos então uma árdua escalada pelas pedras cobertas de vegetação rasteira e de uma espécie de líquen. Enquanto subia a montanha, lembrava de que há muitos milhares de anos toda aquela região estivera coberta de gelo. E com o final da última glaciação, por volta de 11.000 anos atrás, os glaciares começaram a recuar, revelando os sulcos esculpidos nas rochas com seu movimento, por onde agora eu estava pisando.

— Pela luz que vejo, a caverna é imensa e deve ocupar grande parte dessa montanha — disse Martine *(que estava vendo através de sua visão suprasensível)*, no começo de nossa ascensão. — Não está no topo, mas a meia altura. Acho que o melhor lugar para tentarmos entrar é pela fenda esquerda, onde a camada de rocha, até o interior da caverna, deve ser mais fina. Mas tenho que chegar até lá para saber.

À medida que avançávamos, o frio aumentava. Estávamos bem agasalhados, mas as roupas eram pesadas, o que dificultava nossa marcha. Quando chegamos no início da ravina, nos detivemos por alguns minutos para descansar e, depois, continuamos mais uns cinqüenta metros. Nova interrupção e então mais cem metros.

— Aqui está bom. Acho que não será preciso subir mais — disse ela, resfolegando.

— Ufa!, que subida! — falei, quase sem fôlego.

Martine parou um momento para prender seus cabelos que açoitavam seu rosto, agitados pelo vento que soprava. A neblina estava se dissipando. Em breve seríamos visíveis lá debaixo.

— Vamos descer um pouco na vala para ficarmos menos visíveis — disse. — Aqui estamos muito expostos.

— Nenhuma precaução é demais — concordou Martine.

Comecei a descer com cuidado e parando periodicamente para auxiliar Martine. O chão era muito irregular e escorregadio, além de ter um pouco de neve. Menos, porém, do que tínhamos imaginado e do que seria conveniente para nós. Uma abertura naquele local poderia ficar visível para alguém de binóculos no sopé da montanha.

— Onde andará André? – perguntei.

— Sei que ele está preocupado. Posso senti-lo. Talvez seus acompanhantes tenham descoberto seu ardil para despistá-los.

— Acho que isso não poderia durar muito tempo mesmo.

Acomodamo-nos entre as pedras, e Martine então colocou a mão na rocha fria e fechou seus olhos.

A partir daquele momento minha vida dependia dela. Era preciso confiar em sua informação quanto ao local exato da caverna, e do melhor lugar para entrar lá.

Depois de alguns minutos, como se estivesse saindo de um transe, ela finalmente falou:

— Há um tipo de túnel cuja extremidade chega bem perto da superfície, um pouco mais acima.

— Cinco metros é tudo de que preciso.

Andamos, com dificuldade, pela lateral do barranco até chegarmos a uma dezena de metros mais acima. Perguntei então se ela podia "ver" qual a distância que agora estávamos do túnel.

— Está perto, mas não sei precisar em metros. Deixe-me ver novamente — respondeu, concentrando-se mais uma vez. Estamos a um pouco menos do que três vezes o tamanho do meu corpo — disse.

— E qual é sua altura?

— Um metro e setenta e cinco.

— Então isso dá um pouquinho mais de 5 metros.

Era o limite em que seria seguro arriscar. Um pouco mais que isso e eu poderia me teletransportar para dentro da rocha *(o que me deixaria preso dentro do espaço que se formaria em torno de meu corpo)*. O máximo que eu já havia conseguido era cinco metros e meio. Mas naquela tensa circunstância, não tinha muita certeza de que conseguiria a mesma marca.

— Você tem certeza de que essa é a distância?

— Sim, o que vi foi que da superfície da pedra, neste exato lugar, até o começo de uma espécie de câmara, a distância é de aproximadamente três vezes o comprimento do meu corpo. Não me pergunte como eu sei. É uma certeza interior.

— O que mais você viu?

— Que há uma grande câmara cheia de objetos mais para dentro da montanha.

– Então, lá vou eu – disse, pousando a mão na parede fria de pedra, num desejo de "sentir" a própria montanha.

Minha intenção era pegar imediatamente o que buscávamos e depois descobrir uma maneira de abrir uma passagem para o local onde estava Martine. Neste caso, era preciso agir com rapidez, para não atrair a atenção de ninguém. Felizmente a face mais próxima para eu entrar era voltada para dentro da fenda onde nos encontrávamos, e, por isso, uma abertura na vertente da montanha não seria muito visível para quem olhasse lá de baixo. O receio que tinha era não conseguir fechar novamente a passagem, ou mesmo, fechando-a, deixar vestígios muito visíveis de sua existência. É certo que a neve nos auxiliaria a esconder o local, mas isso até a chegada do verão, quando toda ela estaria derretida.

Nesse momento, enquanto tentava esvaziar minha mente, já sentindo o formigamento e o calor corporal que antecedia a desmaterialização, comecei a ficar novamente ultraperceptivo e intensamente consciente do que existia e acontecia no ambiente onde me encontrava. Nesse estado de consciência alterada e de percepção aguçada, pude ouvir, ao longe, um barulho característico que vinha do lado oposto da montanha.

– Eles estão nos procurando – disse, perdendo o impulso para o teletransporte. – Ouço o som de um helicóptero.

– Tem certeza? Não consigo ouvir nada.

– Confie em mim. Em breve escutará o barulho.

– Mesmo assim, pode ir. Enquanto você entra na caverna, eu dou um jeito de me esconder entre as pedras soltas que estão mais no fundo da vala.

– Não quero deixá-la aqui fora.

– Vá, não temos tempo a perder. Eu posso me cuidar sozinha. Acredite.

– Está bem – concordei, sabendo que o momento era aquele.

Voltei então a me concentrar e novamente senti o formigamento tomar conta do corpo. Figurei em minha mente, com bastante clareza, a distância que queria percorrer e me esvaziei mais uma vez. Entrei novamente no "fluxo" e senti uma onda de calor percorrer meus nervos, começando na base da espinha e espalhando-se pelo tronco, até que desapareci numa explosão de luz, perdendo a noção do corpo. Isso durou uma fração de segundos. Logo em seguida, correntes elétricas sacudiam levemente meu organismo. Eu tinha me transportado.

Quando me materializei lá dentro, não vi nada ao meu redor. A escuridão era total. O cheiro de umidade que havia lá fora tinha desaparecido.

Subitamente, uma tênue luz azul começou a brilhar a alguns metros acima de minha cabeça, uma luz que aos poucos foi aumentando de intensidade até que todo o ambiente da câmara tornou-se levemente iluminado. Percebi então que estava quase encostado a uma parede, de uma câmara de formato esférico, com uns 7 ou 8 metros de altura, havendo à minha direita uma abertura que dava para um corredor escuro.

Com a lanterna acesa, caminhei na direção do corredor. Notei, porém, que a luz azul, que brilhava a uns dois metros de mim, passou a me acompanhar, iluminando o caminho, e assim continuou até que atravessei o túnel e ingressei num outro ambiente totalmente escuro. Em pouco tempo a lanterna tornou-se desnecessária, pois o local foi sendo inundado por uma agradável luz amarelada, jogada por pequenas esferas luminosas, distribuídas por vários pontos da abóbada. Não demorou muito e toda a extensão da câmara tornou-se inteiramente visível.

A caverna era imensa, atingindo talvez uns 40 metros de altura. O piso, plano e liso, brilhava como se tivesse sido vitrificado. Havia desenhos geométricos inscritos em toda a sua superfície, alguns deles semelhantes aos *crop circles* que eu já tinha visto próximo a *Stonehenge* e *Wiltshire*. As paredes e a abóbada, no entanto, mantinham a textura original da pedra, mas se apresentavam na forma de grandes gomos levemente convexos, de tamanhos e formas variados, mas que se encaixavam perfeitamente uns nos outros, formando um padrão assimétrico, mas agradável à vista. Nenhum, porém, pareceu-me ter menos de um metro de tamanho, e em vários deles brilhava em seu centro uma daquelas esferas luminosas. Percebi imediatamente que aquele complexo fora feito para durar uma eternidade. Não havia nenhum resquício de madeira ou outro material orgânico.

Um desenho em particular se destacava a meia altura entre o chão e o topo. Era uma espécie de vitral colorido que brilhava num enorme gomo, e cujo desenho consistia num pequeno círculo dentro de um triângulo, inscrito por sua vez em um outro círculo mais amplo, feito de tangentes de triângulos maiores que formavam 12 pontas, circundada por um último círculo maior. Pensei que talvez fosse um símbolo que expressasse o significado da cultura ou da civilização que construíra aquela cápsula do tempo.

Vi também mais dois túneis que davam provavelmente para outras câmaras e uma reentrância no piso, quase encostada à parede mais adiante, que parecia ser uma passagem de acesso para outro nível da caverna. Foi quando me dei conta de que eu estava apenas dentro de uma parte de um complexo muito maior.

Não sabia exatamente onde procurar o material que supostamente daria pistas para a construção da máquina antigravitacional. Nem sabia se estaria na câmara onde eu me encontrava. De acordo com as indicações de Martine, os arquivos de cristal, juntamente com as plantas e instruções relativas aos aparelhos, feitas provavelmente em ouro, estariam depositados dentro de um tipo de compartimento de pedra, acomodada numa reentrância de uma das paredes da caverna. Mas sua visão não fora muito clara.

Sentindo que o tempo corria contra mim, e contra ela, resolvi explorar rapidamente o local, para ver se encontrava alguma coisa importante para levar e filmar o máximo que pudesse de tudo o que me parecesse importante.

Vi alguns aparelhos de metal e outros que eram uma simbiose de metal, provavelmente ouro e cristal. Na superfície de tais objetos não havia nenhum tipo de botão, mas apenas pequenas reentrâncias, muitas delas iluminadas por dentro. Nas paredes da caverna podia-se ver nichos com cristais imensos, de formato cilíndrico e de cores variadas.

Não imaginava qual poderia ser sua utilidade ou função.

Curiosamente, eles também agora brilhavam por dentro. Tive a sensação de que meu ingresso naquele local parecia ter acionado uma parafernália que havia ficado adormecida por milhares de anos. De uma certa forma, eu tinha despertado a caverna.

Estava maravilhado com o que via. "Então é tudo verdade", pensei. Havia de fato existido uma outra civilização muito avançada que deixara essas memórias físicas encravas na montanha, construída provavelmente há mais de 15.000 anos, antes da última glaciação.

Enquanto assim refletia, lembrei-me de Martine. Eu precisava agir rapidamente. Ela poderia estar em perigo.

Agudamente consciente de que meu tempo era exíguo, caminhei até uma pequena câmara semicircular, no lado direito do túnel por onde eu entrara, onde havia um objeto retangular com uma base de metal e uma cúpula arredondada de cristal. Ao lado dele, bem no centro do recinto, existiam duas placas de metal circulares *(de um pouco mais de um palmo de espessura, com diversos orifícios, em ambas, separados a espaços regulares)*, sobrepostas, como um biscoito recheado. Quando encostei a mão na depressão que havia na superfície da máquina, subitamente uma das placas elevou-se silenciosamente no ar até uma altura de quatro metros, aproximadamente, e lá ficou a levitar, sem nenhuma sustentação visível. Em seguida, cristais incrustados na parte de dentro de ambas as placas começaram a brilhar e uma imagem tridimensional, de cerca de três metros de diâmetro, por outro tanto de altura, foi se formando entre as placas. Era a imagem do exterior da montanha onde estávamos e do cenário circunvizinho. O panorama descortinado mostrava as outras "irmãs" *(das "Five Sisters")* e o céu no horizonte. Era tão nítida e perfeita a imagem, que parecia um objeto sólido. Fiz um gesto para tocá-la, e minha mão penetrou o ar sem nenhuma resistência. Andei em torno da figura, e a cada ângulo em que olhava para ela, novos cenários iam aparecendo.

Aquilo era muito intrigante, pois a imagem consistia numa exata reprodução da montanha onde se localizava a cápsula do tempo, como se fosse vista de fora, a partir de todos os ângulos. Provavelmente, a máquina conseguia "captar" e decodificar a própria estrutura do espaço exterior, na região focalizada por ela.

Em certo instante, olhando o cenário formado à minha frente, notei, ao longe, o local onde deixara o carro, perto do lago. De uma nova posição, vi Martine encolhida ao lado de uma rocha, olhando para baixo. Seu tamanho era pequeno, mas quando me aproximei bastante, pude distinguir até seus traços fisionômicos.

Preocupado com ela, olhei em volta para ver se achava o que tinha ido buscar, para sair logo dali e retornar a seu lado. "Voltarei em outra oportunidade", pensei.

Notei que no meio do recinto, para onde convergiam listras azuis no piso liso de pedra, como o centro de uma roda, havia um pedestal de pedra vermelha que sustentava um objeto anguloso. Encaminhei-me para lá. Ao chegar, constatei que o tal objeto era um cristal levemente rosado, medindo uns 12 centímetros de comprimento, com duas faces lisas em ângulo e com a base arredondada. Numa dessas faces estavam semi-incrustadas quatro pedras parecendo diamantes, lapidadas aparentemente na forma de brilhante, enquanto na outra face havia apenas quatro reentrâncias arredondadas, como se ali devesse se encaixar alguma coisa. Veio-me à mente a idéia de que essa suposta combinação do diamante e do cristal constituía uma simbiose de silício e carbono. Uma a base da vida e da inteligência artificial, a outra, a base da vida e da inteligência biológica.

Sustentando o objeto com as duas mãos, aos poucos comecei a sentir uma espécie de eletricidade que percorria todo o meu corpo. Olhei com mais atenção nas cinco gemas lapidadas que estavam incrustadas no cristal e, pelo brilho, me pareceram, de fato, diamantes. E eram enormes.

Pensei novamente em Martine. Nesse mesmo instante, pelo canto do olho, notei uma súbita mudança na imagem formada dentro da pequena câmara. Virei-me e vi minha amiga, em tamanho natural, exatamente de frente para mim. Aproximei-me. Agora podia perceber cada detalhe de seu rosto e de sua expressão. Era como se uma pessoa em carne e osso houvesse se materializado em minha frente. Parecia até sentir sua ansiedade. Desta vez, havia também o som do vento que soprava e o ronco de um helicóptero ao longe. Mas não era tudo.

Quando fiquei a quase dois metros das placas que projetavam a imagem, levei um susto, pois subitamente passei a sentir a atmosfera semelhante àquela lá de fora. O cheiro úmido e até a sensação do ar em movimento. De alguma forma, a máquina conseguia plasmar nas moléculas e átomos ao redor de si as condições do ambiente externo ligadas à imagem, coisa que para mim não era menos que um milagre. Provavelmente essa era a função dos orifícios nas laterais das placas circulares do condensador de imagem tridimensional, da onde saía uma radiação cor violeta.

Quando desejei saber se nossos perseguidores já tinham se inteirado de Martine, a imagem mudou mais uma vez. Agora eu via as pessoas dentro do helicóptero e podia ouvir o que diziam. O foco da imagem estava no centro da cabine, de onde eu podia avistar a paisagem mais abaixo. Em certo momento, um dos homens apontou o dedo indicador para baixo e disse, em francês, para o piloto: "tem uma pessoa lá embaixo, aproxime-se mais". Em seguida, comunicou-se pelo rádio e mandou que o pessoal em terra subisse na direção da fenda esquerda para saber quem estava na montanha.

O cerco se fechava sobre nós. Se fôssemos identificados e capturados, não seria difícil saber que aquela montanha abrigava uma cápsula do tempo. Uma análise de densidade da rocha, por intermédio de radar ou ultra-som, poderia confirmá-lo. E provavelmente não nos deixariam vivos. Sabíamos demais.

Vendo as imagens holográficas mudarem em sintonia com o que eu pensava, conclui que a conexão entre minha mente e o aparelho deveria estar sendo efetuada pelo cristal que tinha nas minhas mãos. Para testar, recoloquei-o no lugar onde originalmente estava e imediatamente a imagem projetada mudou, voltando a ser aquela que tinha aparecido pela primeira vez.

Embora curioso e maravilhado com o que estava acontecendo, eu não poderia ficar mais tempo ali. Por isso, peguei novamente o cristal e apressei-me em direção ao túnel por onde eu entrara, consciente de que estava na posse de algo muito mais importante do que aquilo que fora buscar.

Enquanto andava naquela direção, notei que a luz azul continuava acima de minha cabeça, acompanhando meus movimentos. Não sabia o que ela significava. Seria aquela luz alguma forma de vida luminosa? Não sabia dizer.

Percorri depressa o corredor e logo cheguei à pequena câmara. Percebi – *o que eu não tinha notado quando entrei* – que a parede dos fundos, aquela que estava mais próxima do lado de fora da montanha, terminava em forma de cunha, com um ângulo pouco acentuado, assemelhando-se a uma enorme porta dupla. Não tive tempo para olhar mais detidamente aquilo. Era preciso me teletransportar.

Firmei o cristal com as duas mãos em meu abdômen, tendo a perfeita consciência de que levava comigo algo talvez mais valioso ainda que todos aqueles equipamentos encontrados dentro da caverna. Em seguida, concentrei-me bem na imagem do local que queria ir, esvaziei a mente e uma onda de energia percorreu meu corpo.

O cristal do conhecimento

"Quid quisque possit, nisi tentando nesciet."[11]

Quando me materializei em cima da neve, Martine estava mais embaixo, parcialmente escondida atrás de dois blocos de pedra que haviam se desprendido da montanha.

Nossa situação era difícil. Havia muito mais pessoas nos seguindo do que supúnhamos a princípio. Não seria fácil escapar delas. O que poderíamos fazer naquela circunstância? Não sabia. Descer por onde tínhamos subido para pegar o *jeep* parecia muito arriscado. Ficaríamos muito expostos. Provavelmente seríamos alcançados e nos tomariam o cristal.

– O que faremos? O helicóptero continua sobrevoando as montanhas. Acho que me viram aqui embaixo – disse Martine.

– Mas eles não têm certeza de que é você – ponderou.

– Como sabe disso?

– Eu vi... e ouvi o que estavam dizendo dentro do helicóptero.

– Como?

– Por uma espécie de aparelho de TV dentro da caverna.

Expliquei rapidamente o que havia acontecido enquanto voltávamos para o lugar onde ela se esconderá antes e informei que provavelmente já tinha gente subindo a montanha em nosso encalço.

Nesse instante começamos a ouvir novamente o barulho do helicóptero, que em breve sobrevoou o local onde estávamos. Tentamos nos esconder entre as pedras, mas o aparelho passou quase em cima de nossas cabeças e certamente fomos vistos.

– O que faremos agora? – indagou Martine, nervosa.

– Acho melhor subirmos e contornarmos a montanha pelo topo para descer pelo outro lado. Há uma estrada lá atrás.

– Isso não adiantará nada. Eles estão de helicóptero e virão atrás de nós.

– Mas não podemos ficar aqui parados. Ânimo, vamos em frente – disse eu, tentando animá-la.

Agora, do ponto onde estávamos, podíamos ver três pessoas subindo a montanha.

---

[11] Ninguém conhece as próprias capacidades enquanto não as colocar à prova. Públio Siro *(poeta latino, séc. I. a. C.)*, *Sentenças*, 786.

— É possível que André já esteja vindo ao nosso encontro. Se pelo menos houvesse um meio de entrarmos juntos na caverna...

Ao acabar de falar, Martine, que ainda segurava o cristal, teve um sobressalto.

— Acho que é possível — exclamou ela, de repente.

— Possível o quê?

— Entrarmos nós dois na caverna — explicou.

— De que forma? — indaguei.

— O cristal pode nos transportar lá para dentro porque está conectado aos equipamentos que existem na caverna.

Enquanto Martine segurava o cristal, notei que uma tênue luminescência brilhava dentro dele.

— E como sabe disso?

— Quando acabei de manifestar meu desejo de entrar com você na cápsula do tempo, subitamente a imagem de um aparelho surgiu em minha mente e, em seguida, vi nitidamente a cena de pessoas e de objetos sendo transportados lá para dentro. Tenho a forte impressão de que o cristal pode ativar o tal aparelho. Mas não sei como fazer isso.

Depois de uma pausa, Martine observou.

— De alguma forma entrei em sintonia com uma espécie de "mente", de um repositório ativo de informações do próprio cristal, ou com algo com que o próprio cristal está conectado.

— Talvez o teletransporte se faça pelo mesmo aparelho que me permitiu ver você aqui fora — disse eu. — Se o cristal está conectado à caverna e aos aparelhos que existem lá dentro, é possível que se nos concentrarmos, ou visualizarmos o tal aparelho, com suas placas, seja possível o teletransporte.

Descrevi, como pude, a forma exata do equipamento e a disposição das placas no nicho existente na parede. Depois disso, Martine alertou que era necessário que estivéssemos em contato físico com o cristal para que o transporte se efetivasse.

— Mas será que ele nos levará daqui de onde estamos? — cogitei em voz alta.

— Sim. Acho que seu alcance vai até a base da montanha — respondeu. — Pelo menos é essa a imagem que apareceu agora em minha mente.

Seguramos então o cristal e nos concentramos na imagem do aparelho que eu havia descrito. O cristal começou a brilhar com crescente intensidade e, aos poucos, fui sentindo meu corpo ser percorrido, a intervalos regulares, por uma corrente elétrica, até que tudo se transformou em luz e aparecemos dentro do aparelho de imagem tridimensional.

Depois de olhar para mim um pouco assustada, Martine desceu o degrau e, examinando maravilhada para os lados, andou em direção ao centro da câmara.

Fui em sua direção com o cristal na mão.

— Como gostaria que André e Carlos estivessem conosco para ver tudo isso — exclamou ela, com os braços abertos, virando-se para mim.

Depois de um momento, porém, algo pareceu perturbá-la.

— Será que estamos num kugar hermeticamente fechado, sem ventilação?

— Talvez exista, em algum local, uma abertura para fora, um duto que capte ar exterior — respondi.

— Que poderia, depois de tantos milênios, estar fechada — observou.

— Seja o que for, o espaço aqui dentro é imenso. Há muito ar para respirar, antes que possa esgotar-se o oxigênio. Não se preocupe com isso. Venha, vamos ver onde André está agora — disse eu, pegando seu braço e puxando-a na direção do aparelho por onde tínhamos entrado na caverna.

Segurando o cristal, concentrei-me por um instante e a imagem de André foi surgindo no espaço à nossa frente.

Ele encontrava-se no carro, dirigindo.

Martine, que havia se aproximado e pousado sua mão no cristal, disse que podia saber até o que ele estava pensando. O objeto estranhamente aumentava suas capacidades extra-sensoriais.

— Para onde ele está indo, então? — perguntei.

— Vindo para cá.

Coincidentemente, nesse momento André pegou o comunicador e tentou um contato conosco, para informar que "eles" já não mais o seguiam, talvez por suspeitarem da estratégia de despistamento.

Quando quis saber a distância que André se encontrava da nossa montanha, imediatamente a imagem se alterou, mostrando agora, do alto, um cenário amplo, em que o carro mal se distinguia. E na própria imagem, alguns símbolos se destacaram, como se fossem palavras ou números de um idioma desconhecido.

Logo em seguida Martine se manifestou.

— Eu tenho a informação em medida do próprio carro: 4.225 vezes o tamanho do carro pela estrada mais próxima e 2.720,5 em linha reta.

Fiz um ligeiro cálculo mental. Tomando o comprimento do automóvel como sendo mais ou menos 3 metros, André estava a aproximadamente 12 quilômetros, considerando-se o percurso de estrada. Isso não nos dava muito tempo ali dentro. Tínhamos de voltar com André e escapar de nossos perseguidores. Pensei que poderíamos nos materializar perto da estrada onde ele provavelmente passaria.

Ainda que quiséssemos correr o risco de sermos interceptados, não podíamos usar nossos *walkie talkies* para um rápido contato, devido ao volume maciço da rocha da montanha que impedia qualquer comunicação. Fora essa a razão de não termos recebido nenhum sinal quando André tentara se comunicar conosco com seu aparelho.

⊱⊰

Embora não nos restasse muito tempo, ao olhar novamente aquela imensa caverna fui tomado por uma aguda curiosidade sobre os seus construtores. E detendo-me por um instante nessa consideração, notei que começou a surgir diante de nós, no aparelho de imagem, o cenário de uma grande praça verdejante, contornada por várias construções magníficas, onde se destacava uma esfinge e uma imensa pirâmide branca. Lembrei-me de Queóps e da esfinge de Gizé no Egito, apesar das evidentes diferenças existentes. A cabeça não era a de um faraó, mas a de um leão fixando o horizonte, e não havia deserto por perto, mas muita vegetação em volta.

Homens e mulheres vestidos com túnicas e saiotes, de cores diversas, caminhavam pelos calçamentos que contornavam aquelas impressionantes edificações.

Próximo à pirâmide, aparecia um grande pavilhão retangular, que se estendia em direção ao centro da praça. A construção, que tinha uma leveza que contrastava com a solidez pesada dos edifícios próximos, era feita com um material transparente, aparentemente uma espécie de vidro fotossensível, que escurecia de acordo com a intensidade da luz exterior recebida. Os pilares e as vigas de sustentação, supostamente de madeira escura *(ou outro material)*, eram ricamente ornamentados, e o ambiente interno, um luxuriante jardim, com muitas flores e fontes de água. Dir-se-ia que constituía uma espécie de praça pública, protegida da chuva e de outros fenômenos climáticos.

Mais adiante se encontrava em andamento uma extensa construção, provavelmente outra pirâmide. O curioso, porém, é que a parte central já estava construída e consistia num grande edifício sólido de pedra, de formato quadrangular, que principiava a ser preenchido lateralmente no formato de pirâmide. Os grandes blocos de rocha utilizados flutuavam suavemente no ar *(até serem alocados em seus devidos lugares)*, manejados por homens posicionados no chão e em plataformas que pairavam acima do solo. Eles operavam pequenos aparelhos que aparentemente emitiam uma radiação invisível, ou vibração sonora, que anulava e invertia o peso do material, permitindo que fossem deslocados sem qualquer contato físico.

Depois dessa cena, surgiu uma outra. O cenário não era mais o mesmo. Agora aparecia um veículo, com uma forma de sino, cruzando os céus sobre um complexo de construções, não muito altas, e pousando em frente de uma espécie de templo quadrangular, com elevadas colunas de pedra, e dois grandes pórticos, que davam acesso ao interior fechado da estrutura. Saíram algumas pessoas da aeronave, que logo se levantou no ar silenciosamente e partiu.

"Há quanto tempo aquilo tinha acontecido?", pensei.

Martine, a meu lado, que acabara de encostar sua mão no cristal, disse:

— Essa cena se refere a um episódio ocorrido há 58.350 anos.

— Como sabe?

— O cristal informou.

— Mas não ouvi ou senti nada!

— Eu sim — tornou ela, virando-se para mim com um sorriso. — Você pode passar através de paredes e eu posso ouvir o cristal. Justo, não acha?

Tive que achar graça.

— Bastante justo — respondi.

— A outra cena foi mais recente. Cerca de 12.400 anos atrás — continuou ela.

Havia provavelmente poucas pessoas no mundo, como Martine, que podiam se conectar com o cristal e extrair-lhe informações. Se eu era capaz de me transportar fisicamente por pequenas distâncias, ela tinha uma eminente qualidade intuitiva e uma sensibilidade extraordinária.

— E quando essa civilização desapareceu?

Ela concentrou-se.

— Não obtenho nenhuma resposta — disse, depois de alguns segundos.

A imagem original da montanha tinha aparecido novamente.

— Infelizmente, não temos mais tempo — suspirei. — Consulte o cristal para saber se é possível sairmos daqui indo diretamente para a estrada lá embaixo.

Ela tentou, mas não obteve nenhuma resposta.

Sem saber como proceder para encontrarmos André sem perda de tempo, sugeri que, posicionados entre as placas da TV tridimensional e com as mãos no cristal, pensássemos em nos transportar juntos para o ponto mais próximo da estrada, uns dois quilômetros de distância, que, de acordo com a bússola, deveria ficar bem à nossa frente.

Assim o fizemos, mas nada aconteceu.

Quando já tínhamos desistido e íamos tentar retornar ao mesmo sítio de onde fôramos transportados para dentro da caverna, aproximou-se de nós um pequeno ponto luminoso flutuando no ar.

Lembro-me que imediatamente me veio à memória cenas vividas em minha alucinação no auditório da faculdade de Direito, muitos anos atrás. E enquanto os quadros daquele episódio voltavam nitidamente em meu cérebro, o foco de luz flutuante se transformou em um pilar de luz, e um instante depois tomou a forma de um ser humano vestido com uma bata branca.

Aquilo fez meu coração disparar, embora não estivesse com medo. Foi provavelmente uma reação instintiva do corpo a algo totalmente inesperado e inusitado. E embora parecesse sólida como nós, resplandecia em torno daquela figura humana uma espécie de luminescência, que lhe dava uma aparência feérica.

Martine, por sua vez, ficou pálida, como uma estátua. Parecia em estado de choque.

– Será que já nos conhecemos? – perguntei, sentindo ainda nitidamente o batimento cardíaco descompensado.

– Sim... em outra realidade dimensional.

O ser que ali estava tinha a aparência de um jovem, mas impossível saber se era homem ou mulher. Talvez fosse um verdadeiro andrógino, que já havia superado ou integrado a polaridade dos sexos.

Falava-nos com um brilho luminoso no olhar e uma expressão radiante na face.

– Foi seu povo que construiu essa cápsula do tempo, não foi? – indaguei.

– Sim. Há muito tempo, na sua perspectiva – respondeu. E um instante depois observou: – É preciso que partam. Quanto mais se demorarem por aqui, mais difícil será realizar sua missão. Usem todos os recursos de que sua mente é capaz. O que podemos fazer por vocês é apenas alertá-los. Não podemos interferir na vida nem nos acontecimentos de seu mundo. Devem tomar cuidado com o cristal de Argon, pois ele poderá ser muito importante para a sua civilização e para o futuro da humanidade. Tudo dependerá do uso que se fará dele. Há muito ainda por descobrir, por fazer e por realizar. Sua responsabilidade é grande, mas grandes também as suas possibilidades... Agora se posicionem entre as placas do aparelho.

Antes de sermos teletransportados, o espaço entre as placas foi inundado por uma radiação azul. E quando estendemos os braços, foi como se colocássemos a mão em uma substância aquosa, que nos puxou lentamente. Num instante tínhamos aparecido na beira da estrada, de onde acenamos para André, que parou o carro surpreso com o flash luminoso que brilhou no momento em que surgimos ao lado da pista.

Alguns minutos mais tarde, enquanto voltávamos pela estrada vicinal para pegar a pista principal, Martine falou, a pedido de André, de sua experiência com o cristal.

— Ocorreu tudo numa fração de segundos. Subitamente, quando o toquei, um leve formigamento percorreu meu corpo e me dei conta de que o cristal estava respondendo ao que gostaria de saber na forma de imagens e de idéias que se transformavam automaticamente em palavras sussurradas. Soube que os seres que construíram aquela caverna tinham feito o mesmo em outras partes do planeta e cheguei a ver em minha tela mental um dos locais onde um outro arquivo do tempo está localizado. Tudo isso passou muito rapidamente por meu cérebro. Tomei conhecimento também de que o cristal de Argon é de uma civilização muito antiga, que já deixou o planeta há muitos milhares de anos. Mais antiga até que a civilização de Atlântida, mencionada por Platão no *Timeu*, que é remanescente dessa cultura e dessa raça anterior, que colonizou a Terra e depois mudou de condição dimensional.

Eu já tinha lido as duas obras, na qual Platão faz referência a uma civilização muito adiantada que teria desaparecido numa espécie de dilúvio, há 9.000 anos antes de Sólon, o grande legislador de Atenas.

— Gostaria de saber como funciona esse cristal — murmurei.

— Acho que ele contém pacotes de informação luminosa, e opera mais ou menos como um cérebro artificial — tornou André. — Um sofisticado computador de cristal daquela civilização, que possui os registros de suas conquistas científicas e culturais.

— Mas não está completo. Faltam mais duas partes — observou Martine.

Aquela informação surpreendente confirmava a sensação que eu tivera ao ver o artefato pela primeira vez. Os diamantes eram salientes, e havia reentrâncias que lembravam encaixes. Mas, naquele momento, não cheguei a me deter em tal especulação.

Martine, que falava com a mão no cristal e parecia estar recebendo diretamente tal informação do curioso objeto, depois de uma pequena pausa, prosseguiu.

— Por isso não obtive nenhuma resposta sobre a localização da terceira cápsula. Acho, porém, que o cristal nos dará condições de fazer funcionar a máquina antigravitacional. Todavia, para isso, será preciso um nível de concentração e de estabilização mental mais profundo do que aquela que consigo alcançar agora. Estou muita agitada com o que está acontecendo.

Ela ainda nos contou que alguns dos conhecimentos e das imagens transmitidas curiosamente provocavam o surgimento de determinados sentimentos e emoções, como se estes estivessem contidos na própria estrutura da informação. Era como se ela pudesse sentir o "ambiente" emocional de um determinado lugar ou das pessoas que lá havia.

Nesse meio tempo, enquanto Martine falava, ouvi novamente o barulho do helicóptero. Será que eles sabiam que tínhamos entrado na caverna e pegado algo importante dentro dela? — cogitei para mim mesmo.

Em breve percebemos que o aparelho passou a nos acompanhar de longe. Sabendo que tínhamos de nos apressar para chegar o quanto antes em *Inverness*, lugar em que tomaríamos um avião para Paris, e onde provavelmente nos encontraríamos com Carlos, voltamos para o local em que tínhamos deixado o *jeep* e nos separamos em dois carros. Se pensassem que havíamos trazido conosco alguma coisa de dentro da cápsula do tempo, não saberiam com quem ficaria. André e Martine voltariam com o *jeep* a *Inverness* pela estrada que passa por *Fort Augustus*, enquanto eu iria para o mesmo destino, pegando outro caminho. Insisti, no entanto, para que o cristal ficasse comigo, pois seria mais difícil que me capturassem, em razão de minha capacidade de teletransporte, embora ele servisse melhor nas mãos de Martine, que podia obter valiosas informações por seu intermédio.

Depois de pegarmos o *jeep*, voltamos quase juntos por aproximadamente 40 quilômetros. André e Martine tomaram então a pista que passa por *Glen Moriston* para chegar a *Fort Augustus* por um atalho, e eu segui na direção de *Fort Willians*, pegando a rodovia que vai a *Aviemore* e chega a *Inverness*.

Carlos já estava mais ou menos informado do que sucedia, pois antes de nos separarmos André recebeu um rápido telefonema dele, que solicitava notícias. A conversa foi rápida. Não pôde dizer que tínhamos o cristal, mas Martine achava que Carlos, de alguma maneira, já sabia que trazíamos conosco algo muito valioso. Ao falar com ele, deu-lhe a entender que estávamos sendo seguidos, mas que nosso plano original continuava em andamento. De fato, antes de partirmos rumo à Escócia, combinamos que nos encontraríamos naquele mesmo dia, ou no seguinte, no aeroporto de *Inverness*, quando retornaríamos a Paris.

O que nos restava agora era chegar ao nosso destino sem sermos capturados ou perdermos a posse do cristal. Havia muita coisa em jogo, e muita água ainda para correr antes que tudo aquilo terminasse.

Era nisso em que pensava enquanto passava por um trecho da estrada quase deserto, cercado de montanhas nevadas, num cenário que me pareceu espetacular e que, por alguma razão, tocou-me profundamente.

A essa altura eu já tinha percebido que era seguido por uma camionete cinza, sendo essa a razão por que não parei para usufruir um pouco mais daquela fria e bela paisagem de inverno.

Um pouco mais tarde, ao me acercar de uma barragem *(Laggan Dam)* construída num pequeno lago, notei pelo retrovisor que a caminhonete, que até então se mantinha a uma certa distância, começou a se aproximar rapidamente e em poucos segundos chegou a meu lado, empurrando-me para fora da pista.

Acelerei para tentar escapar à sua arremetida, mas ela já tinha avançado, bloqueando minha dianteira. Dei então um violento toque no freio e consegui me livrar o tempo suficiente para engatar a segunda marcha e acelerar, jogando o carro para o lado da barragem, que estava livre. Mas num instante o outro veículo já havia colado em minha traseira, empurrando-me na direção do paredão do dique.

⚜

Lembro-me que a única coisa que passou por minha mente foi o sentimento de determinação de não deixar que o cristal fosse pego. Tinha de me livrar a qualquer custo daquela perseguição. Coisas muito importantes dependiam de mim naquele momento. Não podia falhar. Ao mesmo tempo em que assim considerava, vi, de relance, pelo espelho retrovisor, que havia dois homens na perua, um deles com uma cerrada barba negra.

Encontrava-me novamente num estado de atenção plena.

Com um novo golpe recebido pela caminhonete, meu carro saiu da pista e rodopiou uma vez, parando com a parte de trás a poucos centímetros do barranco. A perua tinha também derrapado, mas já dava a volta e arremetia mais uma vez para cima de mim. Acelerei violentamente e consegui sair do lugar, patinando as rodas dianteiras no cascalho molhado. A perua acompanhou o meu movimento e colou na lateral do automóvel, empurrando-o na direção do lago. Numa manobra desesperada, joguei o carro em cima da caminhonete para tentar contrabalançar a pressão que sofria, mas uma das rodas do Astra chocou-se com a roda dianteira da *van*, fazendo-o virar e despencar pela ribanceira, mergulhando no lago.

De dentro da cabine vi tudo girar. Acompanhei a cena como um filme em câmara lenta. Minha única preocupação naquele instante era pegar o *cristal*, enrolado em um casaco dentro da mochila. Todavia, na queda, a porta lateral abriu-se e a mochila foi jogada para fora.

Eu estava agarrado ao volante, mas com o impacto do carro na água, bati violentamente a cabeça na coluna da porta, e por alguns segundos perdi a consciência. O automóvel já tinha afundado bastante quando voltei a mim com o choque térmico da água fria envolvendo meu corpo. Por um momento, me apavorei. Não sabia se nadava imediatamente até a superfície ou tentava resgatar o cristal que afundara dentro da mochila, o que era muito arriscado. No entanto, tudo estaria perdido se ele caísse em mãos erradas. Seguindo apenas um forte impulso, e sem mais refletir, respirei profundamente na bolha de ar que ainda havia num canto do teto e mergulhei. A princípio, já fora do carro, olhei e não vi nada. Em seguida, porém, avistei a mochila branca a uns três metros de mim lá no fundo. A água estava gelada, mas apesar do frio que sentia, era preciso chegar até ela. Antes, porém, tirei rapidamente o casaco de couro, para ficar mais livre, e fui direto em direção à mochila, que estava caída bem próxima à muralha da barragem, numa profundidade de 6 ou 7 metros abaixo da superfície da água.

Perdi um tempo precioso em abri-la e pegar o cristal.

Àquela altura, já sem ar e quase desfalecendo, me pareceu impossível voltar à tona. E, mesmo se conseguisse, seria imediatamente capturado pelos homens lá fora. A distância para me transportar para cima da barragem já era bem superior ao máximo que conseguira antes. Não vendo mais nenhuma esperança para aquela situação, fui invadido por um profundo desânimo. A sensação da morte começava a dançar em meu peito e de repente fui tomado pelo desespero. Senti que tudo estava acabado. Mas nesse mesmo instante, quando já tinha desistido de tentar e antes de apagar-se completamente a tênue luz de consciência que ainda brilhava, como num sonho, vi e ouvi em minha mente Darapti me falar: "Ninguém conhece as próprias capacidades enquanto não as colocar à prova. Para todo desafio há sempre uma saída. Não se esqueça que a mente é senhora, e não serva da matéria".

Essa cena teve o condão de me trazer bruscamente a mim mesmo e injetar-me nova energia. Imediatamente soube o que devia fazer.

Reunindo minhas últimas forças, encostei-me à parede do dique e relaxei profundamente. Minha mente se aquietou e o medo e a preocupação dissiparam-se. A sensação de falta de ar desapareceu e uma profunda tranqüilidade inundou meu espírito. O peito e a consciência expandiram-se, ao mesmo tempo em que eu visualizava nitidamente a estradinha de asfalto que corria de um lado a outro da barragem. Naquele instante tive a certeza interior de que conseguiria vencer aquela enorme distância.

Uma corrente elétrica percorreu meu corpo e num átimo de segundo me desmaterializei com o cristal, reaparecendo no alto do paredão entre os seus pequenos muros laterais.

Fiquei agachado lá em cima por alguns segundos e depois corri abaixado até o outro lado da represa.

Quando já havia atravessado toda a extensão do dique, olhei rapidamente e notei que dois homens tinham saído do carro e inspecionavam o local onde o Astra havia mergulhado. Apressei-me para me afastar o máximo possível daquele lugar. O perigo ainda não terminara.

Embrenhei-me então na floresta de pinheiros que se estendia a minha frente, onde seria mais difícil me encontrar se descobrissem que conseguira sair do carro, e passei a correr por uma trilha sinuosa. O som dos passos no solo úmido – *que lançavam respingos de meus sapatos molhados* – ecoavam pela mata. Eu sentia muito frio e todo o meu corpo tremia sem cessar. Apesar disso, carregava comigo um íntimo contentamento por estar com o cristal e ter conseguido sair ileso do episódio, transportando-me por uma distância maior do que me supunha capaz naquela situação aparentemente desesperadora. Todavia, tinha aguda consciência de que a aventura não havia terminado. Precisava chegar o mais rápido possível a

Inverness, depois de entrar em contato com André e Martine. Assim como eu, eles também corriam perigo.

Aquela gente estava disposta a tudo. Por certo desconfiavam que eu carregasse algo importante comigo. O cristal que tinha em minhas mãos era algo muito mais extraordinário do que aquilo que a princípio estávamos buscando. Foi uma grande surpresa tê-lo encontrado. E talvez não fosse preciso uma pessoa especial como Martine para recuperar as preciosas informações que guardava. Era possível que se pudesse construir um aparelho para captar e decodificar os seus sinais, mesmo que de forma parcial. E se a quadrilha que nos perseguia estava disposta a matar para obter o cristal, certamente não hesitaria em usá-lo para objetivos pessoais e talvez destrutivos.

※

Calculo que andei mais de dois quilômetros pela trilha, até que saí da floresta e continuei, aos tropeções, por uma estreita estrada de cascalho. Eu precisava encontrar algum lugar para me aquecer, pois provavelmente já estava entrando num processo de hipotermia. O tempo que ficara na água gelada tinha feito minha temperatura corporal baixar rapidamente. E isso era agravado com o frio que fazia e as roupas molhadas.

Pensando que não podia desistir, e determinado a continuar, lutei para não desfalecer e para manter-me consciente. Lembrei-me de um exercício de ioga para esquentar o corpo que aprendera com Carlos. Concentrei-me então no centro de energia psíquica que fica na base da espinha, ou na região sacral *(que os iogues chamam de muladhara, ou chakra raiz)*, e imaginei que uma onda de calor se desprendia dali e se espalhava pelo meu corpo. Era a energia do *kundalini* ou o *Ki*, que começara a aprender a libertar e a usar. A mesma energia, utilizada de uma outra forma, que me permitia efetuar a desmaterialização e me transportar de um lugar para outro — apenas um *sidhi (ou poder)*, de muitos possíveis que eu havia dominado parcialmente.

Caminhei durante uns 5 minutos concentrado nesse intento e, aos poucos, fui sentindo de fato o corpo se aquecer, até que um pouco mais adiante avistei algumas casas. Era um vilarejo que surgia no meio do nada.

Escondi o cristal entre as frestas de uma formação rochosa a uns 10 metros da estrada e segui em frente. Não queria entrar na cidade com aquele objeto nas mãos. Ao me aproximar mais um pouco, encontrei um senhor passeando com seu cão.

— Você está em *Fersit*, meu jovem. Como veio parar por aqui, e ainda todo molhado? – perguntou ele ao me ver.

— Meu carro caiu no lago, perto da barragem – expliquei.

— Por Deus, como você conseguiu essa bela façanha?

— Um acidente — *respondi, sem entrar em detalhes.* — Preciso de um banho quente e de roupas secas.

— Isso não é problema. Já faz algum tempo que a luz elétrica chegou por aqui.

— Felizmente salvei minha carteira — disse, sorrindo e apalpando o local em que ela estava no bolso da frente de minha calça tipo safari, para mostrar que eu poderia pagar por aquilo de que precisava.

— Filho, é muito bom que não tenha perdido sua carteira e melhor ainda porque não quero seu dinheiro. Você está tremendo como uma vara verde. Venha até minha casa — exclamou ele, dando meia volta.

— Como é seu nome? — perguntou ele.

— Oto.

— Só isso?

— Oto Castorp.

— O meu é John. John Fersit.

— Então dei sorte. Encontrei o dono da cidade — brinquei.

— Não o dono, mas o neto dele — tornou o velho, com um riso gutural. — Houve um tempo que todos os moradores da cidade eram primos, tios, irmãos, enfim, parentes. Mas que raio de nome é este. Oto Castorp. Você não é escocês, é?

— Não, nem inglês. Venho do Brasil.

— Ah, da terra de Pelé e de Ayrton Senna — disse ele.

— E também de Machado de Assis, Villa Lobos e Portinari — tornei eu, com os primeiros nomes que me vieram à cabeça.

— Quem são esses?

— Uns caras legais, talentosos. Gente boa, gente boa... — disse, não sentindo vontade de explicar.

Ao acompanhá-lo até a casa, notei que havia uma estação de trem na pequena cidade. Perguntei-lhe se ia até *Inverness* e ele me respondeu afirmativamente, mas observou que o mais rápido era tomar o trem em outra cidade, a uns 40 quilômetros dali, pois, devido à configuração sinuosa da estrada de ferro nas Highlands, isso encurtaria muito o caminho.

A casa de John, um sobrado de tijolo aparente e telhado de ardósia, tinha uma aparência simples, mas agradável. Na entrada, um jardim muito bem cuidado dava uma impressão reconfortante de asseio e cuidado. Ao entrarmos, ele me levou até um quarto vazio, me entregou um cobertor e pediu para a sua esposa encher a banheira com água quente, enquanto me ajudava a tirar as roupas molhadas. Em seguida trouxe-me um cálice de conhaque para me "aquecer por dentro".

Após o banho, e depois de um tempo deitado no quarto bem aquecido, já me sentindo recuperado do mal-estar e do frio que havia penetrado até os meus ossos, vesti as roupas secas que John me levara – *e que eram maiores do que eu* – e fui para a sala conversar. Ele me serviu uma nova dose de conhaque e disse que me acompanharia, apesar de preferir cerveja.

O velho era um tipo extrovertido e muito pitoresco. Barbudo, cabelos grisalhos, abundantes e despenteados, que saltavam do pequeno boné xadrez, estava quase sempre com um comprido cachimbo pendurado na boca. Para ele, as melhores coisas do mundo consistiam em pescar, beber um trago e fumar, nessa ordem. Adorava cachorros, que ele considerava seres melhores que os homens. Com isso ele não precisava de mais nada para ser feliz, com exceção de sua velha Mary *(uma senhora simpática, de cabelos grisalhos cortados tipo chanel, olhos redondos e bem azuis e com uma carinha de anjo)*, que ele gostava quase tanto quanto do seu Bob, o cão labrador que o acompanhava aonde quer que ele fosse.

John morava só com a esposa, mas um dos filhos que tinha um mercadinho na cidade quase sempre o acompanhava em suas pescarias. O outro vivia em *Glasgow,* onde possuía uma pequena empresa de táxi.

Ao pé da lareira, conversamos até tarde da noite. Ele queria comemorar. Não sabia exatamente o que, mas sentia-se feliz e contente. E, de minha parte, estranhamente sentia-me também assim.

John parecia um velho amigo que eu não via há muito tempo e que agora reencontrava. Afinidade de almas, ou destino, talvez. Ele tinha muitas histórias pitorescas para contar e me reteve durante horas falando de sua adorada Escócia e perguntando sobre o Brasil, que ele considerava um país exótico e misterioso.

Em certo momento, enquanto conversávamos *(Bob estava deitado com a cabeça em cima dos pés de John),* seu filho, que estava fora da cidade, passou por lá para dar um alô.

Graham tinha cabelos ruivos e sardas no rosto, e apesar de ser alto e forte como um touro, possuía uma expressão alegre de menino travesso.

– Esse é meu amigo Oto – *apresentou-me John* –, um sujeito um pouco esquisito, mas boa pessoa, que saiu lá do Brasil, com aquelas praias maravilhosas, para tomar banho no *Loch Laggan*. No inverno! E com carro e tudo!

– Ele pode estar pagando alguma promessa, quem sabe? – brincou Graham.

– Então deve ser algo muito importante – comentou John.

E lembrando-me de Débora e dos dias passados em Paris com ela, falei:

– Vou casar com uma prima muito bonita, que finalmente me aceitou, depois de muitos anos. Isso bem que valeria um banho frio.

– Casamento?! Nessa eu não caio – exclamou Graham.

— Mulheres, mulheres, esses bichinhos encantadores que nos causam tantas dores de cabeça... Fiz minhas farras quando morei em *Glasgow* e era jovem, mas acabei me cansando e concluí que o melhor era encontrar uma mulher pacata e me acomodar, porque, feliz ou infelizmente, precisamos delas. Por isso casei cedo, por volta dos 35 *(ele sorriu maliciosamente)*, e não me arrependi. Queria sossego e paz. E foi o que encontrei com a minha Mary, que também é minha prima. *Fersit* como eu, e, na época, como quase toda esta cidade.

Em seguida, John olhou para o filho e disse.

— Graham é meu companheiro de pescarias e um excelente cozinheiro.

— Papai é também muito bom em ambas as coisas. Mas na pescaria sou melhor — tornou Graham, provocativo.

— Na verdade, Graham é cheio de habilidades — prosseguiu John, com um sorriso malicioso, depois de tirar o cachimbo da boca e soltar uma baforada de fumaça. — Mas é o sujeito mais despreocupado que conheço.

— Desconfio que tenho a quem puxar! — retrucou o outro, suspendendo várias vezes as sobrancelhas e olhando para o velho. — Tal pai, tal filho.

— Ele é partidário do princípio que diz: *"não faça hoje aquilo que pode deixar para amanhã"* — continuou John, desconsiderando a observação do rapaz. — Não é mesmo Graham? Somente hoje foi comprar os produtos para a sua mercearia que acabaram há quase uma semana. E os clientes reclamando... Todo esse tempo deixando de ganhar dinheiro... Mas, afinal, o dinheiro não é tudo na vida... Não é mesmo?

— Não, não é. Acho que há coisas muito mais importantes. Além do mais, estou satisfeito com minha vida e com o que tenho. Vivo em coerência com o que penso, ao contrário de alguém que conheço que está sempre falando da poluição das águas e do ar, mas não pára um instante sequer de engolir fumaça, prejudicando a própria saúde e poluindo o ambiente.

— Ah! Se eu não puder fazer o que gosto, que sentido tem a vida?!

— Nenhum. E esse é o meu ponto. Não me preocupo muito com as coisas, porque esse é o jeito que encontro de viver melhor. Em paz.

— Bem pensado — observei. — Estou com você.

Os dois eram de fato bons companheiros, mas John estava sempre provocando Graham. Era esse o seu jeito. Sempre provocativo. Mas Graham não se incomodava com isso. Aproveitava até para dar suas cutucadas. Falava sempre o que pensava.

Um pouco mais tarde, a sós novamente com John — *Graham foi para a mercearia descarregar as compras* —, e por sua solicitação, sentindo que podia confiar nele, e estimulado pelo efeito do conhaque, falei do acidente na barragem. Contei-lhe que um grupo de pessoas que pertencia a uma organização secreta estava atrás de um objeto que eu trouxera comigo. Um cristal de quartzo, uma peça de grande valor, não apenas porque pertencera a uma civilização muito antiga, mas também porque guardava registros e conhecimentos, em sua estrutura atômica cristalina, altamente sofisticados, que permitiriam a humanidade avançar muito rapidamente – se fossem bem empregados.

E como ele manifestasse interesse no assunto, continuei:

– A "Organização", de certa maneira, representa os grandes interesses econômicos, sobretudo das empresas multinacionais de automóvel e de petróleo, que serão as mais afetadas se os conhecimentos ali contidos forem divulgados. Com o motor gravitacional *(que pretendemos iniciar a fabricação)*, por exemplo, haverá possibilidades de produção de energia abundante, limpa e barata. O que configura também uma ameaça quase mortal ao sistema econômico atual, fundamentado na idéia de escassez.

E depois de contar sobre a caverna e o que havia acontecido lá dentro, concluí o assunto:

– Ocorrerá uma verdadeira revolução civilizatória, decorrente duma profunda mudança da consciência humana. Por isso "eles" estão muito assustados com a perspectiva de que alguém ponha as mãos em tais informações e as divulgue livremente. Seria o fim de seu modo de vida, de sua verdade e de sua suposta riqueza. De alguma forma, não sei como, sabem, ou desconfiam, que nós conseguimos algo que nos levará a essa nova fronteira.

– Oxalá tudo isso de fato aconteça. Tenho minhas dúvidas, pois me parece muito fantástico. Mas não importa, acredito em você, em seu idealismo, e quero ajudar. O que posso fazer?

– Você já fez muito em me acolher. Nem imagina o quanto.

Não havia muitos lugares para onde eu poderia ter ido. Só existia uma pista de asfalto naquela área, com muito pouco trânsito. Por isso considerei que não seria difícil me encontrarem em *Fersit*. John queria que eu partisse somente no dia seguinte, pela manhã. Ele mesmo me levaria a *Inverness*. Mas eu preferia tomar um trem para lá em outra cidade, para não expor meu amigo a nenhum perigo. Tal era a razão de minha relutância em avisar logo a *Hertz* sobre o carro e também de tranqüilizar meus companheiros de que eu estava bem, pois possivelmente a "Organização" localizaria minha chamada e seus soldados poderiam me achar na casa de John.

Fiz isso logo pela manhã, de uma cabine pública, pois assim não saberiam quem tinha me acolhido, caso meu telefonema fosse monitorado. E de fato estava, pois não demorou nem uma hora e Graham veio nos avisar que três homens, que haviam chegado numa caminhonete cinza, perguntavam por alguém com a minha descrição. Certamente tinham me localizado pelo telefonema que dera a Carlos. Como isso fora possível, eu não sabia, pois a ligação não durara mais que um minuto. De qualquer forma, "eles" estavam lá e pareciam estar em todos os lugares.

Graham, já previamente alertado de que me procuravam, disse aos estranhos que uma pessoa com as características descritas por eles já havia partido de trem, depois de comprar roupas e agasalho em seu pequeno mercado, e que provavelmente tinha ido para *Glasgow*.

"Eles", porém, não foram embora.

Um pouco mais tarde ficamos sabendo da chegada de um outro carro, com dois homens. Aparentemente, estavam vigiando as principais saídas da cidade. Um carro ficou perto da estação ferroviária e o outro, no lado oposto, por onde se chegava à pista que levava a *Inverness* e também a *Perth* e *Edinburgh*.

Em vista disso, pensei que o melhor a fazer era apanhar o cristal e sair dali o mais rápido possível.

— Esses camaradas não vão encontrá-lo. Vou tirá-lo daqui agora — disse John, ao saber da notícia.

— Obrigado John, mas é perigoso.

Ele soltou uma baforada de seu cachimbo e olhou-me com um sorriso nos olhos.

— Esta cidade às vezes é muito pacata para meu gosto. Um pouquinho de emoção é do que preciso. Vamos Oto, não temos tempo a perder, seja lá o que você tenha de fazer.

— É arriscado — *repeti* —, pois pode haver outros carros da Organização por aí. Talvez até um helicóptero.

— E daí? Se você ficar aqui, enfrentará também o mesmo perigo. Nada é garantido. Assim é a vida, filho.

— Sei disso, mas não é justo envolvê-lo nisso.

— Já estou envolvido. Por livre e espontânea vontade e de bom grado.

— Está bem. Então preciso que alguém vá buscar o cristal no local onde o escondi. Não posso sair agora, pois certamente serei identificado.

— Esse alguém sou eu — exclamou John. — Onde ele está escondido?

Expliquei-lhe então onde eu o tinha guardado e John não teve nenhuma dificuldade em encontrá-lo. Ele conhecia aquela área como a palma de sua mão.

Um pouco mais tarde, com ajuda de Graham, traçamos um plano de fuga.

Graham sairia da cidade com a seu carro, pegando a pista de asfalto no sentido de *Fort Augustus*. Um instante depois, um outro veículo partiria na direção contrária.

Acreditávamos que os soldados da Organização iriam atrás, desconfiados de que eu poderia estar escondido em algum dos carros. Isso nos daria oportunidade de, sem sermos vistos, pegarmos a estrada de terra que ia dar numa cidadezinha chamada *Dalwhinnie*, a uns 40 quilômetros de *Fersit*, onde eu tomaria o trem para *Inverness*.

Faltava apenas uma pessoa para a implementação do plano e John não teve dúvida em convocar Mary, que concordou prontamente em ajudar, sem pedir maiores explicações. Ela confiava no marido e parecia ter gostado de mim.

Todavia, quando John contou-lhe o que estava acontecendo e deu maiores detalhes do plano, Mary balançou a cabeça.

– Não, isso não vai dar certo – disse, pensativa.

– E por que não? – perguntei, curioso.

– Minha querida mulherzinha, o que você tem em mente? Contenos, por favor – solicitou John.

– Se essa essas pessoas conseguiram localizar o Oto por um telefonema que ele fez de uma cabine pública, e que não durou mais de um minuto, é óbvio que não seriam tolos o bastante para irem todos atrás dos carros que estão saindo. Devem ser mais espertos do que isso. Com certeza vão deixar alguém na cidade.

John tirou o cachimbo da boca, cofiou a barba por um instante e finalmente falou.

– É, acho que ela tem razão.

E, olhando para mim, acrescentou com bom humor.

– Mary é esperta como o diabo. Ela soube me pegar direitinho, sem eu sentir. Uma mulher dessas é um perigo para a tal da Organização.

– Mas como então poderei sair daqui? – perguntei, meio desanimado.

– Continuaremos com o plano, mas com uma pequena modificação – respondeu ela. – Graham vai com seu carro, depois vou eu e John sai com sua sobrinha na camionete.

– Que sobrinha?! – exclamou John. – O que quer dizer com isso?

– É, o que quer dizer com isso? – perguntei eu.

– Você usará uma roupa diferente! Irá disfarçado de mulher – explicou ela, com uma expressão alegre no rosto.

Fiquei atônito e Graham deu uma gargalhada.

– Você deve estar brincando – gritou John. – E onde vai encontrar roupa para vestir essa criatura masculina? Você é baixinha e magra como um bambu!

– Mas já fui gorda – reconveio ela.

– Quando?

— Quando estava grávida desse marmanjo — disse ela apontando para Graham. — Não se lembra?

— Lembro. Mas isso faz quase 30 anos. Não me diga que guardou aqueles vestidos largos?

— Guardei sim. Aprendi com você que tudo pode ser aproveitado um dia.

— Mary, confesso que estou com medo de ver os seus vestidos — disse eu. — Espero que não sejam muito espalhafatosos.

— Ah, deixe disso. Você quer sair a salvo daqui, não quer?

— Quero.

— Então faça o que digo.

— Farei. Não tenho mesmo opção melhor.

— Então venha até meu quarto.

John, que tinha se calado, deu um risinho maroto quando passei por ele.

Já em seu quarto, Mary abriu um baú que ficava do lado do guarda-roupa e começou a tirar um monte de roupas lá de dentro, até que achou um vestido verde-pálido, florido e aparentemente largo o bastante para que eu coubesse nele. Depois de entregá-lo a mim, saiu do quarto em busca de outro acessório para o disfarce, ao mesmo tempo em que Jonh e Graham entravam no recinto para assistir a minha transformação.

Depois que tirei as calças e vesti, com a ajuda de Graham, que não parava de rir, minha nova indumentária, Mary voltou com uma peruca loira toda empoeirada. Segundo Jonh explicou, era do tempo em que ela resolvera ficar parecida com a *Marilyn Monroe*.

Com a peruca já ajustada na cabeça, foi a vez do batom. Era o toque que faltava. A nota destoante eram as botas que eu acabara de calçar. Mas, provavelmente, nem seriam percebidas, pois ao sair de casa eu entraria imediatamente no carro de John que se encontrava estacionado bem em frente.

O importante era que me vissem dentro do carro, e de preferência de uma distância não muito próxima, para saberem que apenas um velhote e uma moça loira estavam saindo numa picape.

Assim, depois que Mary e Graham cumpriram sua parte do plano, entramos no carro de Jonh, juntamente com Bob, que se acomodou ao meu lado, e deixamos vagarosamente a cidade pela estrada de terra.

Dois soldados da Organização que tinham ficado por lá nos viram sair, mas aparentemente não desconfiaram de nada.

Em pouco tempo estávamos chegando em *Dalwhinnie,* e tratei logo de tirar o meu disfarce.

— Já fazia um bom tempo que não vinha por essas bandas. Fabricam um bom uísque neste lugar — comentou com alegria John. — Temos tempo ainda. O trem só passa daqui a uma hora. Vamos até a destilaria tomar um trago. A Mary vai ficar contente com o presente que lhe levarei.

Ninguém me procuraria numa destilaria de uísque. Era um bom lugar para ficar até a chegada do trem, e mais ainda para John, que não apreciava somente cerveja. Ele tomava todas. Bebia conhaque, uísque, como se fosse água. Ou, para ser mais exato, como se fosse cerveja, pois do tempo que passei com ele não o vi nenhuma vez beber água. Mas nunca me pareceu embriagado. Ou talvez esse fosse seu estado natural!

— Vamos, mas não beberei. Preciso ficar lúcido.

— Tomar um pouquinho só pode lhe fazer bem. Ajudará a relaxar. E você conhecerá um uísque puro, sem mistura. O malte é forte e saboroso.

Após quase uma hora, caminhei com John para a estação, que ficava bem perto da onde estávamos. Quando o trem chegou, abraçamo-nos com força. Fiquei emocionado. Senti, desde que o encontrei pela primeira vez, uma imensa afinidade e camaradagem pelo simpático e hospitaleiro velhote.

Na escada, quando o trem já ia sair, apertei-lhe a mão pela última vez. Agradeci o que fizera por mim e disse-lhe que nos veríamos novamente.

— Mas ainda nesta vida!? — exclamou ele, tirando o cachimbo da boca com uma baforada.

— Sim, ainda nesta vida — respondi. — Prometo!

Entrei então no trem e me acomodei numa poltrona junto à janela. Com o coração apertado com a emoção da despedida, fiquei olhando a paisagem esbranquiçada de neve que passava diante de mim, enquanto o trem iniciava vagarosamente sua marcha.

Um pouco depois, ainda envolvido e absorto naquele estado de alma, subitamente, num trecho onde o trem fazia uma curva acentuada, avistei John sentado no capô da pick-up tocando uma gaita de fole. Era sua despedida. Abri rapidamente a janela e acenei com a mão. Ele me respondeu com um meneio de cabeça e um largo sorriso nos lábios.

Meus olhos ficaram cheios d´água.

O confronto

O importante era chegar a Paris o mais depressa possível. Mas antes precisávamos nos reunir em *Inverness* e retornar no jatinho em que Carlos estava vindo. Todavia, como nossos passos tinham sido monitorados desde que havíamos saído da França, era possível que também o vôo de Carlos para a Escócia fosse descoberto. Existia algo de sobrenatural na forma como seguiam nossa trilha. Era difícil me libertar da impressão de que cada movimento que fazíamos era, de alguma forma, detectado.

Em uma hora e meia, aproximadamente, estaria em *Inverness,* e quando tentei me comunicar com André e Martine, não obtive resposta. Consegui apenas falar com Carlos, que estava, naquele exato momento, saindo de Paris ao nosso encontro.

– Estou indo – disse-lhe, da forma mais sucinta possível, pois ele sabia que eu me referia a *Inverness*.

– Não é conveniente agora – respondeu ele. – Vá apenas quando estivermos partindo. Você sabe o horário. Mas cuidado!

Na própria estação de trem peguei um táxi e segui para o norte, até *Black Isle*, onde o motorista me conduziu a uma cidadezinha chamada *Fortrose*, na qual havia um pequeno hotel – uma construção antiga de dois andares, pintada de branco que ficava quase em frente às ruínas de uma igreja medieval.

Somente por volta de uma hora da tarde do dia seguinte o avião que nos levaria de volta à Paris pousaria no aeroporto. Para colocar as idéias em ordem, fui dar um passeio até a igrejinha e tentar me acalmar um pouco, pois temia pela vida de André e Martine.

À noite, depois do jantar – *provavelmente eu era o único hóspede naquele dia* –, sentado em frente à lareira da sala, ouvi, agradecido, a simpática dona do hotel falar sobre os clãs da Escócia e do seu em particular. Um pouco depois, saí para um passeio até a beira da água *(em frente a Avoch Bay, no Moray Firth)*, onde encontrei um banco e fiquei alguns minutos a sentir, com deleite, a brisa fria do mar e a ouvir o marulho incessante das ondas.

Quando o frio tornou-se difícil de suportar, voltei para o meu quarto, onde meditei sentado na poltrona durante quase uma hora. Em seguida, joguei-me na cama e dormi pesadamente.

No dia seguinte, dei um rápido telefonema a Carlos e ele me pediu que o encontrasse "no local do irlandês". Não soube inicialmente o que tais palavras significavam, mas um pouco mais tarde compreendi que provavelmente se referia ao gerente do *Inchnacardoch Lodge*, embora não soubesse como teria obtido tal informação. Obviamente os planos haviam mudado. Não perdi tempo. Chamei um táxi e segui para *Fort Augustus* com o cristal embrulhado dentro da mochila.

Quarenta minutos mais tarde saí do carro e pedi que o motorista me esperasse um momento no estacionamento do hotel, enquanto falava com o gerente. Soube que havia um hóspede novo que se registrara com o nome de Basil. Pela descrição dada, tive a certeza de que era Carlos. Um rápido contato por telefone confirmou a minha suspeita, e um minuto depois ele chegava ao saguão.

– Que satisfação em vê-lo! – disse, dando-me um abraço. – Mais que nunca preciso de sua ajuda. Martine e André estão com o pessoal da "Organização".

– Eu suspeitava disso desde que tentei falar com eles e não consegui. Provavelmente, antes de ser pego, André tenha jogado fora o celular, por precaução. Mas como soube?

– Recebi um telefonema do pessoal da Organização. Eles propõem uma troca. Devolvem Martine e André pelo "objeto" que vocês tiraram da caverna. Não sabem o que é, mas, de alguma forma, sabem que temos alguma coisa muito valiosa.

– Efetuemos a troca então. E depois que libertarem Martine e André tentamos recuperar o cristal – sugeri.

– Suspeito que não os libertarão. Todos nós corremos perigo. Sabemos demais. O mundo deles está ameaçado com o que foi descoberto por vocês e com o objeto que retiraram da caverna.

– Então o que faremos?
– Devemos resgatá-los imediatamente.
– Como?
– Venha comigo e saberá. Será necessário que use o seu "dom" novamente.
– Farei qualquer coisa por eles.

Carlos chegara sozinho num jipe *Land Rover*, porém, dois membros do Grupo ficaram em *Inverness*, onde aguardariam novas orientações. Jean e Afonso constituíam uma espécie de reserva especial.

Antes de tentarmos resgatar André e Martine, era preciso deixar o cristal com eles. E foi o que fizemos. Encontramo-nos rapidamente a meio caminho entre *Inverness* e *Fort Augustus* e em seguida voltamos ao hotel.

Carlos esperava um contato, pelo seu celular *(que ele sabia que estava monitorado)*, orientando-o como efetuar a troca. Mas, agora, era ele que estava preparado para usar os recursos técnicos e científicos mais modernos que seus amigos empresários estavam disponibilizando para localizar a origem de uma eventual chamada telefônica.

Aguardávamos no saguão do hotel, e, para nossa surpresa, o rapaz da recepção veio nos procurar com um fax que acabara de chegar, endereçado ao hóspede do quarto 203, ocupado por Carlos. No papel estava escrito apenas o nome de um lugar – *que não conhecíamos, mas que logo identificamos no mapa* – e a hora do encontro.

Alguns minutos mais tarde Carlos recebeu um outro fax, agora de fonte amiga, com a reprodução de uma espécie de mapa de rua informando a localização aproximada do local onde provavelmente André e Martine estavam presos. Analisando o mapa, constatamos que não era muito longe do hotel, provavelmente em uma casa nos arredores da cidade, no meio de uma floresta de pinheiros. Tínhamos apenas duas horas para achar o lugar e resgatá-los, antes que fossem levados ao ponto estipulado para a permuta, a uns 20 quilômetros dali, para o lado de *Foyers*, na outra margem do *Loch Ness*. Era preciso surpreendê-los.

Quando nos aproximamos da posição indicada, notamos que havia um bangalô de madeira com a varanda iluminada e três pessoas lá fora. Continuamos na estrada, para não despertar suspeita, e paramos o carro a uns trezentos metros adiante, quando não podíamos mais ser vistos ou ouvidos. Como o espaçamento entre as árvores era grande, permitindo que a luz da lua iluminasse parte do chão, começamos a nos acercar da casa por uma trilha que seguia dentro da mata. Ao chegarmos bem perto do baixo muro de pedra que cercava a propriedade, na direção lateral do bangalô, Carlos parou de repente e me fez sinal para abaixar.

– Quero que você fique bem próximo à casa – disse ele, quase num sussurro – para entrar nela pelo lado de trás. Agora darei a volta pelo muro e irei calmamente até a varanda pelo portão principal, como se estivesse perdido e viesse pedir alguma indicação.

– E como você pretende passar pelos guarda-costas?

– Isso não será muito difícil. Por um momento eles ficarão surpresos com a minha chegada, e nesse instante aproveitarei para colocá-los fora de ação. O maior problema, no entanto, está lá dentro. André, que é um bom lutador, não estaria preso agora se Rupert não estivesse com eles. Esse, no momento, é o principal problema. Ele é um sujeito perigoso, exímio na luta, e possui uma mente muito poderosa.

Apesar de confiar quase cegamente nas habilidades de Carlos, tive dúvida de que conseguisse o que estava pretendendo.

– Quero ir com você.

– Não. É melhor que fique como uma força reserva para entrar em ação na hora certa, passando pela parede para libertar Martine e André. Será uma surpresa, pois não esperam por isso.

– Mas como saberei o momento de agir?

– Darei um sinal.

– Que sinal?

– Este!

Ouvi então, distintamente, o meu nome reverberando dentro da cabeça, embora Carlos não tivesse aberto a boca. Era mais um de seus truques, mais um de seus poderes que se revelava para mim naquele instante.

Todavia, apesar daquilo, continuei um pouco inseguro, pois não tinha noção exata do que teria de fazer, e sabia que os homens da Organização possuíam armas, e não hesitariam em usá-las contra o meu amigo. Mas aquela não era hora para pedir explicações detalhadas ou titubear. Era hora de agir e de confiar em Carlos. Tinha a convicção de que ele sabia o que estava fazendo.

Antes de me dirigir cuidadosamente para o lado do bangalô, vi nitidamente três homens na varanda, que mal disfarçavam suas armas dentro dos casacos. Um deles estava sentado em frente à porta, outro num extremo da varanda encostado na balaustrada, e o outro, andava vagarosamente pela varanda, olhando ocasionalmente para os lados. Este último era o mesmo homem barbudo que dirigia o carro que me havia jogado na barragem do *Loch Laggan*.

Como era necessário aguardar primeiro o movimento inicial de Carlos, fiquei posicionado num lugar, atrás de uma árvore, que me deu uma boa visão do que aconteceu em seguida.

Depois de tirar o casaco e ficar apenas com um fino pulôver *(para ter os movimentos mais livres e também para mostrar que não portava nenhuma arma)*, Carlos saiu da mata e encaminhou-se, com passos firmes, em direção à parte da frente do bangalô.

Quando Carlos já tinha vencido os 12 ou 13 metros dos 15 que separavam a varanda do portão, que estava entreaberto, o barbudo avançou em direção a ele e o interpelou.

– Quem é você e o que deseja?

– Quero falar com o chefe de vocês. E meu nome não é da sua conta – respondeu meu amigo, olhando-o nos olhos com firmeza.

O que se passou em seguida foi muito rápido e surpreendente.

Quando o barbudo tirou o revólver da cintura e o apontou para Carlos, este, num abrir e fechar de olhos, colocou-o fora de combate com um violento chute no peito e, um instante depois, com a mesma rapidez, lançou ao chão, num giro pelo ar, um segundo guarda que se jogava em sua direção tentando agarrá-lo. O que vinha logo atrás, com uma arma em punho, disparou, mas com um ágil movimento de corpo, Carlos desviou-se da trajetória da bala, ao mesmo tempo em que derrubava o agressor com uma rasteira, seguida de um poderoso soco que o nocauteou.

O barulho de fora atraiu um outro indivíduo de dentro da casa, que, ao abrir a porta com uma arma em punho, recebeu um murro poderoso no queixo, que o lançou de volta para a sala.

Os golpes de Carlos tinham o poder de sua mente, da energia *Ki* que havia despertado e aprendera a utilizar. Essa era a razão pela qual todos os que foram atingidos por ele ficaram ou desacordados ou completamente atordoados. Foi uma seqüência de socos, cutiladas e chutes que deixou os "soldados" da Organização momentaneamente fora do ar. Parecia que um furacão havia passado pela varanda.

Depois que Carlos entrou no bangalô, deixando seus agressores espalhados pelo chão, senti um frio na barriga, pois não sabia o que poderia acontecer a seguir. Corri então até a lateral da casa, e lá fiquei, por um momento, esperando o sinal para entrar em ação. E este não demorou muito, pois logo ouvi dentro do cérebro meu nome ecoando bem alto.

Não perdi tempo. Concentrei-me, ingressei no estado de "fluxo" e, em seguida, elevando o padrão vibratório de meu corpo *(e do meu campo energético)*, passei pela parede, surgindo num recinto mal iluminado, onde vi André e Martine amarrados em duas cadeiras. Soltei-os rapidamente enquanto ouvia os ruídos surdos do combate que se desenrolava no cômodo ao lado. Meus amigos pareciam dopados, pois mal podiam levantar a cabeça. Todavia, quando André percebeu minha presença, seus olhos brilharam.

– Que bom ver você – balbuciou ele.

– Temos que sair daqui o mais rápido possível – disse eu. – Você consegue ficar em pé?

– Acho que sim – respondeu, levantando-se com dificuldade e dando alguns passos inseguros até Martine, que, neste momento, parecia desacordada.

Por um momento, fiquei indeciso se tentava, de alguma maneira, ajudar Carlos *(pois temia que os guardas voltassem para dentro da casa e o atacassem)*, ou se saia dali pela janela com meus amigos. Todavia, um impulso mais forte me fez abrir a porta para ver o que acontecia do outro lado, enquanto André tratava de reanimar Martine batendo-lhe levemente nas faces.

Vi então se desenrolar uma luta terrível. A sucessão de golpes de ataque e de defesa entre os combatentes era rápida e violenta. Rupert, que eu não conhecia, era um homem alto e forte, e parecia estar gostando daquilo. Era um guerreiro fenomenal. Mas Carlos não lhe era inferior.

De certa maneira, estavam em igualdade de condições. Mas o equilíbrio estava prestes a ser rompido, pois um dos soldados da Organização tinha começado a se levantar e tentava pegar a sua arma caída dentro da sala.

Ao ver aquilo, corri para pegar o revólver antes dele, mas Rupert saltou em minha frente e me desferiu um chute no peito, lançando-me de encontro à parede. Nesse momento, Carlos aproveitou o desvio de atenção de seu adversário para infligir-lhe um golpe certeiro na nuca, deixando-o inconsciente. Em seguida, socou o outro homem, que já havia apanhado a arma, nocauteando-o novamente.

Nesse momento, André estava saindo do quarto com Martine, enquanto eu tentava me levantar.

– Rápido, rápido, temos que sair daqui agora – disse-nos Carlos, tomando Martine nos braços.

Passamos então pela varanda rapidamente, onde os soldados da "Organização" continuavam ainda inconscientes *(com exceção de um, que foi novamente posto para dormir com um apertão em seu pescoço)*, pulamos o muro de pedra e corremos pela trilha no meio da mata em direção ao Land Rover.

Rupert não demoraria muito para recobrar suas forças, por isso quando chegamos ao automóvel partimos em grande velocidade. Pelo menos tínhamos alguns minutos de vantagem, além do elemento surpresa do nosso lado. Nessa altura eles não poderiam saber para onde estaríamos indo. Provavelmente pensavam que voltaríamos para *Inverness*.

Carlos rumou na direção oposta e depois seguiu pela A 87, pegando mais adiante a estrada para *Kyle of Lochalsh*, que passava pelas *Five Sisters of Kintail*, em direção ao litoral leste.

Durante o trajeto, Martine fez um relato do que tinha acontecido a eles, enquanto André aproveitava para dormir um pouco, recostado em seu ombro, já que estava acordado há mais de 48 horas. Contou que quando saíram de *Fort Augustus* em direção a *Inverness*, imaginando terem conseguido se ver livres dos membros da Organização, foram surpreendidos numa curva, perto de *Fort Augustus,* por dois carros que lhes fecharam o caminho e os fizeram parar no acostamento.

O que se segue é sua narrativa sobre o que sucedeu depois.

"– Saiam! – ordenou um homem alto, forte, ao abrir a porta do meu lado, segurando uma arma automática apontada em nossa direção.

Atrás dele havia três pessoas, também portando armas. Mais duas permaneceram em outro carro, sem tomar parte diretamente em nossa captura.

– O que quer de nós? – perguntou André.

– Não é a mim que você deve perguntar isso – respondeu o homem, com uma expressão séria. – A única coisa que quero saber agora é se estão com algum objeto tirado da montanha. Não adianta negar, pois revistaremos polegada por polegada do seu carro. E se esconderam em qualquer outro lugar, tenham certeza que em breve saberemos. Há formas de conseguirmos isso...

– Não temos nenhum objeto conosco ou escondido em outro lugar – disse eu –, portanto, deixem-nos seguir em paz.

O homem barbudo nada respondeu, apenas sorriu maliciosamente.

Depois de nos fazerem sair do carro e de nos revistarem cuidadosamente, fomos colocados no banco de trás do *jeep* e levados até uma casa no meio da floresta, a uns 10 minutos dali. Quando o carro finalmente parou, conduziram-nos imediatamente para dentro de um quarto semi-iluminado, onde nos amarraram com os braços para trás e, em seguida, saíram do recinto.

Passados alguns minutos, a porta se abriu e entrou um homem de porte alto, finamente trajado com um terno preto, traços finos, cabelos escuros e pele branca como a neve.

— Por que estamos aqui contra nossa vontade? O que querem de nós? — perguntou André.

O homem olhou-o com uma expressão maliciosa e respondeu:

— Para falar com franqueza, não sei exatamente o que quero de vocês, mas estou certo que sabem "o que" eu quero.

Sua voz era melodiosa e tranqüila. Possuía uma intensa energia pessoal e uma forte presença física; uma presença extraordinariamente autocentrada.

Como ficamos calados, ele continuou.

— Sei o que vocês e os de seu Grupo desejam fazer. Mas é apenas um sonho impossível, pois não imaginam com quem estão lidando, nem contra que poderosos interesses pretendem se opor. Estamos numa verdadeira guerra. Uma guerra em que tudo é permitido. E foram vocês que a começaram.

O homem se calou por um instante, ao mesmo tempo em que lançou um olhar penetrante para mim e, em seguida, para André, como se tivesse perscrutando nossas mentes. E ao cabo de alguns segundos, prosseguiu, referindo-se a Oto.

— Seu amigo sofreu um acidente, e, infelizmente "para vocês" já não se encontra mais neste mundo.

Apesar daquelas palavras, eu sabia interiormente que Oto estava vivo.

— Não estamos fazendo, e não fizemos, nada de ilegal — disse André. — Mas o senhor e seus capangas estão cometendo um grave crime ao nos aprisionar.

O homem de negro deu uma breve gargalhada. Ele parecia estar se divertindo conosco.

— Qual a importância de nossa pequena transgressão, diante do mal que vocês podem fazer à sociedade, e, é claro, aos nossos interesses? As leis são meras convenções que servem para conter e satisfazer as massas e, por isso, são feitas sobretudo para elas. O que sua gente pretende fazer poderá causar um abalo na economia mundial, prejudicando milhões de pessoas.

Enquanto o homem falava, eu sentia que nossas chances de escapar daquele lugar eram muito remotas, embora soubesse que Carlos estava vindo para nos resgatar. Mas todos ali, possivelmente com a exceção do chefe, que era aquele com quem conversávamos, estavam armados e atentos, e certamente não permitiriam que fôssemos embora sem revelar o que havíamos encontrado dentro da caverna.

– A estrutura econômica e social que você defende beneficia apenas uma pequena parcela da humanidade – *observou André, dando continuidade ao diálogo, certamente com a intenção de ganhar tempo e também para conhecer melhor nosso inimigo.* – E está fundamentada na idéia de que não há bens suficientes para todas as pessoas. Mas a terra é abundante e a criatividade e a capacidade do homem, infinitas. Cremos, ao contrário, em outro princípio, em outro paradigma, baseado na abundância. A abundância de energia, de bens e de alimentos, pois sabemos que é possível produzir para todos, sem excluir ninguém. O sistema que aí está, o capitalismo global, que tem uma vida própria e se alimenta da lucidez e da autoconsciência do homem, somente sobreviverá enquanto o ser humano for uma máquina inconsciente que serve aos seus propósitos. Ou seja, enquanto for um autômato que produz, consome e reproduz o sistema. E vocês, que nos combatem, são meros instrumentos desse sistema. Agem sem se dar conta de que é possível construir um mundo melhor para todos, e não apenas para uma pequena parcela da humanidade. Quem não produz ou consome bens, não existe para o sistema – nem para o Estado moderno. Enfim, não tem valor social. Dessa forma, o capitalismo nega uma verdade fundamental, a única idéia que poderia gerar paz entre os homens e no planeta, que é a concepção de que somos fundamentalmente dignos e iguais perante a vida; que temos os mesmos direitos e deveríamos ter as mesmas oportunidades.

Enquanto se travava aquele diálogo, percebi que Rupert estava também nos avaliando e nos conhecendo. Ele tinha uma grande força mental e, ocasionalmente, quando olhava para mim com um olhar penetrante, parecia que me desnudava física e psiquicamente. Tive que usar de toda a minha força para impedir ser subjugada por seu olhar.

– Belo discurso – tornou ele, para André. – Mas é só teoria, só utopia. E, como diz o velho adágio, de boas intenções *(que é o que significa sua utopia)* o inferno está cheio. A verdade é que é a experiência da escassez que instiga o homem a criar e a superar seus limites. O que requer um longo processo de amadurecimento, pois é um fato da natureza de que "nem todos são iguais". Há aqueles que são mais capazes e mais hábeis que outros e que, por tal razão, merecem uma cota maior. Os demais devem aprender com as dificuldades, com os desafios e os obstáculos da vida, e isso leva tempo, um longo tempo. É assim que, adaptados à inteligência da vida, contribuímos para a seleção dos mais aptos à sobrevivência, num mundo que sempre foi, e será, competitivo. Além disso, o planeta não suporta a população que tem atualmente. Ele está superpovoado e se a produção, seja de alimento, seja de bens de consumo, for aumentada para satisfação de todos, acabaremos por destruir os recursos naturais, depois de um período insano de crescimento populacional. Por esse motivo, os benefícios trazidos pelo capitalismo têm de ser distribuídos progressivamente, pois o sistema instalado tende gradualmente a expandir esses benefícios a todos. E isso somente é possível com o sistema de livre mercado, no livre jogo dos interesses e de capitais.

– Se você acredita tanto assim na liberdade – tornou André –, por que nos mantém presos aqui? O que está fazendo conosco é contra todos os princípios da liberdade. É uma violência incompatível com a própria natureza do sistema que defende.

– Tenho a convicção de que aquilo que faço é o melhor, primeiro para mim, e, também, para o tipo de sociedade em que acredito. E estou disposto a matar, e a morrer, por minhas convicções. O mesmo, suponho, deve acontecer com vocês. Como sabe, em todos os empreendimentos há sempre algum risco envolvido. E agora vocês estão enfrentando o risco de sua própria empreitada. Aceitem-no com elegância. Por outro lado, o meu risco são vocês, e aquilo que pretendem fazer. Para mim, o seu grupo constitui uma ameaça a um modo de vida e a um modo de progresso no qual acreditamos. O resto, como disse, não tem condições ainda de fazer parte do sistema. E nem poderia, visto que nem todos os homens são iguais. Alguns são mais animais que verdadeiramente homens. É preciso que aprendam e vivam na dificuldade, para que possam progredir. Além disso, a verdade é que a única lei universal é a seleção natural e o domínio dos mais fortes e dos mais sagazes. Essa é a verdadeira lei da existência em nosso mundo, e agimos conforme ela e contra quem a ameaça.

– Mas você sabe que outras coisas estão em jogo. Estamos vivendo um momento de grandes transformações. Desde o clima do planeta até a consciência da humanidade estão se transformando. E isso é sinal de um novo tempo que se inicia. Os construtores da "cápsula do tempo" deixaram uma mensagem para ajudar o futuro da Terra, quando fosse o momento de um novo despertar. O que você e seu grupo estão fazendo, ao tentar impedir isso, é interromper a inexorável marcha da evolução, que capacitará a humanidade a se libertar da escravidão em que vive. Nós sabemos que aqueles que governam atualmente o planeta, e que mantêm o atual sistema econômico, não são mais do que 1.000 pessoas, que têm em suas mãos a imprensa mundial *(como instrumento de controle mental)*, as principais indústrias, bancos e os sistemas de educação. A maior parte dos governos é manipulada de acordo com seus interesses. E essa gente não quer, de forma nenhuma, mudar essa situação. Para eles está tudo muito bem. O importante é que tenha à sua disposição uma multidão de escravos eficientes que cumpram o seu dever como se fossem verdadeiros zumbis ambulantes.

Logo que Rupert se deu conta de que eu e André estávamos tentando ganhar tempo, alongando a conversa, ele encerrou bruscamente o colóquio.

— Agora, meu caros, chega de conversa. Vamos aos fatos — exclamou ele, esfregando as mãos rapidamente. — Apreciaria muito que me dissessem o local exato da caverna e onde esconderam o que tiraram de lá.

— Infelizmente não podemos ajudá-lo — respondeu André.

— Isso é o que veremos em breve — volveu nosso algoz, batendo levemente duas vezes o pé direito no assoalho de madeira, como se pensasse na melhor forma de nos convencer a falar.

Depois de tentar, sem sucesso, nos colocar em estado hipnótico, Rupert administrou-nos uma poderosa droga, uma espécie de alucinógeno, e conseguiu obter muitas informações."

— Não sei dizer o quanto revelei a ele — disse-nos Martine —, pois não fiquei inteiramente consciente. Provavelmente, contamos sobre a existência do cristal e a localização da "cápsula do tempo". Acho que estamos numa corrida contra o tempo, pois precisamos chegar antes deles nas outras cápsulas, para pegarmos os outros cristais.

— Penso que "eles" ainda não sabem da existência dos outros cristais — ponderou Carlos —, nem do significado ou a importância daquele que temos conosco, mas isso é apenas por pouco tempo. Temos que estar sempre um passo à sua frente.

Ao chegarmos em *Kyle of Lochash,* nos hospedamos num hotelzinho que havia por lá, e, na manhã seguinte, Jean e Afonso nos apanharam numa pista de pouso perto de uma pequena cidade chamada *Plockton,* de onde fomos direto para Londres.

Não tínhamos, porém, ainda nos livrado do perigo, pois havia a possibilidade de estarmos sendo monitorados, como das outras vezes. Somente quando chegássemos a Paris é que nossas vidas já não correriam tanto perigo. O cristal estaria mais seguro e as informações que possuíamos seriam rapidamente passadas adiante para muitas fontes potenciais. Nessas circunstâncias, qualquer atentado contra nós somente pioraria a situação de nossos adversários, atraindo uma atenção indesejada para eles.

Surpresa em Stonehenge

Em Londres, o avião foi reabastecido e apenas Afonso e Jean, piloto e co-piloto respectivamente, continuariam nele até Paris. Carlos e Martine saíram furtivamente do aparelho e embarcaram no Eurostar direto para a capital da França, enquanto André e eu tomamos um trem para *Winchester*, a oeste de Londres. Levávamos o cristal conosco.

Afonso e Jean tinham de voltar com a aeronave para a França e não corriam tanto perigo quanto Martine e eu, que havíamos estado no interior da montanha e visto coisas "proibidas". Possuíamos preciosas informações, e não podíamos correr o risco de sermos apanhados juntos. Por isso nos separamos, para chegar a Paris por caminhos diferentes. Todo cuidado era pouco, até que o importante objeto estivesse em segurança e pudesse ser devidamente estudado, especialmente pelo físico brasileiro que se juntara a nós.

Winchester, que eu já conhecia, era uma pequena cidade, mas tinha uma grande história. Fora uma vila romana desde o ano 43 d.C., e chegou a ser a capital da Inglaterra saxônica, sob o reinado do rei Alfredo. Depois disso, teve grande importância durante a conquista normanda. Entre outras coisas, foi o lugar onde o Rei Ricardo Coração de Leão coroou-se novamente[12] rei da Inglaterra, após retornar da terceira Cruzada, em 1194.

Nossa idéia era embarcarmos no dia seguinte de *Portsmouth* para *Caen* ou *Le Havre*, na Normandia, e de lá chegar a Paris. Depois disso eu planejava voltar, com Débora, que nessa altura deveria estar me esperando em Paris, para passarmos algum tempo no sul da Inglaterra, a fim de conhecer as catedrais góticas de *Canterbury, Winchester, Wells, Salisbury* e os sítios megalíticos de *Stonehenge* e de *Wiltshire*. Aquilo tudo exercia um fascínio e uma atração muito grande sobre mim, e também sobre ela, principalmente os *crop circles*, que costumavam aparecer, normalmente, de março a agosto, nas diversas plantações de grãos, próximos àqueles sítios pré-históricos.

Após acharmos um hotel no centro da cidade, tomamos banho e descemos para jantar. Foi quando finalmente pudemos relaxar.

---

12 Durante a terceira cruzada, que durou três anos, o reinado de Richard I foi ameaçado pela tentativa de seu irmão, o Príncipe John, mais tarde conhecido como João Sem Terra, de tomar a coroa para si.

— Estou convencido de que é possível extrair muitas informações do cristal bombardeando-o com um feixe de raios laser — comentou André, em certo momento.

— E como isso funcionaria? — indaguei.

— Acho que a luz que escapar de dentro do objeto trará consigo alguma informação. Tentarei com várias cores e intensidades diferentes. Até mesmo com o som. Estou ansioso por testar essa hipótese quando chegarmos em casa. Martine não tem conhecimento técnico para saber interpretar tudo o que pode ver por intermédio do cristal.

Todavia, mesmo que obtivéssemos sucesso com tal método, muitas informações estariam incompletas. Faltavam ainda mais dois outros cristais que precisavam juntar-se ao que estava conosco, para formarem um todo completo. Juntos dessa forma, não forneceriam apenas informações, mas provavelmente permitiriam, também, àqueles que os possuíssem, ativar as máquinas existentes dentro das cápsulas do tempo.

Após o jantar, saímos para um pequeno passeio pela cidade e, na volta ao hotel, tiramos dinheiro num caixa eletrônico. Não podíamos tentar nenhuma ligação telefônica para saber se Martine e Carlos tinham chegado bem em Paris, pois haveria o risco de sermos descobertos.

Ficamos o resto da noite no hotel e, no dia seguinte, visitamos a catedral de Winchester, logo pela manhã.

— Andei pensando e acho melhor esperarmos alguns dias nesta região, até a poeira baixar, antes de voltar à França — disse a André, quando retornamos ao hotel.

— Assim teremos tempo para planejar nossa ida com calma — concordou ele.

— Talvez devêssemos alugar um carro por aqui — sugeri.

— Não sei se é boa idéia. Acho melhor ficarmos sempre perto das pessoas. Se, por acaso, formos descobertos, será mais difícil nos capturarem. Com um carro, corremos o risco de sermos pegos com menos dificuldade.

— As estradas da Inglaterra são muito movimentadas, muito diferentes das da Escócia, onde circulam poucos carros — objetei. — Aqui é praticamente impossível uma manobra semelhante à que usaram para capturar você e Martine.

— É, acho que tem razão. Mas há um outro problema — lembrou André.

— Qual é?

— Não podemos usar cartão de crédito. Os caras parecem ter espiões em toda a parte. Acho até que não devíamos ter tirado dinheiro no caixa eletrônico. Teoricamente é possível que possam nos rastrear. Como a cidade é pequena, não terão dificuldade em nos encontrar.

— Se está preocupado com o caixa eletrônico e pensa que aqui já não é mais seguro, vamos então para *Salisbury*, onde poderemos alugar um carro, *sem usar cartão de crédito naturalmente,* para ficarmos rodando durante uns dois ou três dias pela região. Depois, seguimos de navio para a França. O que acha?

— Ótimo. Vamos nessa!

Depois de fecharmos nossa conta no hotel, em breve estávamos chegando de táxi na pequena cidade, que ficava a pouco mais de 30 quilômetros dali.

André conseguiu convencer o dono de uma pequena agência a nos alugar um veículo sem a apresentação de cartão de crédito, deixando depositada uma razoável quantia em dinheiro.

— Acho que isso não representa problema — disse ele, olhando para mim enquanto preenchia um formulário com seu nome e número de identidade.

— Já que estamos com o tempo livre, por que não vamos até a Catedral e lá decidimos o nosso próximo passo? — sugeri.

— Está bem — *concordou André, que assim como eu também era um apreciador da arquitetura gótica* —, mas antes quero telefonar para um primo que mora na Suíça. Não acredito que esteja monitorado. Ele não tem nada a ver com o Grupo e há muito tempo não o vejo. Vou pedir que entre em contato com minha irmã para saber se está tudo bem lá em Paris.

— E se ele perguntar por que o está usando como intermediário, o que dirá?

— Não explicarei muita coisa, apenas direi que preciso desse favor. Pauline saberá que estou querendo notícias e dirá alguma coisa a ele que eu poderei entender. Apesar de ser arriscado, não acho que "eles" sejam capazes de monitorar todos os telefones deste planeta.

— Mas, por via das dúvidas, faça isso de um telefone público fora da cidade. Assim, se por acaso a ligação for detectada, não saberão para onde estamos indo.

— Boa idéia.

— Tem uma cidadezinha próxima daqui, *Amesbury*, de onde podemos telefonar — disse eu, consultando o mapa rodoviário.

Ele concordou.

Como não tínhamos pressa, fomos primeiro à Catedral de Salisbury, cuja torre e seu coruchéu imenso eram visíveis de onde estávamos. Estacionamos o veículo por perto e atravessamos vagarosamente o imenso gramado que circundava a construção.

Enquanto André percorria o claustro, atraído por aspectos de sua arquitetura, entrei na igreja pela porta rotativa.

Descalcei as luvas, coloquei-as no bolso do casaco e fui andando calmamente pelo centro, ao mesmo tempo em que olhava a imensidão do solene espaço interior da magnífica estrutura.

Sentei-me quase no centro da nave e fiquei desfrutando do silêncio daquele ambiente até ser surpreendido por um barulho de passos atrás de mim.

Ao me virar, vi André aproximando-se rapidamente.

– "Eles" estão logo atrás – disse ele, ao sentar-se a meu lado. – Estamos presos aqui dentro. São muitos. Não sei como nos descobriram.

– Tem certeza de que são "eles"? – indaguei.

– Absoluta – respondeu, indicando com a cabeça o homem que acabara de se sentar no outro extremo da fileira. Era o barbudo que já conhecíamos.

Mais atrás havia outros três homens de aparência suspeita. Apesar de ter mais gente dentro da igreja, logo percebemos que isso não seria obstáculo para o pessoal da Organização.

– Não temos um minuto a perder – disse André. – Vou me levantar e caminharei para a saída lateral ao mesmo tempo em que me tornarei invisível, enquanto você aproveita para escapar pela parede, nos encontraremos no carro. Está bem?

– Sim. Mas não sei como chegarei até o outro lado. Estamos praticamente cercados.

– Passe-me a bolsa com o cristal, pois quando me seguirem você terá um momento livre para chegar até a parede. Como só consigo manter-me invisível apenas por alguns segundos, terei de agir rápido. Mas acredito que seja suficiente para escapar.

Eu assenti com a cabeça e em seguida entreguei-lhe o cinto com a bolsa onde estava o precioso objeto. Ele a pendurou entre o ombro e o pescoço e levantou-se, encaminhando-se em seguida rumo à nave lateral, do lado da saída.

Imediatamente dois homens o seguiram. Nesse instante, levantei-me também e andei na direção oposta de onde estava o barbudo. Ele então se aproximou de mim com uma das mãos dentro do casaco, a indicar que estava com uma arma e que poderia usá-la a qualquer momento.

Quando cheguei perto da parede, concentrei-me e senti o campo de energia se formar em torno de meu corpo. Imediatamente virei-me e avancei em direção a ela, atravessando-a e caindo do outro lado, pois havia um desnível entre o piso da igreja e o chão lá fora. Ainda um pouco atordoado, e com a cabeça formigando, levantei-me e corri para o carro. Um pouco depois pude ver André vindo em minha direção e dois homens em seu encalço.

Liguei o carro e logo que André entrou, acelerei, fazendo os pneus cantarem no asfalto. Fomos direto para *Amesbury*, que ficava a pouco mais de 10 quilômetros.

Aparentemente "eles" haviam nos perdido.

Na cidadezinha, André ligou para a casa de seu primo de uma cabine pública e, por sorte, conseguiu encontrá-lo. Em seguida, meu amigo entrou no carro e por um momento ficamos indecisos para onde iríamos. Peguei então o mapa e vi que poderíamos seguir pela A 303, que passava por *Amesbury*, até uma cidadezinha chamada *Mede*, da onde poderíamos, mais tarde, ir até o porto de *Portsmouth* e embarcar para a França. No caminho ficava o sítio megalítico de *Stonehenge*.

Logo que saímos de *Amesbury*, todavia, percebemos um carro que andava no mesmo ritmo que o nosso. Era um Jaguar azul, igual ao que havíamos visto na Escócia.

– Vamos até *Stonehenge* – disse eu. – É um lugar de visitação pública e deve haver guardas por lá.

– Então, vamos – exclamou ele.

Pisei fundo no acelerador e logo estávamos chegando no estacionamento, onde um ônibus de turismo tinha acabado de parar. O jaguar azul tinha ficado para trás.

Perto da entrada de acesso ao interior da área de visita, havia um telefone público de onde André ligou novamente para o primo e soube que as coisas estavam bem em Paris. Foi tudo o que disse a André, certamente instruído por Pauline para não entrar em detalhes.

Em seguida, compramos os *tickets* e entramos na loja ao lado, onde se vendiam *souvenirs* e livros sobre *Stonehenge*. Ficamos um pouco por lá e depois nos dirigimos até o círculo de pedras, por muitos considerado um observatório astronômico construído por um povo desconhecido.

Quando já estávamos no final da passagem subterrânea que dá acesso propriamente ao sítio pré-histórico, olhei para trás e notei que três homens acabavam de entrar no túnel. Um deles era Rupert. Aquilo foi uma surpresa, pois quando estávamos dentro da loja não vimos ninguém suspeito.

Naquele instante tive a nítida consciência de que nos encontrávamos numa difícil situação, pois desta vez seria quase impossível fugir.

Toquei com o cotovelo em André e apressamos o passo. Ao subirmos a rampa que dava acesso ao outro lado, percebemos, para nossa decepção, que não havia quase nenhum turista por lá, apenas dois casais e um guarda com uma capa de chuva amarela. Acho que era por causa da fina garoa que caía.

– Esse Rupert está disposto a tudo, e não vai se intimidar com essas pessoas – observou André.

Seguimos então pelo caminho de asfalto que tangenciava o sítio até ficarmos bem de frente para o monumento, ao lado de um casal protegido por um guarda-chuva.

Naquele momento um flash de memória percorreu minha mente. Lembrei-me de que Darapti, quando o encontrara na Catedral de *Chartres*, me havia dito que *Stonehenge* era um portal para outros sítios megalíticos e que um dia eu poderia utilizá-lo, quando estivesse preparado para isso. Eu sabia que ainda não estava. Mas sentia que aquela era a minha única opção, a minha única saída.

— Use sua invisibilidade e volte para o carro — disse eu para André. — Eu vou tentar me transportar pelo portal energético que existe no centro do círculo de pedras.

— Como?

— Não há tempo para explicar agora. Faça o que digo. Nos encontraremos em Paris.

Naquele momento não havia de fato tempo para explicar sobre o *"wormhole"* nem sobre Darapti, embora eu acreditasse que André já tivesse ouvido falar de meu pequeno amigo por intermédio de Martine, a quem mencionara uma vez sua existência.

— Mas se isso funcionar, onde você irá reaparecer?

— Ainda não sei, mas é a minha única chance de escapar. E acho que preciso do cristal para potencializar minha energia. É apenas um palpite, mas tenho que tentar.

André concordou com um aceno de cabeça e me passou a bolsa contendo o cristal.

Eu sabia perfeitamente que poderia morrer se tentasse atravessar o portal sem que o meu corpo de energia alcançasse a freqüência adequada.

— Vou com você até o centro das pedras e depois sairei correndo pelo gramado, ficando invisível o máximo que puder — avisou André.

Nesse instante os homens tinham se aproximado bastante e notei que Rupert portava uma pequena seringa na mão, que certamente pretendia usar logo que nos pegasse. Não adiantava tentar me transportar sem usar o portal, pois não iria mais longe do que 5 ou 6 metros, e somente 20 ou 30 minutos após teria condição de usar novamente meu poder, até reunir energia para isso. Eu só tinha uma chance e deveria usá-la no centro do círculo de pedras, onde supostamente ficava o portal. Torcia para que Darapti estivesse certo sobre sua exata localização.

Cruzei então a corrente que cercava o local e me dirigi, juntamente com André, para aquele ponto. Imediatamente o guarda que estava na extremidade da pista de asfalto fez um sinal e caminhou apressadamente em nossa direção. Apontei o dedo para Rupert e gritei ao guarda que aquele sujeito era um bandido; que portava uma seringa com alguma droga que pretendia usar em nós.

— Eles são loucos que fugiram do manicômio — retrucou Rupert, passando pela corrente e aproximando-se com dois acompanhantes.

— Isso não me interessa — tornou o guarda. — Vocês não podem invadir essa área.

— Corra agora — disse eu para André. — Vou tentar me transportar.

— Até Paris — respondeu ele, escondendo-se atrás de um dos gigantescos menires.

Rupert fez um sinal e dois homens que estavam mais afastados correram para o local onde estava André. Nesse momento ele se tornou invisível.

Eu ainda pude ver sua imagem distorcida correndo na direção da pista de asfalto.

Rupert, que talvez, assim como eu, pudesse ver uma distorção no espaço ocupado pelo corpo de André, disse para um dos indivíduos que estava com ele para ir no rumo da pista, informando que em pouco tempo o meu amigo ficaria novamente visível.

Em seguida, avançou vagarosamente em minha direção com um outro capanga.

O guarda saiu dali correndo, talvez em busca de reforços.

Eu não sabia se conseguiria me transportar pelo portal e, se conseguisse, onde iria sair. Pensei apenas na França, pois já ouvira falar da presença de sítios megalíticos por lá. Concentrei-me então e esvaziei a mente.

Logo senti um fluxo de energia percorrer meu corpo, ao mesmo tempo em que o cristal de Argon, que estava em minhas mãos, começava a brilhar. Nesse instante algo estranho começou a acontecer. Tive a impressão de que o tempo estancou sua marcha, pois passei a ver e a ouvir tudo o que acontecia à minha volta nos mínimos detalhes, como se fosse um filme que avançava quadro a quadro. O piscar de olhos de Rupert, o bater de asas de um pássaro que levantava vôo, o olhar assustado de uma mulher — tudo isso pareceu quase paralisado, por um momento indefinido, no interior de minha consciência expandida.

As últimas coisas de que me lembro antes de desmaiar foram de um flash de luz, de um túnel cristalino, pelo qual eu parecia me deslocar em grande velocidade, e de uma aguda dor de cabeça. Em seguida tudo desapareceu.

Pelo breve momento em que consegui abrir os olhos depois disso, vi que estava no chão entre longas fileiras de menires. Um profundo cansaço esmagava meu corpo e uma dor ainda mais forte explodia em minha cabeça e perdi novamente a consciência.

Não sei quanto tempo se passou quando comecei a distinguir imagens de um ambiente em tom de amarelo, até que percebi que estava num quarto com um guarda-roupas, uma poltrona e uma pequena mesa de cabeceira. Sentia-me ainda muito cansado, mas a dor de cabeça tinha passado. Fiquei ainda entre a vigília e o sono por algum tempo, até que um rapaz magro, de cabelos encaracolados, entrou no cômodo.

— Onde estou — perguntei, logo que ele se aproximou de mim.
— Numa casa, perto de *Carnac* — respondeu.
— E onde fica *Carnac*?
— Ora, na Bretanha.
— Onde me acharam?
— Você foi encontrado em *Kermario*, perto daqui. Está desacordado desde ontem.
— Eu estava junto de algumas pedras, não?
— Sim, no alinhamento central de menires.
— E quem me trouxe para cá?
— Meu pai o encontrou quando passava por lá e pediu a ajuda de dois amigos.
— Gostaria de agradecer a ele — disse eu. Naquele momento lembrei-me do cristal e perguntei: — Por acaso encontraram algum objeto comigo, ou perto de onde eu estava?
— Quando o trouxeram ninguém mencionou a existência de qualquer coisa que estivesse com você além da carteira e do passaporte dentro do casaco. Eles estão ali em cima da poltrona.

Um pouco depois, o pai do garoto chegou em casa. Eu já tinha tomado um banho e estava terminando de me vestir. Embora já estivesse melhor, sentia-me estranho. Meu corpo estava arrepiado e parecia carregado de eletricidade estática.

— É bom saber que se recuperou — disse ele, com o cristal em sua mão direita quando saí do banheiro. — Não sei quanto tempo ficou lá fora no frio. Quando o encontrei, estava delirando. Esse bonito cristal estava ao seu lado. Deve ser seu, não?
— É meu sim — disse, com um suspiro de alívio.

O homem tinha cerca de 50 anos e devia ser carpinteiro, pois vestia um macacão e tinha cheiro de cola.

— Como posso agradecer o que fez por mim? — perguntei.
— Deixe para lá. Apenas me conte o que aconteceu com você.

Disse-lhe que seria muito complicado explicar como eu fora parar junto às pedras de Carnac, mas que gostaria de lhe dar um presente como sinal de agradecimento do que ele havia feito por mim. Passei-lhe então um maço de libras esterlinas, que ele recebeu a princípio com um pouco de constrangimento, mas que logo em seguida lhe provocou uma viva manifestação de alegria. Perguntei-lhe então sobre aquela região e qual era o caminho mais rápido até *Chartres,* pois não queria ir direto a Paris sem antes saber se era seguro.

Ele me informou que morava nos arredores da cidade de Carnac e que o ônibus que passava quase ao lado da casa me levaria à cidade, de onde eu poderia ir até *Vanne* e pegar um TGV direto para Chartres.

Foi o que fiz, e tudo transcorreu tranqüilamente até minha chegada à pequena cidade situada no Vale do Loire, onde me hospedei no mesmo hotel em que ficara com Débora mais de dois anos atrás. Não pensava que a Organização pudesse me encontrar por lá. Mesmo assim mantive-me alerta, sempre carregando o cristal comigo.

Algum tempo depois, para minha surpresa, fui informado por Pauline *(em reposta a um telegrama que lhe enviara)* que Débora iria se encontrar comigo "em breve". Soube também, com tristeza, que até aquele momento André não tinha dado notícias, o que era muito preocupante.

Epílogo

Caminhei até a estação para esperar Débora. Não sabia exatamente quando iria chegar, mas tinha tempo e não me importava de ficar por lá algumas horas enquanto lia um livro. Mas ela não apareceu.

Voltei então vagarosamente para o hotel, pensando em meu amigo André. Onde estaria ele?

No quarto, fiz minha meditação e fui dormir.

No outro dia pela manhã resolvi ir até a Catedral para usufruir o silêncio de seu ambiente sagrado. Não pensava desse modo por razões religiosas, mas pelo sentimento de glória ao divino que tinha motivado gerações de dedicados homens e mulheres a construir aquele templo.

Não sei quanto tempo fiquei sentado lá dentro, mas pouco a pouco fui ingressando numa outra esfera de consciência onde nenhum pensamento ousava perturbar, e na qual, com progressiva intensidade, sentia a vida fluir através de mim. Foi um momento glorioso, um momento de luz e de bem-aventurança que me situava no centro de uma esfera de consciência que abarcava toda a construção, e mais além.

Percebi claramente o quanto eu estava mudado. O empenho em manter-me consciente, desperto e atento, e de cultivar a quietude interior durante os anos de treinamento em Paris haviam me transformado num ser humano melhor. Numa pessoa mais integral, com menos limitações, principalmente, sem temor da vida.

Fechei os olhos por algum tempo, para mergulhar mais fundo naquela paz gratificante, e quando o abri novamente vi Darapti aproximando-se de mim.

— O que você está vivenciando agora é o que muitos chamam de "iluminação", outros de "satori", que sempre acontece a partir de um estado de "não mente", no silêncio, que é a porta para o Absoluto em nós. Mas saiba que isso não é um fim, apenas um outro começo. Você enfrentou seus mais recônditos medos e se reconectou com a fonte da vida. Agora está pronto para ir mais além e enfrentar novos desafios.

Enquanto ele falava, observava-o com um sorriso de contentamento.

Lembrei-me de André e perguntei-lhe se poderia me falar alguma coisa a seu respeito, mas meu pequeno amigo disse apenas para eu não me preocupar.

Alguns momentos se passaram e, quando Darapti se virou, encaminhando-se para o fundo da igreja, disse-lhe:

— Acho que sei quem é você.

Ele voltou-se, deu um radiante sorriso e respondeu:

– Talvez saiba. Mas isso não é tão importante assim. Agora vá receber quem está chegando para encontrá-lo.

E desta vez Darapti sumiu numa explosão de luz.

Levantei-me, fui até a saída e vi Débora vindo em minha direção com uma expressão alegre. Nos beijamos demoradamente e por alguns minutos ficamos sentados num dos bancos da pracinha em frente à igreja.

Ao voltarmos ao hotel encontramos Carlos e Martine no saguão. Abraçamo-nos com emoção e entreguei-lhes o cristal. Em seguida, fiz um minucioso relato do que havia acontecido comigo e com André e pude perceber, enquanto falava, a tristeza nos olhos de Martine e a preocupação na expressão de meu amigo.

Talvez para me confortar, Carlos disse que, dadas as circunstâncias, eu agira corretamente ao usar o portal para escapar de uma captura iminente, pois André e eu não teríamos condições de enfrentar os homens da Organização chefiados por Rupert. Fizemos o que nos era possível.

Martine concordou e acrescentou que agora o perigo para nós tinha diminuído, pois as fotografias que eu tirara dentro da caverna, com todos aqueles estranhos objetos, já haviam sido enviadas para muita gente, inclusive para o pessoal da imprensa, juntamente com uma sucinta explicação do que significava.

Meus amigos temiam que André estivesse nas mãos da Organização que, neste caso, proporia uma troca pelo cristal, se não tivesse acontecido coisa pior. Carlos tinha se comunicado com autoridades de *Wiltshire*, a região de *Stonehenge*, e soubera que não havia registro de morte violenta por lá nos últimos dias. Já era alguma coisa.

Havia a chance também de que André se encontrasse escondido em algum lugar, sem comunicação, esperando o momento oportuno para voltar a Paris.

Mas isso, só o tempo diria.

Marcelo Malheiros é natural do Rio Grande do Sul e mora atualmente em Brasília. Desde cedo se interessou por literatura e filosofia, tendo escrito, ainda quando universitário, uma novela intitulada "Outono". Em 1999 publicou o livro *"A Potência do Nada – O vazio incondicionado e a infinitude do ser"*, no qual investiga as questões filosóficas fundamentais acerca do significado da vida humana e do sentido do universo.

O autor tem como *hobbies* preferidos os livros e as viagens, que utiliza como fonte de inspiração de seus escritos.

Contato com o autor: mmgalvez@opengate.com.br